L'Odyssée des Triplés

Tome 1 : Origine Celtique

Marcelle Chapleau et Paul Corriveau

Productions **MARPA**

Édition
Productions MARPA
686, McIver
Bury (Québec)
J0B 1J0
Tél. : 819-872-3765
Marpa.productions@gmail.com
Œuvre artistique des pages couvertures : Martin Corriveau

Disponible chez : Amazon.com

Disponible en version epub sur : Kindle.com

Imprimé par CreateSpace, Une entreprise de Amazon.com

Dépôt légal
Bibliothèque et Archives du Canada
Bibliothèque et Archives nationales du Québec
4ᵉ trimestre 2016
ISBN : 978-2-9816425-0-9
ISBN (ePub) : 978-2-9816425-0-9

A paraître bientôt :

L'Odyssée des triplés
- Tome 2 : La Sacrifiée …

Avertissement :

Cet écrit relate certains évènements qui ont eu lieu, des endroits qui existent et présente des personnages vivants. Cependant, il demeure un travail de fiction et à cet effet ne prétend pas être précis.

Les auteurs

Marcelle et Paul, « MARPA », sont deux grands-parents et coauteurs de cette odyssée. Chacun, à leur façon, ils ont évolué dans le cadre de leur carrière professionnelle : infirmière, militaire, conseiller(ère), historien, formateur(e), coach, mentor, accompagnateur(trice). Leurs expériences individuelles et communes sont mises à contribution. Leurs voyages et séjours auprès de différentes sociétés et au cœur d'eux-mêmes, telle une odyssée, servent de toile de fond.

Dédié à nos enfants Isabelle et Martin,
à leur conjoint Loan et Paul,
ainsi qu'à nos chers petits-enfants :
Maxim, Marcus, Lili Rose et Jolan.
Vous ne cessez de vous épanouir
et de nous épater.

Notre reconnaissance à nos collaborateurs et amis (es) pour vos encouragements et vos commentaires.

Notre gratitude à notre fils Martin pour l'œuvre artistique des pages couvertures et, à Suzanne Léger et son équipe de « Effet Boomerang » Agence de publicité, pour le montage graphique.

Table des matières

Prologue

C'est Phéas, mon guide personnel, un Elfe d'une grande beauté qui me signale pour la première fois l'arrivée prochaine d'une prophétie datant de dix mille ans environ. J'ai seize ans. Phéas, qui me guide depuis mon enfance tient à me mettre au courant le plus vite possible. Selon lui, je fais partie des dommages collatéraux de cet évènement universel.

J'avoue que j'ai pris ça à la légère. À seize ans, j'ai d'autres chats à fouetter : mes études au secondaire, mes escapades avec mes amies filles et mes chums de gars, mon gardiennage d'enfants de quatre familles pour faciliter mes sorties (nous ne sommes pas riches, nous sommes encore cinq à la maison à cette période de ma vie.) Je me fous de cette prophétie quelconque. Les médias sont toujours à l'affut de prophétie, une de plus ou une de moins qu'est-ce que ça me fait à moi !

Il me recontacte vers l'âge de dix-huit ans. Cette fois-ci je l'écoute plus attentivement et je garde l'information dans mon cœur précieusement.

Phéas me laisse en paix avec cette annonce jusqu'à ce que, à l'âge de cinquante-trois ans, il rapplique de plus belle. Cette fois-ci en augmentant le ton et en multipliant des précisions sur certains faits : ma fille Marion sera la porteuse de triplés qui seront les courageux aventuriers d'une odyssée fantastique menant à la libération universelle du genre humain. Là, je suis tombée par terre, estomaquée, incrédule, renversée, apeurée devant la tâche qui nous attendait Thomas et moi Louise. Nous serions des grands-parents de triplés tant attendus depuis des siècles. Les Dieux ont préparé leur venue et selon Phéas, leur identification ne fait aucun doute. Ils ont la marque de naissance, celle les identifiant comme les seuls triplés à posséder la chaine génétique les rendant aptes à l'accomplissement de leur mission commandé par les Dieux.

Phéas ne m'épargne pas. Il en rajoute. J'ai le cœur brisé en mille morceaux. Je souffre. Je vacille. Je chancèle. Je repousse le vase qu'il me présente. J'ai peine à croire la dernière révélation de mon entretien avec lui.

--- OOO ---

J'ai cinquante-quatre ans. Ils sont là. Ils sont tous les trois rosés comme des bourgeons de roses en éclosion. C'est la joie hilarante au sein de la fratrie Corribus. Je me tiens à l'écart quelques instants. Je les regarde tous. Ils sont dans le plaisir, je suis dans ma douleur. Ils sont dans le partage, je suis dans ma solitude. Ils sont dans les projets d'avenir, mon avenir est déjà tout tracé. Aurais-je assez de force morale pour passer à travers? Ils doivent être mon étendard. Je serai leur porte-étendard avec Thomas, mon compagnon de vie depuis une quarantaine d'années.

Phéas me dit : je te guiderai, n'ai pas peur. C'est vrai il ne m'a jamais abandonné et m'a toujours dit la vérité, la grande, la seule, celle qui m'habite depuis que je suis petite. Je me la répète sans cesse : Louise, ton intuition est le fil d'argent te reliant avec l'Univers, écoute-là.

Ces enfants de la Lumière seront le baume adoucisseur sur mon cœur de mère meurtrie. Malgré toute la charge éducationnelle qui se présente à nous, je décide de prendre mon courage à deux mains et de foncer comme un bélier le ferait pour gravir la montagne de roches devant lui et d'atteindre enfin le sommet tant convoité.

Allons-y ! Je charge comme le Bélier, la tête baissée, les cornes acérées.

À l'attaque ! À l'attaque ! Je m'entends crier avec enthousiasme, entourée de mon frère et de mes amis du coin lors d'un assaut contre nos voisins (ennemis pour l'occasion, on joue au cowboy). Nous avions dix ans, j'en ai cinquante-quatre. Je garde, au fond de moi, le même dynamisme, la même propension pour gagner.

--- OOO ---

L'accident

- Madame ! Madame ! Madame ! Réveillez-vous !... Réveillez-vous !... Insistent avec fermeté trois intervenants médicaux afin de vérifier s'il y a état de conscience ou non.

Le personnel ambulancier, présent au site de l'écrasement de l'avion, stimule avec insistance la dame demi-consciente. Elle respire encore malgré ses blessures graves. Le pouls au niveau de son cou est faible cependant présent. On s'active pour la transporter vers le centre hospitalier le plus proche.

Les ambulanciers l'installent sur une civière prudemment et avec méthode : ils installent un collet d'immobilisation autour de son cou, puis des sangles sont fixées au thorax et au bassin afin de la tenir en place lors de son transport en ambulance vers le centre hospitalier de Maniwaki qui l'attend.

Rapidement, un infirmier lui administre une solution saline pour tenir sa veine ouverte en cas de besoin ; on vérifie ses pupilles, ils réagissent à la lumière si bien qu'on exclue, pour le moment, une possibilité de saignement au cerveau.

Finalement, Marion est branchée rapidement à un cardioscope dès son entrée dans le véhicule ambulancier.

- Vite, c'est urgent ! ordonne le préposé médical au chauffeur...

Le pilote et le second passager sont morts. Leur nuque s'est brisée à l'impact. Les documents identifient ce second passager comme étant Marc Corribus, l'époux de la dame, car sur les papiers de celle-ci on y retrouve son nom ainsi que celui de

Corribus. Ils étaient si jeunes et probablement parents pensent les ambulanciers…attristés de ce gâchis…

Les ambulanciers ont mis peu de temps à se présenter sur les lieux de l'accident. L'appel répété de détresse, émis par le pilote du CESSNA « Mayday ! Mayday ! Mayday ! » fut capté par le Centre de sauvetage de Trenton et transmis aux services policiers d'urgence de la région de Maniwaki.

Le CESSNA exécutait un vol de plaisance. Les trois passagers, des amis de longue date, partaient admirer les couleurs d'automne de la région des Laurentides.

La survivante, une dame blonde aux yeux verts, le teint pâle, polytraumatisé est immédiatement transporté au Centre Hospitalier de Maniwaki situé à moins de trente kilomètres du site de l'accident.

La dame ne ressent plus ses membres. Elle voyage dans le temps.

Elle ne se souvient de rien.

Elle croit qu'elle est quelque part ailleurs, sans aucun point de repère.

Elle entend le monde autour d'elle ; cependant, elle ne reconnait pas les voix. Elle nage en plein cauchemar. Elle est toujours demi-consciente.

--- OOO ---

Le personnel médical du Centre Hospitalier de Maniwaki a prodigué les soins d'appoints puis rapidement déplacé Marion vers le centre de polytraumatisé d'Ottawa où sa condition s'est stabilisée.

Le temps passe et les tests médicaux offrent peu d'espoir de récupération. Marion demeure hospitalisée. Elle ne peut retourner chez elle. Sa condition physique requiert trop de soins spécialisés, d'attention médicale. Pendant ce temps, les enfants continuent leur classe sous la supervision de leurs grands-parents.

Puis, à la demande de ses parents, Marion se retrouve à Sherbrooke, principale ville des Cantons de l'Est, dans un centre également spécialisé pour ce genre de traumatisme.

Un groupe de médecin spécialisé en médecine sportive la considère comme un cas d'intérêt pour l'avancement de leurs recherches. Cette situation convient à tous les concernés. Les déplacements sont beaucoup plus faciles. Quant aux enfants ils s'acclimatent à leur nouvelle école et à l'environnement de leurs grands-parents maternels non sans résistance et grincements de dents. Louise et Thomas assurent la responsabilité de l'éducation et du bien-être des triplés Corribus : Cédric, William et Sofia. Ils n'ont que neuf ans et quelle souffrance !

--- OOO ---

Tout au long de l'année qui suit le terrible accident, Marion insiste pour voir ses enfants le plus souvent possibles. Le personnel du centre l'installe dans un fauteuil avec un appui-tête et des supports pour ses bras et ses jambes afin de les garder en position fonctionnelle. C'est ce que la physiothérapeute exige du personnel infirmier.

- Je n'en peux plus, dit Sofia avec les larmes aux yeux. Je n'aime pas voir ma mère clouée dans un lit d'hôpital. En plus, elle ne peut pas bouger ses bras ni ses jambes.
- Mamie, dis-moi que c'est un cauchemar que je vis présentement. Aide-moi à me convaincre que maman sera de retour d'ici peu et que je retournerai dans l'Outaouais avec mes frères et mes amies.

Sofia fond en larmes dans les bras de sa mamie qui connaît le dénouement de cet évènement catastrophique. Elles sont toutes les deux dans la salle d'attente voisinant la chambre de Marion, sa mère. Les deux garçons sont auprès d'elle. Ils leur racontent ce qu'ils font à la maison avec leurs grands-parents. Ils cherchent à alimenter le moral de leur mère. Marion est de plus en plus pensive.

Louise sert tendrement sa petite fille et garde le silence. Ce silence transmet le mieux toute la peine et le déchirement de ce cœur meurtri déjà par la douleur humaine. Elle la garde dans ses bras aussi longtemps que Sofia le désire.

Soudain, Sofia s'écarte des bras de sa mamie et dit en sourdine dans les oreilles de Louise :

- Pourquoi j'ai des flashs de ce cauchemar dans ma tête. Je faisais régulièrement un cauchemar semblable quand j'étais petite. Je me souviens que je me réveillais en larmes et toute mouillée de transpiration. J'appelais à l'aide et maman venait me consoler afin que je me rendorme.
- Pour le moment, ma belle petite princesse, je n'ai pas de réponse à te donner. Peut-être as-tu cette capacité de voir dans l'avenir ! Je ne sais pas. Ce que je sais c'est que je te trouve courageuse de vivre ce drame avec tes deux frères.

Louise continue à caresser les cheveux de Sofia, moitié blonde, moitié rousse, cheveux toujours en broussaille, mais tellement mignonne avec sa petite frimousse coquine. Pour le moment elle a un peu perdu de sa joie de vivre, le temps arrangera les choses !

Revenant de sa grande peine, Sofia confie à sa mamie qu'elle a remarqué que ses frères étaient bizarres depuis un certain temps.

- Tu sais mamie, William pleure abondamment tous les soirs et il vient me retrouver dans mon lit comme il le faisait avec papa et maman lorsque nous étions à la maison d'Ottawa. Je t'avoue que ça me fait beaucoup de peine de le voir comme ça. Je ne sais pas quoi faire. Il m'a dit en pleurant un soir qu'il n'en pouvait plus de voir maman dans cet état, que si elle meurt il la suivrait, que lui aussi allait mourir. J'ai peur mamie qu'il fasse des folies…

- J'ai également remarqué que Cédric ne bouge pas. Il ne pleure pas, il ne parle pas. Il écrit des pages et des pages et ne veut surtout pas les partager avec moi ou quelqu'un d'autre. Ça m'effraie plus que William, car tu le connais un peu quand même. Tu sais qu'il ne garde rien normalement et que c'est une boule d'énergie quand il prend la parole. On est même obligé de l'arrêter pour être capable de placer un mot. Là, il ne dit rien.
- Hum ! Fait mamie, cette situation-là est très sérieuse. Je te remercie d'avoir vu qu'il se passait quelques choses de pas normales avec tes frères. Je te trouve formidable ma belle petite princesse et nul doute que je transmets le message à ton papi qui a un excellent transfert avec les deux gars.

Toujours assises toutes les deux, dans la salle d'attente près de la chambre d'hospitalisation de Marion, mamie confie à sa petite fille :

- Avec tous ces évènements depuis l'accident, je t'avoue ma belle petite princesse que j'ai la tête pleine de fil d'araignée. Je prends le relais ma belle, ce n'est pas à toi que ça revient d'avoir un œil et même deux sur les comportements de tes frères. Ta mère nous a confié cette responsabilité et j'avoue humblement que je m'en suis éloignée quelque peu… À vrai dire beaucoup !!! J'avise immédiatement papi avec mon cellulaire pour qu'il soit au parfum de la situation, nous sommes avec vous trois et surtout Marion que nous encouragerons avec tout notre amour. Ça te va ma belle Sofia ?
- Merci mamie de tout mon cœur. Je savais que tu pouvais faire quelque chose pour nous trois. Je me sentais toute seule. Je me sentais perdue. Pourquoi nous ? Pourquoi la vie est-elle si difficile ? Je vais avoir dix ans et je ne suis pas capable de vivre tout ça en même temps.

Sofia fond en larmes de nouveau : son petit corps de jeune fille tremble comme une feuille en automne, son visage aux yeux marron et sa bouche en cœur comme celle de son père fait pitié à voir. Pour mamie et elle, le temps s'arrête. Il n'y a plus rien qui existe qu'eux deux…

- *Quel destin pense mamie !!!*

--- OOO ---

Durant les mois qui ont suivi le terrible accident, Marion, veuve, mère des triplés Corribus, tente désespérément de faire bouger ses jambes, ses bras, sans succès. Néanmoins, elle continue d'espérer. Tous les intervenants du milieu médical soutiennent et encouragent cette femme déterminée et courageuse. Marion ne peut ni ne veut abandonner. Elle veut guérir et retrouver ses trois enfants Cédric, William et Sofia, orphelins de père maintenant depuis près d'un an.

Un soir que Cédric, William et Sofia sont auprès de leur mère et que les grands-parents sont à la cafétéria de l'hôpital, Marion balbutie des mots entre ses dents.

- Que dis-tu maman demande William tout en s'approchant d'elle doucement. Il pose sa petite main douce sur celle de sa mère, toujours inerte depuis l'accident malgré tous les efforts de physio.

- Je marmonnais, c'est vrai. Je me revoyais à l'âge de onze ans au Danemark avec une organisation mondiale pour les enfants.
- Quoi ? Tu es allée au Danemark, le pays des Vikings lança Cédric, curieux d'en savoir plus.
- Tu ne nous as jamais parlé de ce voyage insiste Sofia. Es-tu parti longtemps ? Avec qui es-tu parti ? Mamie et papi t'ont laissé partir à onze ans ? Ben voyons c'est trop dangereux d'aller si loin sans sa mère et son père !

Marion rigole et les larmes coulent le long de son visage blanchâtre, toujours aussi peu coloré depuis quelque temps.

- C'est vrai, je ne vous ai pas raconté cette période de ma vie d'enfant.

Marion prend un grand respire et poursuit :

- Je représentais le Canada à travers CISV (Children International Summer Village). Nous étions 52 enfants si je me souviens bien ; treize pays étaient représentés. Nous partions deux garçons, deux filles par pays, accompagnés par deux adultes, un homme et une femme.
- C'était en juillet 1986 lance papi en entrant dans la chambre. Je m'en souviens comme si c'était hier. Diable que nous étions contents pour toi cependant très inquiets en ce qui nous concerne. N'est-ce pas Louise ?
- À qui le dis-tu ! Je n'ai pas fermé l'œil pendant les cinq premiers jours suite à ton départ.
- C'est vrai ça demande Marion à ses parents. Je croyais que vous étiez au-dessus de toutes ces peurs et ces frayeurs que les autres parents vivaient.
- On ne te l'a jamais avoué avant ton départ. Ça aurait gâché le plaisir de ton séjour au Danemark, répond mamie en la regardant avec tellement d'amour que ses lunettes s'embuent.

Marion reste pensive quelques instants. Elle regarde Louise avec un regard d'admiration et de bonté envers sa mère.

- Tu sais maman, c'est à ce moment-là que je me suis rendue compte que j'étais différente des autres filles et des garçons. Je percevais des choses avec une clarté déconcertante. Ce que je refusais de croire, c'était en mes grandes capacités d'intuition et de prémonition.

En entendant ces confidences, Sofia se rapproche de sa mère et lui dit doucement à l'oreille :

- Je pense que je suis comme toi maman. Je fais des rêves bizarres, je vois des choses qui arrivent par après. Je ne suis pas capable de garder ça. Je les partage avec mes frères qui me disent qu'ils sont pareils comme moi.

Marion fronce les sourcils en entendant ces révélations. Elle réfléchit :

Où étions-nous Marc et moi pour ne pas avoir remarqué ces choses-là de nos enfants ? Le quotidien hélas ! Il s'est emparé de notre vie familiale et la routine s'est installée dans notre vie. Marion, cette fois-ci pleure de chagrin, de regrets, de peine. Sofia, tout près d'elle s'en aperçoit,

- Maman, qu'est-ce que tu as ? Ai-je dit quelque chose qui t'a fait de la peine ? Pourquoi pleures-tu si fort ?

Sofia essuie les larmes sur le doux visage de sa mère Marion. En suffoquant, Marion réussit à dire à ses trois enfants :

- Je regrette de ne pas avoir été aussi présente avec vous trois. Je pensais que j'avais bien du temps en avant de moi ; la vie se charge de me dire le contraire de façon brutale.

Marion se ferme les yeux et se revoie au travail, à la maison, les devoirs, les leçons, les rendez-vous ici et là, le magasinage, les rencontres sportives, etc.... Heureusement qu'il y avait les vendredis soir pour se taper un bon film en famille avec du popcorn. Elle sourit tendrement.

- Tu nous revois ensemble, en regardant la TV avec notre popcorn souligne Sofia.
- Vraiment, tu es gratifiée des Dieux ma belle Sofia dit tendrement Marion.

Louise et Thomas assistent, bouche bée et émus à cette rencontre entre Marion et ses trois enfants chéris.

--- OOO ---

Le temps passe. Malheureusement, le sort s'acharne. De pneumonie en infection urinaire, en difficulté respiratoire, Marion constate que la vie lui glisse entre les mains.

Elle exige la présence de l'unité médicale au complet, elle veut en avoir le cœur net.

Peu de temps après, l'équipe médicale se présente à son chevet. Tous sont présents autour d'elle. Marion s'adresse au chef de service :

- Docteur, vous me dîtes quelles sont mes chances de récupérer au moins 50% de ma motricité et quelles sont mes chances de retrouver mes enfants à mon domicile. J'ai besoin de savoir, d'avoir l'heure juste, insiste-t-elle, déterminée à faire ce qu'il faut afin de remédier à sa situation. Ça fait plusieurs mois que je tente de récupérer et je m'aperçois que rien ne bouge.

Les spécialistes se regardent : ils admirent cette femme qui jamais ne s'est plainte. D'un commun accord, ils lui transmettent leurs pronostics :

- Vous en avez à peine pour quelques semaines, deux mois tout au plus, admettent-ils d'une voix émue devant cette battante.
- Je ne vous entends pas très bien, insiste Marion les yeux pleins d'eau et le souffle court.
- Nous sommes désolés, il n'y a plus rien que nous puissions faire, votre corps se détériore tous les jours ajoutent-ils en baissant les yeux devant ce regard qui demande encore un miracle.
- Déjà votre survie à ce jour défie toutes nos expériences et les scénarios que nous avions prévus

--- OOO ---

La promesse

Le temps s'est écoulé.

Avec difficulté et le cœur meurtri par l'émotion, Marion demande à son spécialiste, un neurochirurgien, de faire venir ses enfants, sa mère et son père le plus rapidement possible. Le docteur Faubert, en lui prenant la main droite, déformée par l'inactivité musculaire lui dit :

- Madame, je m'en occupe personnellement. Vos enfants seront là avec leurs grands-parents sous peu.

Tous les membres du personnel médical, imprégnés d'une émotion palpable, sortent de la chambre de cette femme combattante.

Des larmes coulent abondamment de ses yeux verts. Marion ne peut contrôler cette source de larmes qui coulent comme un torrent au printemps. Ses bras ne le lui permettent pas. Ils sont inactifs depuis le terrible accident. Ses bras avec lesquels elle aimait tant entourer son chum et ses trois enfants…

Ses mains, inaccessibles, n'offrent pas la discrétion tant désirée. Elles ne servent plus de paravent pour cacher sa peine.

Son visage ruisselant demeure à découvert. Marion est à la merci de tous les regards. Heureusement qu'elle a cette chambre privée d'hôpital pour être avec elle-même, avec ses émotions et ses états d'âme. En ce moment, les émotions bousculent son âme.

Elle pressent l'échéance.

Sa peine et son déchirement coulent librement le long de ses joues. Ses larmes tombent sans arrêt sur son oreiller, dans ce lit de récupération pour polytraumatisés.

Un cri du cœur secoue Marion. Elle implore son grand-papa Noël :

- *Toi qui en 1997 m'as prévenu de la grande joie d'une rencontre avec l'homme qui devait devenir le compagnon de vie sur cette terre, où es-tu présentement ? J'ai tellement besoin de ton aide, de ton réconfort, de ta grande sérénité. C'est comme ça que maman te décrivait. Elle me disait que tu étais la sagesse incarnée. Je souffre tellement dans mon corps, mais ce n'est rien à comparer avec mon état d'âme qui se voit contrainte de tout laisser, de tout abandonner même ce que j'ai de plus précieux sur terre : mes triplés !*

Marion respire difficilement. Elle garde ses yeux fermés à mi-clos. Soudain, son esprit se détend, ses traits se décontractent, ses lèvres pulpeuses s'ouvrent pour laisser passer quelques mots :

- *Je savais que tu étais là pour m'accompagner dans ce dernier parcours. Gracias grand-papa Noël. Même si je ne t'ai pas connu de mon vivant, je te ressens dans mon cœur et ça me calme et me fait un très grand bien. Je me sens plus détendue à l'intérieur de moi ce qui n'est pas chose facile dans mon cas ! Je sais maintenant que tu seras là lorsque j'aurai à franchir les derniers moments.*

Marion demeure dans un état hypnotique. Elle se revoit avec Louise, sa mère. Elle l'entend lui révéler qu'elle fait partie d'une lignée de femmes spéciales ayant des dons particuliers. Depuis plus de quarante générations, ces femmes sont à la disposition des Dieux et des hommes. Elle sait maintenant qu'avec elle, et surtout avec Sofia qui est sa prolongation dans le temps terrestre, il y aura un bouleversement dans la vie de sa fille. Elle est choisie parmi tant d'humains pour accomplir une mission de libération.

- *Ouf ! Que je me sens loin déjà ! J'ai à peine à respirer dans la vie !*
- *Je te parle grand-papa, car je sais que tu m'entends et que tu m'écoutes. C'est bizarre la vie ! Moi qui refusais de croire en tous mes dons, en*

toutes mes capacités ultra-sensorielles, je me vois maintenant clouée sur un lit d'hôpital, contrainte de vivre aux crochets des autres !

Marion se tourne la tête sur son oreiller tout mouillé de larmes. Elle fait une moue avec sa bouche et continue à parler à son grand-père maternel.

- *Le pire grand-papa, c'est de réaliser que je n'ai que peu de temps, à vivre ici-bas et jamais je ne retournerai vivre à Ottawa avec mes chers enfants !*

Marion replonge dans ses émotions avec plus de calme. Les larmes recommencent à couler doucement comme un petit ruisseau au printemps. Son oreiller déjà imbibé de toutes ses souffrances, de tous ses chagrins et de tous ses souvenirs est le témoin impassible de sa fin de vie.

--- OOO ---

Dans une autre réalité, dans son espace personnel de méditation Louise réalise que sa vie déboule comme une avalanche déclenchée par un coup de tonnerre. Elle est maintenant face à un fait évident : celui d'être responsable de ces trois petits-enfants et surtout de les accompagner dans leur immense mission de vie.

Louise constate avec stupéfaction que Phéas avait dit vrai. La seconde partie de son entretien avec son guide s'abat sur sa vie, sur celle de Thomas et des enfants Corribus.

- *La partie secrète du songe se joue maintenant. Pense mamie. Je ne pouvais pas en parler. Dieu que je me sens seule.*

Ce songe, elle le vit depuis l'accident. Elle aussi espérait. Elle espérait naïvement que le messager se soit trompé ! Pourtant elle savait ! Elle n'avait jamais été trompée par son guide. Elle souffrait et maintenant l'heure est venue de vivre le dénouement de ce vilain cauchemar. Quoi penser de tout cela ? Elle sait que ce sera elle et Thomas qui devront assumer la responsabilité de l'éducation de leurs trois petits-enfants. Ils devront voir aux préparatifs de la mission de Cédric, William et Sofia laquelle les amènera vers des destinées impossibles à croire présentement. Ils devront répondre à une prophétie et la réaliser malgré tout.

--- OOO ---

Arrivés à l'hôpital, papi, mamie et les enfants Corribus sont escortés par une infirmière de service vers la chambre de Marion.

Minuit a sonné, les changements de services sont complétés. Les couloirs de l'étage sont sombres, silencieux. Un éclairage diffus, provenant de lampes à électricité réduites, offre un caractère lugubre. Seules les toux grasses ou sèches des patients hospitalisés ponctuent le silence.

Les trois enfants sont installés autour du lit de leur maman. Ils sont tous les trois en larmes. Ils ne peuvent pas se concentrer sur les paroles que transmet leur mère. Avec courage, Marion leur parle doucement, calmement, les yeux pleins de larmes, d'émotion, c'est le déchirement total.

Elle devient très pensive tout à coup.

- *Que la vie est bizarre. Moi qui faisais de grands projets pour mes trois petits chéris et voilà que la vie me file entre les doigts !!! Je m'en remets à Toi, l'Éternel, Père de tout l'Univers et je remets entre les mains de mes chers parents la garde de mes enfants adorés. Je sais que tu sauras les guider et je T'en rends grâce.*

Revenant à elle, Marion, avec difficulté, s'adresse à sa mère Louise et à son père Thomas ainsi qu'à Cédric, William et Sofia. Marion insiste pour que ses parents tiennent les enfants par la main et qu'ensemble ils écoutent ce qu'elle a à leur dire et à leur léguer :

- Papa, maman… prenez soin de mes enfants chéris.

Elle tousse difficilement.

- Aidez-les à vivre dignement… selon notre tradition familiale.

Marion s'arrête un instant et reprend son souffle. On entend sa respiration haletante, celle qui prévient de la minute finale de la vie sur la Terre.

- Cédric… William… Sofia… je vous confie à l'amour inconditionnel de papi et mamie… à leur capacité de prendre soin de vous… de vous enseigner toutes les techniques que vous aurez besoin de savoir… et d'avoir… pour vous réaliser dans cette vie… qui est la vôtre…
- Je sais… que vous avez un destin tout à fait particulier à réaliser...
- Vous avez une mission… vous faites partie d'une prophétie… Mamie vous expliquera…quand vous serez prêt à l'entendre…

Marion reprend son souffle plus d'une fois avant de poursuivre.

- Mes enfants… Promettez-moi… d'écouter mamie et papi … de faire ce qu'il faut… pour réaliser… la prophétie…

Marion poursuit avec un effort surhumain.

- De grands défis vous attendent… promettez-le-moi… promettez de faire ce qu'il faut…

Marion regarde intensément chacun de ses enfants et insiste avec les derniers efforts que la vie lui laisse en ces minutes si précieuses.

- Promettez-le-moi… promettez d'agir… dans le sens de la prophétie… Faites-moi signe de la tête que vous acceptez et je partirai en paix. Ouf ! Je me sens partir…
- Je serai là… dans votre cœur, lorsque… vous aurez besoin… de ma… pensée. Je… vous… aime… souvenez-vous… de notre… étoile…

Marion et son conjoint, tous les deux de bons marins, avaient expliqué à leurs enfants comment observer le ciel et reconnaitre les étoiles et tout spécialement celle qui rassemblera leur pensée de famille, celle qui leur sert de point de ralliement. Cédric, William et Sofia se souviennent de l'étoile Polaris[1], ou Étoile Polaire, désignée sous le nom d'*Alpha Ursae Minoris* qu'ils observaient en famille les soirs de nuit parsemés de petites flammes blanches sur cet immense tapis bleu profond.

Les enfants se regardent et font un signe de la tête avec leur visage inondé de larmes et d'écoulements de nez.

- Promit maman, hoquètent les enfants à l'unisson.

Cédric, William et Sofia sont comme dans un état hypnotique, ils sont tellement sous le choc que leur tête se balance par automatisme.

Les larmes continuent d'inonder l'oreiller de Marion celui-ci déjà détrempé.

Marion, avec difficulté, suit du regard ces enfants chéris qu'elle a mis au monde, il y a de cela presque dix ans. Elle sait que de nombreux défis les attendent afin que s'accomplisse la prophétie. Elle se rappelle sa conversation avec sa mère il y a de cela un peu plus de dix années lorsqu'elle a reçu en songe le message de sa grossesse et de la naissance des triplés.

Avec difficulté, Marion articule ses dernières paroles :

- Il y a une paix à l'intérieur de la mort… Pour y arriver… je dois faire la paix… avec la Vie… ma Vie… et celle des autres…

Les yeux de Marion plafonnent. Sa respiration est saccadée, entrecoupée d'apnée. En un court instant elle revoit sa vie…son arrivée sur cette terre, les bras de sa mère et de son père, ses amies d'école, son passage dans les Forces armées canadiennes, sa rencontre avec son compagnon de vie sur cette terre, ce Marc qu'elle a tant aimé, la surprise de ses triplés, leurs voyages en famille, les activités scolaires et sportives des enfants, ses projets en tant que femme. Elle entend des sons lui rappelant la voix de

---

[1] Polaris, alpha de la Petite Ourse, visible toute la nuit donc tous les soirs

Louise, ces sons lui traversent encore l'esprit. Ce sont des paroles avec lesquelles elle quittera la terre :

- *C'est par les femmes que la société arrivera à implanter la paix dans le cœur de l'homme.*
- *Que ces paroles sont douces à mes oreilles maintenant que je connais le destin de Sofia. J'aurai participé à l'éclosion de cette fleur lumineuse. Elle saura guider ses frères et tous les autres humains.*

Marion décroche de sa réalité terrestre. Elle n'entend ni ne voit presque plus rien. Tous ses sens la quittent un après l'autre.

Ensemble, les trois enfants laissent la main de leurs grands-parents, se placent autour du lit de leur mère. Ils sont sans paroles. Seuls les sanglots coupent le silence. Ils sont meurtris par l'émotion.

Cédric tient la main droite de sa mère donnant l'impression de vouloir la dévisser et la garder bien précieusement pour lui tout seul. William est collé à la tête de sa mère chérie. Il bave toute sa douleur sur les joues blanches de Marion. Quant à Sofia, elle est assise sur le bord du lit d'hôpital, entourant la taille de sa mère comme elle avait l'habitude de le faire lorsqu'elle avait du chagrin. De cette façon-là, elle entendait le cœur de sa mère battre à l'unisson avec le sien.

Elle entend difficilement les battements de cœur de Marion. Elle panique… Elle secoue sa mère… Elle supplie… Elle pleure… Le temps s'arrête…

Le silence qui suit cette explosion de larmes, de cris et de coups de poing sur le lit permet à Marion de se fermer les yeux, de respirer de plus en plus profondément et lentement, une dernière fois sur cette terre et quitter en paix. Dans un dernier effort surhumain, Marion ouvre grand les yeux. Son regard est intense, plein d'amour. Il se pose sur Cédric, puis sur William et s'arrête sur Sofia.

Marion ferme lentement les yeux. Le cordon d'argent se rompt !

Marion n'est plus. Son corps, meurtri par toutes ses blessures, s'apaise. Elle est enfin libre. Elle est inerte.

La vie de Marion l'a quitté pour d'autres cieux pendant qu'à l'extérieure des fenêtres on voit déjà la vie s'installer dans la nature printanière.

Les enfants l'embrassent partout, sans s'arrêter, ils ne peuvent la quitter. C'est trop !!! C'est comme si le plancher de la chambre d'hôpital cédait sous leurs pieds…

Le personnel infirmier qui a été demandé par mamie s'est retiré discrètement après avoir débranché les appareils afin de libérer le corps et ainsi permettre un contact sans entrave.

Des cris retentissent de la chambre de Marion Valroy, des cris de déchirement, de douleur, d'abandon et de découragement. William qui aimait tant se coller sur sa mère est demeuré en état hypnotique. Il est en difficulté respiratoire !

-   Il fait une crise d'asthme dit Mamie qui rappelle le personnel infirmier à la rescousse de son petit-fils.

On le traite immédiatement en l'envoyant à l'urgence de l'hôpital. Les deux autres suivent ainsi que papi et mamie, comme des automates à qui on aurait enlevé la batterie, mais qui continuent de marcher par soubresauts. Tous sont au comble de l'instabilité émotionnelle.

Papi et mamie entrevoient l'immense défi devant eux. Malgré leur âge, ils savent que ces enfants, ces triplés auront à vivre plusieurs deuils : celui de leur père et leur mère, de leur maison à Ottawa, de leur environnement scolaire, de leurs amis, de leur milieu sportif.

-   *Ouf ! Par ou et par quoi on commence !*

--- OOO ---

Ming et Patrick

Le temps passe et les triplés se remettent tranquillement et difficilement du deuil de leur mère et de leur père. Tout est tellement bousculé dans leur tête et dans leur cœur. Ils sont bien protégés avec papi et mamie. Ces derniers leur laissent le temps de digérer et de vivre la perte de leurs parents. Papi et mamie ont eux aussi à faire le deuil de leur fille chérie et de leur gendre bien aimé. Les grands-parents et les petits enfants s'accompagnent mutuellement dans leur grande souffrance.

Un matin, Louise se réveille et secoue Thomas avec énergie.

- Thomas, j'ai reçu de mon guide Phéas une suggestion ; plantons un arbre et dédions-le à la mémoire de Marion et de Marc. Je suis certaine que les enfants vont apprécier.
- C'est génial. Je suis d'accord. Voyons leur réaction au petit-déjeuner.

La bonne humeur règne lorsque mamie demande l'attention.

- Les enfants, que diriez-vous si, tous ensemble, nous plantions un arbre en souvenir de vos parents ?
- On y mettra une inscription dit soudainement William, enthousiasmé par l'idée.

Cédric et Sofia, enthousiastes supportent l'idée et proposent que ce soit eux qui choisissent. Le jour même, la famille se rend à la pépinière de la région. Mamie connaît bien le propriétaire et lui présente le projet. Ému, ce dernier discute avec les enfants afin de mieux connaître leur désir. Le choix est difficile. Toutefois, après plusieurs suggestions, les enfants sont d'accord pour le choix d'une magnifique Aubépine en floraison de deux mètres de haut et de circonférence.

- Regardez les belles fleurs blanches en forme d'étoile, on dirait qu'ils ont un soleil entre les pétales.
- Oui, c'est vrai Cédric. Je suis tellement contente, je vais pouvoir parler à maman et papa par l'entremise de notre arbre.
- C'est un arbre qui nourrit le cœur mentionne Thomas. On l'appelle aussi l'arbre de la droiture.
- J'aimerais qu'on le plante au centre du jardin zen, demande William avec émotion.

Thomas regarde Louise avec tendresse et reconnaissance.

- Le jardin est mon lieu de prédilection. Chaque matin je m'y rends et souvent j'observe le soleil se lever. Marion et Marc pourront m'accompagner !

--- OOO ---

Arrivés en mi-session scolaire, les enfants Corribus ont terminé leur année scolaire en cours. Ils n'avaient pas la tête à leurs études. Toutefois, grâce à la grande compréhension et la collaboration de leur nouveau professeur, ils purent se classer parmi les 15 premiers de la classe malgré les nombreux contretemps notamment la visite de leur mère à l'hôpital, acclimatation en Estrie, parachutage dans un nouveau milieu scolaire, etc. Plusieurs élèves furent très encourageants à leur égard. Ils les ont aidés à comprendre le système québécois différent de l'ontarien à quelque chose près.

Papi et mamie, toujours présents, durent composer avec des revers de comportements de la part de leurs petits-enfants. Avec calme et bonne humeur, ils ont affronté d'innombrables tempêtes émotionnelles.

- Je ne retourne pas à cette école en septembre, lance William avec colère, le regard déterminé. Je n'aime pas les gars et les filles de ma classe rajoute-t-il en se précipitant dans sa chambre au sous-sol de la maison. La porte de sa chambre claque si fort que les murs du bureau de papi en tremblèrent.

- *Bon ! Je pense que c'est maintenant que ça passe ou que ça casse,* pense papi.

Papi se dirige vers la chambre de son petit-fils, le plus rebelle cependant le plus sensible et le plus curieux. À son arrivée, il voit William remplissant trois valises : une de linge, une de dinosaures en jouets et une autre de bandes dessinées. Il observe que William n'oublie pas le bout de chapelet cassé que sa mère Marion accrochait dans leur auto en guise de protection et qu'il avait récupéré après la cérémonie funèbre.

Papi, devant ce brouhaha, ces pleurs et ces gémissements bouleversants, repense à son fils Patrick. Il le revoit dans la même situation. Ça le ramène plusieurs années en arrière. C'était le même scénario.

- William, tu te prépares à partir ? Tu as décidé par toi-même et avec toi même de quitter le milieu familial pour aller vers… quel horizon ? Dit papi avec beaucoup de tendresse et d'amour.
- Heureusement que tu ne me demandes pas d'aller te reconduire à l'autobus provincial comme ton oncle Patrick l'a fait lorsqu'il avait ton âge. Il était tellement en colère contre ta mamie qu'il ne voulait plus lui parler. À ce moment-là, je lui ai demandé de répondre sur une feuille blanche à deux questions. La feuille était séparée en deux avec un trait de crayon. D'un côté la question « qu'est-ce que tu gagnes » et de l'autre « qu'est-ce que tu perds » en quittant la maison. Papi repense à ce scénario et il pouffe de rire. Il faut cependant que je te dise que mamie n'a pas trouvé ça drôle du tout.
- *C'est tellement cocasse* pense-t-il que je ne peux m'empêcher de rire. Excuse-moi William, tu disais ?

L'anecdote racontée par son papi a attiré l'attention de William. Revenant à sa réalité, il questionne son grand-père.

- Qu'est-ce que Patrick a fait demande William, revenu de ses émotions.

William s'est assis sur son lit les valises par terre, à moitié fermées et vraiment pèle mêle. D'un regard interrogateur, il observe papi droit dans les yeux.

- *Il ne baisse jamais les yeux celui-là, d'ailleurs pas plus pour les deux autres…pense papi*

Son oncle Patrick c'est de l'or. Tout ce qu'il fait, William essaie de l'imiter. C'est son idole présentement. Patrick influence positivement ses neveux et sa nièce.

Voyant papi sur le point de répondre, William s'empresse de lui demander :

- Est-il parti ? Qu'est-ce qu'il a écrit sur son papier ?

La présence de papi calme Wil comme l'interpelle son frère. De fait, William respire mieux. Ce petit homme aux boucles brunes en broussaille et aux iris marron couronné de vert est porté à faire des crises d'asthme quand il est contrarié où bien sûr, quand il est en état grippal. Papi trouve tout de même qu'il a une délicieuse façon de se moquer.

- *C'est un p'tit comique ; il est l'inventeur de situations, son imagination déborde comme un volcan en fusion.* Pense-t-il.
- Tu demanderas à ton oncle Patrick demain, il sera avec nous en compagnie de Ming ta tante préférée répond papi affectueusement. Ils viennent justement pour établir un programme préparatoire en lien avec votre mission, tu te rappelles de cette idée de mission dont ta mère vous a parlé quand elle était à l'hôpital.

William bouge la tête d'une façon affirmative. Il reste pensif puis il se secoue un peu afin d'être attentif à ce que son grand-père a à lui dire.

- Est-ce que tu restes avec nous ?

- Nous on est heureux de les recevoir et de réaliser qu'ils ont à cœur votre réussite à tout point de vue. Patrick a promis à votre mère de s'occuper de vous trois en leur absence surtout dans le cadre de votre implication scolaire et parascolaire. Ils sont là pour potentialiser, activer les dons que vous possédez et qui ne demandent qu'à se réaliser.
- *Je ne suis pas sûr qu'il saisisse tout mon baratin… Enfin, on verra ! pense-t-il.*

William écoute attentivement son papi. En effet, il ne saisit pas tout ce que dit son grand-père cependant il hoche la tête en signe d'écoute et dit lentement les yeux pleins d'eau :

- Papi, tu sais que j'ai de la difficulté à me concentrer ces temps-ci et je ne veux pas être ridicule devant mes nouveaux amis. Maman avait commencé à faire des démarches à Ottawa pour que le système scolaire m'aide dans ce sens.
- Je te rassure William tout de suite. Nous avons poursuivi les mêmes démarches auprès de la commission scolaire et tu auras cette année un ordinateur pour ton français écrit. De plus on verra ce que l'on peut faire pour augmenter ta concentration et ton attention. Patrick pense que le tir à l'arc et les arts martiaux seraient des pistes intéressantes pour vous trois.
- Oui ! Ça, c'est fantastique, je veux commencer le plus tôt possible.

Une étincelle avait brillé dans ses yeux, une nouvelle envie de participer et de jouer venait d'être déclenchée.

- On attend que ton oncle Patrick arrive et on en reparle O.K. William dit papi calmement.
- D'accord, je remets mes valises à leur place. Il reste silencieux un moment puis il rajoute péniblement avec des sanglots dans la gorge :
- C'est dur tu sais, papi, sans papa et maman. Il renifle et essuie son nez coulant avec une partie de la manche gauche de son gilet…

33

- William quand même il y a des kleenex insiste papi en regardant avec malice son petit-fils. Allez mouche-toi un grand coup et tu te sentiras mieux après. Excuse-moi, continue, je t'ai interrompu avec ma remarque.
- Je pense à eux souvent. Je les cherche dans ma mémoire et je ne voudrais pas que leur image s'efface à jamais.

Il respire un bon coup, se mouche avec le papier mouchoir que son papi venait de lui donner. Il s'approche de son papi Thomas qu'il affectionne particulièrement. Papi le serre tendrement dans ses bras et lui dit :

- Lorsque tu as de la peine et que tu as de la difficulté à le dire, viens me voir, quel que soit le moment du jour ou de la nuit. C'est compris rajoute papi en le regardant dans les yeux avec tellement d'amour.

William saute sur son grand-père Thomas et l'embrasse sur les deux joues en faisant du bruit avec sa bouche. Comme un flash, papi revoit sa fille Marion faire le même geste et le même bruit quand elle était contente de la conversation qu'elle venait d'avoir avec lui lorsqu'ils étaient seuls tous les deux pendant que Louise travaillait le soir comme infirmière.

- Rassure-toi mon grand, tu garderas l'image de ta mère et de ton père dans ta mémoire jusqu'à ta propre vieillesse c'est magique. Je me souviens encore du visage de ma propre mère et elle est décédée depuis déjà plusieurs années.
- Ah ! Merci papi je suis content. Ça me fait du bien, dit William en le quittant rassuré.

--- OOO ---

Les triplés sont prêts. Ils attendent leur oncle Patrick et tante Ming. Ils ne devraient pas tarder à arriver.

- Youpi ! Les voilà crie Sofia.
- Elle est toujours aux aguets, très présente à tout ce qui se passe. C'est une petite futée.

34

Son grand-père Thomas l'appelle son scanneur ambulant. Avec ses cheveux savamment dépeignés, dorées comme des feuilles en automne et ses yeux noisette éclatant de vivacité, Sofia sait prendre rapidement le pouls vibratoire de l'environnement, des situations et des humains. Sa petite fille est un véritable trésor et une boite remplie de surprises.

Les garçons, essoufflés, arrivent en trompe. Ils jouaient au ballon soccer dans le champ voisin de la maison.

- Salut la compagnie ! lance Patrick en sortant de sa voiture, une Mazda rouge que lui et Ming affectionnent particulièrement.

Ming suit avec un tas de friandises pour les triplés. Elle-même apprécie les chocolats et toutes les saveurs de sucreries. Elle aime gâter ses neveux et sa nièce. C'est tellement drôle de les voir déguster ce qu'elle leur apporte. C'est son grand plaisir à elle.

- Wow ! Vous avez vraiment l'air en forme tous les trois continue Patrick en soulevant Sofia dans les airs. Il la fait pirouetter à gauche et à droite. Elle crie à plein poumon. Elle s'éclate de rire et elle ne peut plus s'arrêter tellement elle est contente.
- Mon oncle Patrick, tu es tellement le « fun » que je voudrais que tu viennes nous voir plus souvent. J'ai toujours très hâte de vous voir tous les deux. Tu nous apportes une brise de fraicheur.
- Wow ! Tu fais de la prose ma belle grande Sofia. C'est bien ça, continue ! Les gars aiment ça… Ha ! Ha ! Ha ! Rigole Patrick en lui faisant la bise sur les deux joues. Sofia rougit en entendant cette boutade.

Cédric et William se précipitent sur leur oncle et le frappent de coup de poings amicaux. Patrick aime ces contacts physiques. Il pratique les arts martiaux depuis son adolescence. Militaire de carrière, il s'entraîne chaque jour et demeure un adepte des gymnases. Sa condition physique est primordiale. Il est méthodique et discipliné de telle sorte que plusieurs athlètes le consultent ou bien s'entraînent avec lui avant leurs combats d'arts martiaux. Les enfants le voient comme un G-I Joe. Patrick rigole de l'image que les enfants lui collent à la peau.

Patrick, Cédric et William se bousculent, se roulent par terre, se poussent les uns les autres. Cédric et William tentent de coller les épaules de leur oncle. C'est l'euphorie.

Papi et mamie constatent qu'il était temps que Patrick arrive pour permettre aux garçons d'évacuer la vapeur à l'intérieur d'eux même.

- Alors les flots c'est le temps des vacances ? Deux mois avant votre retour à l'école… Nous sommes vraiment contents de vous voir. Vous êtes comme nos enfants. Vous pouvez compter sur nous pour vous épauler, vous aider, vous êtes notre famille. La famille c'est important ! ajoute Patrick avec enthousiasme.
- Pourquoi c'n'est pas toi qui nous gardes à la place de papi et mamie demande Cédric sérieusement ? On demeurerait à Ottawa et on garderait nos amis. Ce serait plus simple pour tout le monde.
- *Wow ! Je sais qu'il est le plus sérieux des trois celui-là, pense papi. Il se pose souvent des questions existentielles, mais là c'est plus sérieux !*

Cédric possède de grands yeux bleu azur, ouverts aux questionnements et aux réponses intelligentes. Généralement, lorsqu'il réfléchit, il penche légèrement la tête du côté droit. Puis, lorsqu'il est prêt à donner une réponse ou faire un commentaire, il secoue sa tête et fait onduler ses cheveux châtains clairs, le tout agrémenté d'une bouche souriante. Son regard est franc et jovial. À ses heures il est aussi capable de s'émerveiller d'une coccinelle qui tombe d'une brindille d'herbe.

Un silence s'installe entre les membres de la famille. Tout le monde se regarde et personne n'ose dire un mot.

On sent un malaise chez Cédric, il ne peut le dire d'une autre façon. C'est la première fois qu'il se révèle aux autres depuis que sa mère est morte. Il n'a fait qu'écrire des pages et des pages sans jamais les partager. C'est son premier cri du cœur, de son âme en peine.

Patrick, le regarde avec affection, le prends dans ses bras solides et le serre tendrement sur sa poitrine athlétique jusqu'à ce que Cédric éclate en sanglots. Cédric se débat, il ne veut pas passer pour une mauviette. Il a sa fierté de jeune de dix ans. Patrick le sait. Il le maintien sur sa poitrine tout en lui massant le dos, près de la nuque pour le détendre.

Pendant plusieurs minutes, Cédric donne libre cours à ses émotions, à sa colère, à ses pleurs. Il sanglote. Finalement, Cédric s'apaise et relâche sa tension.

William et Sofia restent bouche bée. Ils ne bougent pas. Ils sont stupéfaits du comportement de leur frère. C'est toujours lui qui les rassure dans des moments difficiles. Il se comporte comme l'aîné de la trilogie. C'est bizarre, mais c'est comme ça ! William et Sofia se regardent et constatent qu'ils pensent la même chose…

- Étonnant ! disent-ils ensemble.
- Qu'est-ce qui est étonnant ? Questionne Cédric d'une voix brusque, pensant que son frère William et sa sœur Sofia se moquent de lui.

Il se dégage de l'étreinte de Patrick pour s'approcher d'eux. Il les regarde et s'aperçoit que leur regard exprime la surprise.

Ils n'en reviennent tout simplement pas de ce qu'ils viennent de vivre.

- Qu'est-ce qui vous étonne ? Ma conduite vous surprend ? insiste Cédric d'un ton que papi et mamie ne reconnaissent pas. Il s'exprime avec colère et semble prêt à sauter sur ses frangins.
- Wow ! Attends avant de conclure, riposte William qui n'apprécie pas du tout le ton de son frère.
- On vient de constater que William et moi nous pensons la même chose en même temps, signale Sofia en bougeant la

tête pour faire signe à Cédric qu'il est peut-être allé un peu loin dans son comportement.

- *Je reconnais bien mon frère quand il parle avec les garcettes en l'air, pense Sofia. Là, je le retrouve tel qu'il est d'habitude…*
- Quoi ? Tu penses que d'habitude j'ai les garcettes en l'air quand je parle réplique Cédric…oups ! Il vient de constater qu'il peut percevoir les pensées des autres.
- Qu'est-ce qui se passe interrogent les triplés en même temps en regardant papi, mamie, Patrick et Ming qui rigolent et se donnent de tapes dans le dos mutuellement.

Mamie prend la parole :

- C'est le début de votre apprentissage, il vous faudra être patient et discret envers vos amis de votre école. Il se peut qu'ils soient inconfortables avec certains de vos talents. Je prendrai le temps de vous en dire davantage plus tard, pour le moment nous sommes contents que toi Cédric tu te sois libéré d'un poids qui semblait peser sur ta poitrine et qui t'empêchait d'être toi-même. Est-ce que je me trompe ou j'entrevois un fond de vérité ? questionne mamie avec beaucoup de ménagement.
- Ça m'a fait du bien réalise Cédric en touchant son cœur avec ses deux mains. Je remercie particulièrement Patrick qui m'a retenu au bon moment.
- Merci tout le monde.

En disant cela, il se précipite dans les bras de son frère et de sa sœur.

- Ça fait réellement de la place, ici, dans mon thorax, j'avais l'impression d'étouffer depuis que maman est partie…

Silence. Il baisse les yeux et entoure intimement William et Sofia.

- *Je ne pouvais pas croire que ça nous arrivait à nous les Corribus, pense-t-il en lui-même en les regardant dans leurs iris respectifs, l'un marron verdâtre et l'autre noisette.*

- Tu vois ça marche encore, on t'a deviné William et moi, lance joyeusement Sofia.
- Plus vous avancerez dans votre apprentissage, plus vous développerez les dons multiples que nous les humains nous possédions jadis il y a de cela très longtemps dit papi en s'avançant vers eux.
- *Mon père rit toujours en silence pense Patrick en souriant.*
- On t'a entendu mon oncle Patrick disent en cœur les triplés.
- Ça va être drôle entre nous lancent-ils tous les trois. Ils se font déjà des scénarios.
- Attention, il y a des règles et je tiens à ce que vous les respectiez intervient Ming qui n'avait pas dit un mot depuis le début de leur bavardage. Mamie vous les expliquera en fin de journée, pour le moment on s'amuse tous ensemble. C'est le début de vos vacances scolaires, profitez-en bien. Plus tard, ce sera la rentrée et de nouveaux défis vous attendent dans plusieurs domaines.

Papi et mamie se dégagent du groupe pour les laisser se divertir. Les enfants s'éloignent en courant et bousculant Ming et Patrick.

- *Louise, j'ai l'impression qu'on est à Ottawa et que Marion et Marc vont arriver de leur travail bientôt pense Thomas en relevant les sourcils.*

De tendres souvenirs remontent à la mémoire de papi et mamie. La mort de leur fille et leur gendre a créé un grand vide dans leur cœur et dans leur noyau familial.

En regardant avec affection son partenaire et se dirigeant vers la cuisine, mamie mentionne :

- Cédric est plus tardif dans la démonstration de ses sentiments. William est une boule de feu et Sofia quant à elle, scanne toujours les personnes avant de poser un geste ou de prononcer une parole. C'est important de noter cela et de le prendre en considération.

Elle soutient de son regard Thomas qui comprend le message de sa compagne. Ils vivent ensemble depuis plus de quarante années déjà.

Par télépathie, ils se disent qu'ils ont beaucoup à apprendre de leurs petits-enfants. Les quelques réunions de famille par année, soit à Ottawa ou bien à la maison paternelle dans les Cantons de l'Est, ne sont pas suffisantes pour connaître à fond ces enfants de leur fille défunte Marion et de leur gendre Marc. Cet accident d'avion fut vraiment une tragédie.

- Nous aurons à les observer discrètement et à les coacher avec beaucoup de ménagement, de douceur, de franchise et de patience mentionne Louise qui regarde Thomas dans les yeux alors que ce dernier la berce tendrement dans ses bras.

--- OOO ---

Le repas se passe dans la joie. Ming et Patrick racontent les péripéties de leur récent voyage à Bali. C'est pour cela que les enfants n'avaient pas eu de nouvelles d'eux. Normalement, ils communiquent avec leur marraine et parrain par l'entremise de Skype toutes les semaines.

- Oncle Patrick, papi m'a dit que quand tu avais mon âge tu as voulu partir de la maison parce que tu étais en colère contre mamie et il t'a fait écrire quelque chose sur une feuille. C'est quoi que t'as écrit ? » demande William

Surpris, Patrick regarde son père et le questionne en fronçant les sourcils. Papi hausse les épaules tout en ouvrant les mains. Son regard indique que la réponse lui appartient. Avant de répondre, Patrick regarde sa mère et lui sourit avec tendresse.

- C'est quoi que t'as écrit demande avec insistance William ?
- Pour que papi te parle de cela, il faut une bonne raison. Que s'est-il passé ?

William décrit rapidement l'intervention de papi avec les valises et revient sur sa question :

- Il m'a dit qu'il t'avait demandé de lui dire ce que tu gagnerais et ce que tu perdrais si tu partais. Alors c'est quoi que tu as écrit ?
- Toi William tu aurais répondu quoi ? Demande Patrick avec un sourire en coin.
- Ha ! pourquoi tu me réponds par une question ?
- Parce que ta réponse est certainement différente de la mienne.
- Quand même ! C'est quoi que t'as écrit ?
- Ce que j'ai écrit est sur une feuille que mamie m'a remise avec mon cahier personnel quand je me suis marié. Voici ce que je te propose : toi réponds à la question sur une feuille à toi et quand je reviendrai, j'apporterai mon cahier et nous comparerons nos réponses. Qu'en penses-tu ?
- William regarde son oncle avec ses grands yeux incrédules, la bouche ouverte. Patrick le regarde et tout en souriant ouvre les mains comme s'il disait « ben quoi ? » Résigné, devant tous qui le regardent, William répond :
- Ce n'est pas juste ! J'avais juste posé une question. Tu m'as piégé.
- Vraiment ? Moi je pense que c'est plus équitable si nous échangeons nos réponses… réponds Patrick.
- O.K., je le ferai et tu me montreras ta réponse conclu William déçu.

--- OOO ---

Les semaines se succèdent et l'entraînement progresse. Le mois d'août se déroule à vive allure. Déjà les feuilles commencent à perdre de leur verdure. Ça sent la rentrée scolaire à plein nez.

Les préparatifs pour la rentrée vont bon train, les vêtements sont placés sur leur chaise respective dans leur chambre. Les deux garçons couchent dans le même environnement, une chambre bleu pâle avec deux lits jumeaux séparés par une table de chevet qu'ils se partagent.

William a installé tous ses dinosaures sur le mur qui fait une saillie d'environ huit pouces ou vingt centimètres de large. Il les voit quand il se couche. Il est content, ce sont ses animaux fétiches. Il en possède une dizaine qu'il a assemblée lui-même ou avec l'aide de son père Marc. C'est avec lui qu'il a appris à travailler avec un plan de lego : une étape à la fois.

Quant à Cédric, il a déposé son ordinateur sur une petite table que mamie a mise à sa disposition afin qu'il fasse ses recherches sur le monde marin, il aspire à devenir un biologiste marin. Il connaît déjà tellement le monde de l'eau et ses habitants. D'ailleurs il nage comme un poisson. C'est magique de l'entendre parler de ses trouvailles. Il sait comment communiquer son enthousiasme. C'est un de ses atouts. Pour lui, parler de ses recherches ou de ses trouvailles demeure très facile, cependant parler de ses émotions ou ouvrir son cœur, c'est autre chose. Marion, sa mère savait le faire parler. Maintenant qu'elle n'est plus là, il se retire en lui-même. Pour le moment c'est son mécanisme de protection.

Sofia quant à elle, l'honneur lui est revenu d'avoir la plus grande chambre. Cela lui convient puisqu'elle dispose de beaucoup d'objets personnels que lui a confiés sa mère avant que la famille quitte Ottawa et aménage dans les Cantons de l'Est. Tous ces objets ont une grande valeur pour elle et pour ses frères. Pour le moment, elle les garde tous dans sa chambre jaune orangée. C'est son lien intime avec la sensation de la présence de sa mère et de son père. Souvent, ses frères viennent y faire une saucette, surtout quand ils vivent une période nostalgique. Ils touchent les objets fétiches, les glissent entre leurs doigts, respirent un foulard ou deux ayant appartenu soit à leur père ou à leur mère. Ils restent comme ça un bon moment, silencieux, puis ils repartent heureux et satisfaits. Ils sont toujours très reconnaissants envers leur sœur Sofia qui respecte leur intimité.

--- OOO ---

Confidences

Un jour, Sofia raconte à ses frères les rêves qu'elle vit depuis le décès de Marion. Elle n'ose pas en parler à mamie, elle ne se sent pas tout à fait à l'aise de le faire. Elle doit en parler avec ses frères. Elle se doit de partager son angoisse. Elle en ressent un besoin profond. Elle demande à Cédric et William de la joindre dans sa chambre, elle a une confidence importante à leur partager. De manière solennelle elle convie ses frères à s'asseoir de chaque côté d'elle sur son lit, Cédric à droite et William à gauche, puis plaçant ses bras sur leurs épaules, elle dit tout en les serrant très affectueusement :

- Je vous aime mes frères.

Les deux gars se penchent en avant, se regardent et se transmettent télépathiquement :

- *Qu'est-ce qu'elle va nous annoncer de grave avec une phrase pareille ?*

Sofia, malgré qu'elle possède le même âge que ses frères, se considère comme la grande sœur responsable de Cédric et de William. Cette attitude les met quelquefois en rogne. Prenant le temps de respirer, Sofia, désireuse de ne pas bousculer ses frères, poursuit sur un ton amical :

- Je vous demande de respecter la promesse que nous avons faite à maman lorsqu'elle a prononcé ses dernières paroles sur son lit d'hôpital. Je ne sais pas si les rêves que je vis depuis un certain temps ont un lien direct avec le décès de maman, mais, prenant un grand respire, elle continue,
- Je fais de plus en plus de rêves dans lesquelles je retrouve une personne qui semble une grande prêtresse des temps

anciens. Elle est habillée avec de très beaux vêtements que je ne connais pas, que je n'aie jamais vu dans mes revues ou à la TV. Chaque fois, elle m'invite à suivre un chemin bizarre plein d'embuches, de guerres, de châteaux, de monstres épeurants, parfois ce sont des rues pavées de roses ou bien des chambres avec des murs gluants, des personnages qui semblent sortis de film d'horreur, et lorsque je me réveille, j'ai peur. J'ai vraiment peur d'être toute seule et je ne comprends pas ce que ça veut me dire.

- Attends, mais moi aussi je fais des rêves tellement bizarres que quand j'en ai parlé à William, nous sommes restés muets tous les deux, car ce sont pratiquement les mêmes rêves que toi. Non, mais tu t'imagines la surprise que tu nous fais en t'entendant raconter tes rêves. Ils ressemblent aux nôtres.
- Je crois que nous devrions en parler à papi et mamie. Je suis sûr qu'il y a un lien avec ce que maman nous a appris lorsqu'elle était à l'hôpital, avant qu'elle nous quitte. Tu te souviens elle nous a parlé d'une prophétie quelconque dans laquelle nous serions impliqués.
- Moi, dans mon rêve il y a aussi un vieillard avec une barbe très longue et habillé en blanc et souvent je me réveille pendant que je suis en train de me battre.
- Moi aussi je me bats presque tout le temps mentionne Cédric.
- La dame dans mon rêve parle souvent avec un vieillard ajoute Sofia.

Cédric prend une pause, regarde son frère et tous les deux enlacent leur sœur. Cédric affirme :

- Oui nous respecterons notre promesse la sœur. Par contre ce qui m'impressionne, c'est que nous fassions les mêmes rêves et que nous soyons toujours en train de nous battre. Je ne comprends pas ce que ça veut dire.
- Moi non plus, je ne comprends pas dit William.
- C'est difficile d'accepter tout ce dont nous avons vu dans nos rêves. Quel message on veut nous donner questionne Sofia.

- Nous devrions en parler avec nos grands-parents, poursuit Cédric. Je pense que ça peut nous rassurer. Comme disait papa souvent : plus tu as de l'information sur un sujet plus tu es en mesure de contrôler et d'enlever la peur qui t'habite.
- Oui c'est vrai je m'en souviens de cette phrase surtout quand j'avais peur dans le noir ajoute William. Papa me rassurait en me faisant voir les formes qui se détaillaient sur le mur de ma chambre. Je constatais que c'était tout simplement les branches d'arbres du dehors qui faisait une ombre chinoise sur le mur face à mon lit. Tu te souviens Sofia, je criais et ça te réveillait. Tu me disais :
- Va voir papa il sait quoi te dire et quoi faire pour te rassurer.
- Et c'est ce que je faisais. Il me raccompagnait et m'aidait à voir ce qui était vrai et ce qui était imaginaire. Je crois que c'est une bonne idée d'aller raconter tout cela à papi et mamie concluent les triplés en sortant de la chambre de Sofia.

--- OOO ---

Les enfants attendent leur papi. Entre temps, ils sont assis au salon avec des bandes dessinées dans les mains. Tous les trois apprécient parcourir en silence le domaine fantastique que présentent les BD comme les appelle leur oncle Patrick. Grand père Thomas et oncle Patrick sont friands de bandes dessinées, surtout celles à caractère historique.

- Sapristi, les enfants, qu'est-ce qui se passe pour que vous soyez si tranquilles ? Questionne Thomas en entrant dans la maison.

Les trois déposent leurs bandes dessinées (BD), se précipitent auprès de leur grand-père et questionnent :

- Papi, tu nous as dit que c'est normal de rêver parce que le rêve c'est nécessaire pour évacuer le stress ou la pression, n'est-ce pas ? mentionne Cédric.

- Oui, et mamie nous a souvent dit que nous jouons tous les personnages de nos rêves, renchérit Sofia pis ça dépend des sortes de rêves.
- Par contre, faire les mêmes rêves tous les trois et presque à répétition, ajoute William, ça, ce n'est pas normal.
- Un instant les enfants, pas tous en même temps. Oui les rêves sont essentiels et nous informent à leur manière. Toutefois, j'aimerais comprendre ce qui se passe et ce qui vous trouble. Allons dans la cuisine avec mamie et racontez-nous ce que vous avez à nous dire, mais un à la fois.

Rapidement les enfants s'installent puis racontent successivement à leurs grands-parents les rêves qu'ils vivent.

Papi Thomas, ses mains croisées avec les index appuyés sur ses lèvres et les coudes posés sur les bras de sa chaise capitaine, écoute attentivement. Mamie, légèrement penchée vers l'avant observe chacun des enfants donner la version de ses rêves. Elle se concentre sur le ressenti, sur le langage non verbal des jeunes. Toutes ses antennes sont aux aguets.

- Hum ! Très intéressant dit papi. Vous savez mes enfants, Freud disait « Le rêve est la voie royale de l'inconscient » et un spécialiste de l'analyse des rêves, un nommé Christian Genest, lui il ajoute que c'est aussi « la voie la plus rapide pour entreprendre le changement de notre vie vers un épanouissement permanent et physique ».
- Attendez, je vous explique, car ce sont de belles paroles tout çà, cependant je voie votre mimique d'interrogation.
- Je vous ai déjà raconté que depuis l'antiquité jusqu'au Moyen-âge, dans toutes les grandes civilisations telles que l'Égypte, les Assyriens, Babyloniens, les Grecs, les Romains, aux Indes, en Chine, bref partout les rêves et leur interprétation étaient considérés avec grand respect.
- Au Moyen-âge les gens d'Église avaient beaucoup de difficultés avec ces personnes qui interprétaient les rêves et ils se sont organisés, notamment avec l'inquisition pour persécuter tous ceux qui interprétaient les rêves.

- On considérait ces personnes comme les sorciers au service du malin. Ce n'est que depuis le début des années 1900, notamment avec Freud que l'analyse des rêves est redevenue plus importante. Aujourd'hui, les spécialistes considèrent les rêves comme des moyens à notre disposition pour mieux nous connaître, canaliser nos énergies ou encore pour trouver des réponses à ce qui nous préoccupe.

Papi, d'un air coquin, les questionne.

- Vous n'avez pas l'intention de me brûler comme on le faisait avec les sorciers au Moyen-âge j'espère ? Demande papi tout en regardant affectueusement ses petits-enfants. Si oui, je m'arrête tout de suite.
- Ben non ! Répond Sofia avec un sourire complice. Ce que je veux savoir, c'est quoi ça veut dire ce rêve, et pourquoi nous avons le même rêve tous les trois et pourquoi ce rêve se répète.
- Bonnes questions Sofia. Pour te répondre, voici ce que j'ai lu :
- On dit que notre cerveau est dix mille fois plus puissant que l'ordinateur le plus sophistiqué qui existe de nos jours et qu'il enregistre de nombreux éléments la plupart du temps à notre insu. Notre cerveau lui est associé à notre intellect qui lui travaille avec ce qu'il entend, observe, expérimente dans notre vie terrestre actuelle. Par contre, notre intuition travaille au niveau de l'esprit et peut donc faire appel à des notions entendues, observées, expérimentées dans des vies antérieures.
- Depuis déjà un an, vous travaillez très fort au niveau physique, émotionnel et mental. Vos instructeurs, Ming, Patrick, mamie et moi, nous vous faisons vivre des expériences toujours dans le but de bien vous préparer à une mission qui se précisera avec le temps. Cependant votre intuition aussi travaille pour vous préparer. À travers votre intuition, votre âme communique aussi avec vos cellules et peut déclencher des énergies qui peuvent servir à vous préparer à cette mission. Vous êtes des triplés, pas identiques c'est vrai, par contre vous êtes très inters reliés.

- Est-ce que votre subconscient vous prépare pour le travail que vous aurez à faire ensemble ? Je ne le sais pas, c'est possible. Puis mon interprétation de votre rêve peut être très différente de mamie, de chacun de vous. Aussi je ne chercherai pas à l'interpréter pour vous.
- Toutefois, ce que je trouve génial et qui m'impressionne c'est que vous avez commencé à vous en parler entre vous, à partager ce que vous ressentez. Ce que mon intuition me dit, c'est de vous encourager à continuer de le faire ainsi que d'essayer de saisir, individuellement et ensemble, ce que cela vous donne comme message sur vous-même et sur votre équipe en tant que triplés.
- Qu'en pensez-vous ?

Les enfants haussent les épaules tout en regardant leur grand-père.

- Je suis certain qu'avec le temps cela va se préciser poursuit papi. C'est comme si vos guides individuels travaillent ensemble pour collaborer eux aussi à votre préparation. N'ayez pas peur faites-vous confiance.
- Oui, faites-vous confiance intervient mamie, n'ayez pas peur d'avoir peur, d'être incertain, d'avoir des questions. Comme votre papi le dit si souvent, des questions c'est comme des roches dans notre soulier, il faut les enlever en les posant et en discutant, sinon cela risque de vous obséder et de vous faire du mal. Si votre rêve se répète, c'est peut-être pour vous signaler quelque chose d'important. C'est sûrement pour vous aider. Parlez-en avec vos guides, demandez-leur de vous aider.

Les enfants échangent et partagent leur questionnement et leur inquiétude avec leurs grands-parents jusqu'à des heures tardives comme souvent cela se passe lorsque le sujet les passionne. Ils conviennent de noter et discuter leurs rêves entre eux.

Louise et Thomas leur signalent que c'est maintenant l'heure d'aller au lit. Chacun se dirige vers sa chambre et se demande quel apprentissage leur réserve leur nuit.

L'apprentissage

Trois semaines plus tard, un samedi matin par une belle journée d'automne, Ming et Patrick sont présents. La rigolade est également au rendez-vous. Papi fait une entrée spectaculaire.

- Pas très loin de l'endroit où j'ai grandi, il existait un artisan dont la spécialité était la fabrique d'armures, c'était un armurier sérieux comme un pape leur lance Thomas en s'avançant solennellement vers Ming, Patrick, Cédric, William et Sofia.

Papi dans tous ses atours de chevalier : son plastron en cuir cousiné et orné de plaques de métal, son casque protecteur également en cuir habillé de métal avec une visière et surtout son épée mesurant au moins un mètre lui donne l'allure d'un chevalier qui déborde de son armure tant par les années que par la taille.

- Pops ! (Le surnom que Patrick emploie pour parler de son père) à quoi tu joues ? Ce n'est pas encore l'Halloween à ce que je sache ! Je ne savais pas que tu avais gardé ce costume-là. Je l'ai tellement utilisé pour jouer avec mes amis. Je croyais qu'il était fini et que tu l'avais mis aux poubelles.
- Je veux l'essayer demande William enthousiaste et tellement plus joyeux depuis qu'il sait que sa marraine et son parrain seront là une fois par mois pour les entraîner aux arts martiaux. Cédric se précipite sur papi et vérifie si tout l'attirail est vrai.
- Wow ! C'est du vrai ! Pas de la camelote ! Concède Cédric en regardant Patrick et sa sœur Sofia.
- Ouais, je l'ai fabriqué moi-même, dit fièrement papi.

Ming s'interroge sur les motifs de tant de plaisir autour d'objets en métal.

- Vous savez que je suis ici avec Patrick pour vous donner des leçons de combats corps à corps. Vous aurez à maîtriser l'épée, le glaive, la massue, le couteau et la fronde c'est vrai. Par contre votre arme la plus polyvalente et la plus précieuse c'est votre corps.

Ming parle avec assurance, détermination et contrôle. Ses ancêtres étaient des combattants au Vietnam. Elle-même a vécu son enfance, plus de dix années, dans une institution d'enseignement spécialisé en arts martiaux, un programme sport étude quoi !

Sofia est étonnée, surprise et sa bouche ouverte ne peut contenir son ahurissement. Elle s'approche de Ming et lui dit :

- Tante Ming, je t'ai toujours vu en botte de cuir talons aiguilles, jupes courtes, cheveux au vent et veste de cuir noir, comment peux-tu parler d'armes et de combats ?

Sofia la regarde comme si elle ne la connaissait pas.

- Tu n'es pas au bout de tes surprises ma belle petite princesse lui lance papi en riant, pensant qu'elle ne croyait pas qu'il pouvait encore porter son équipement de chevalier. Il s'attendait à une réaction de la part de Sofia, mais pas tant que ça.

Mamie qui vient de sortir de la maison en entendant les cris de joie et d'étonnement vient à la rescousse de sa petite fille.

- Thomas, ce n'est pas à cause de toi qu'elle est étonnée, c'est à cause de Ming qui lui montre une autre facette d'elle-même. Elle ne peut pas penser qu'une femme peut être une guerrière avertie, équipée et formée sans pour autant être une meurtrière.
- C'est possible ma belle petite princesse. Attends, tu comprendras dans quelque temps que tous ces

enseignements ont une raison d'être et que vous en aurez besoin en temps et lieu raconte mamie en s'approchant d'elle.

Sofia repense à tout ce que ses grands-parents leur ont raconté, près du feu, un soir étoilé.

- *Vraiment ! J'aurai à me servir de tout ça pense-t-elle, c'est effrayant. Dans quoi sommes-nous embarqués, à quoi ça rime ?*
- Elle s'accroche à sa mamie comme à une bouée de sauvetage et se dirige vers les autres. Elle se promet de regarder, de scanner et de noter dans sa tête le plus d'information possible.

Le weekend se déroule rempli d'activités de toutes sortes. Les enfants reçoivent les préliminaires d'entraînement aux armes blanches. Sofia est initiée à l'épée, une épée adaptée à sa taille bien sûr. Elle devient rapidement très habile, assez pour vaincre son frère Cédric qui, lui, éprouve plus de mal à manier l'épée. Il travaille plus fort que son frère et sa sœur.

Patrick et Papi les observent.

Ming constate que Cédric est le penseur du groupe, tandis que William et Sofia ont des habiletés naturelles de coordination et d'engagement corporel.

Les entraîneurs prennent des notes et décident entre eux d'une stratégie pour chacun des enfants. Il faut qu'ils réussissent en peu de temps, car leur premier engagement se fera lors de leur douzième anniversaire…deux années, c'est peu pour compléter leur entraînement physique, émotionnel, mental et spirituel. Heureusement que ces enfants sont bénis des Dieux. Ils sont munis de dons particuliers qu'ils doivent apprendre à maîtriser également.

- *Ouf ! Que la tâche est grande ! Toutefois, le travail en vaut vraiment la chandelle ! pensent les quatre initiateurs.*

Louise, Ming, Thomas et Patrick sont conscients de l'importance de leur mandat pour préparer ces triplés à réaliser la prophétie.

Ont-ils des doutes ? Ces enfants sont humains ne l'oublions pas. Les formateurs anticipent de nombreux défis. Tout peut arriver. Ils se fient à leur intuition et aux conseils de leur guide respectif ainsi qu'à ce qu'ils ont reçu eux-mêmes comme enseignement de leurs instructeurs respectifs. Pour le moment ils travaillent à développer chez ces enfants la confiance en soi et en chacun d'eux comme équipe. Ils doivent apprendre en peu de temps comment se servir de leur corps, être alerte mentalement, utiliser leur don à profit et apprendre à collaborer entre eux. Leur créativité et leur cohésion seront la clé du succès de leur mission.

--- OOO ---

L'école reprend son rythme et les triplés apprennent à partager avec les autres élèves de l'école de leur village. Ils côtoient de nouveaux amis. Cette année il y a deux nouveaux étudiants qui viennent d'Afrique : Pierre et Jocelyn. Rapidement, ces deux garçons se lient d'amitié avec Cédric, William et bien sûr, Sofia. Sofia retient particulièrement l'attention de Jocelyn, compagnon de classe des triplés. Quant à Pierre il est un an plus jeune que les quatre autres.

--- OOO ---

Le cauchemar

Depuis plusieurs nuits, Sofia rêve à un personnage épeurant, monstrueux.

Elle réussit à surmonter sa peur en serrant sur son cœur une photo de ses parents qu'elle conserve bien précieusement dans son coffre à écriture. Elle garde ce coffre sur sa table de chevet collée à son lit. Chaque soir elle accomplit ce rituel avant de s'endormir, c'est important, elle salue ses parents avec cette photo. Pour elle, c'est comme s'ils sont vivants et la protègent.

Une nuit alors que Sofia dormait profondément, elle s'assoit au milieu de son lit en panique. Elle hurle et réveille toute la maisonnée.

Son cauchemar est tellement réel que papi et mamie accourent en vitesse, dévalant les escaliers, deux marches à la fois. Sofia est en nage, ses frères sont déjà à son chevet. Ils essaient de la réveiller, impossible.

Elle hurle de plus en plus fort, elle gigote dans ses couvertures, elle prononce des paroles incompréhensibles.

Elle a l'air hypnotisée, le contact corporel et visuel est nul.

- Louise occupe-toi des garçons pendant que je m'occupe de Sofia ordonne papi.
- Sofia c'est papi, que vois-tu ? Qui vois-tu ? Demande ce dernier d'un ton ferme et assuré tout en se plaçant devant elle.

Sofia a les cheveux en broussailles, le regard apeuré, les yeux grands ouverts, la peau blanche comme une nouvelle couche de neige en décembre. Papi constate qu'elle a vraiment peur et qu'il faut la ramener à la réalité.

- Il est là, il est là, il me parle. Il me dit des mots que je ne comprends pas. Il est épouvantable. J'ai peur. Il essaie de me toucher, de me prendre de force, HAAAAAAAA ! J'ai peurrrrrr ! Je ne veux plus le voir.
- Sofia, où est-il ? Demande papi avec autorité.
- Là, là dans ma fenêtre il me regarde avec ses yeux de crocodile, haaaaaaaa !

Papi se dirige vers la fenêtre, l'ouvre à pleine grandeur et commande avec force et conviction :

- Qui que vous soyez, vous n'êtes pas bienvenu dans cette demeure. Je vous somme de partir d'ici et de laisser ma petite-fille tranquille, je vous défends de revenir. Vous êtes bannis de la chambre de Sofia et de la propriété. SORTEZ! VOUS ENTENDEZ ET VITE ! Je vous ordonne de la quitter.

Le ton de papi est tellement retentissant que les garçons se sont cachés dans la robe de chambre de mamie qui, elle, se tenait près de la porte avec eux.

- Sofia, est-il parti demande papi avec assurance ?

Sofia se laisse choir sur son oreiller. Elle tremble de tous ses membres. Elle cherche si le personnage monstrueux est encore là, dans sa chambre près de la fenêtre.

- Non je ne le vois pas répond Sofia à moitié rassurée d'une voix tremblante.

Papi la prend dans ses bras, la berce tendrement, lentement afin qu'elle reprenne son souffle. Sofia se calme. Son rythme cardiaque ralenti. Elle se redresse, s'écarte des bras de papi, le regarde avec étonnement et dit les yeux en point d'interrogation :

- Que met-il arrivé ? Pourquoi êtes-vous tous là autour de moi? Cédric, William, mamie et toi papi qui me tenait dans tes bras ? J'ai fait quoi comme bêtise pour que vous soyez tous là à me regarder comme ça ? Demande-t-elle avec étonnement.
- Tu ne te souviens de rien lance William tout abasourdi par les questions de sa sœur. Voyons donc tu criais, tu te débattais, tu gigotais comme une couleuvre dans le champ.
- Ça s'peut pas, on n'est pas venu te voir en pleine nuit pour piqueniquer, tu ne te souviens réellement de rien insiste Cédric l'air éberlué.
- Ça va les garçons je m'en occupe intervient papi. Je vais lui rappeler quelques faits précis afin qu'elle retrouve sa mémoire. Mamie craint que ce personnage soit en fait un quelconque individu ayant beaucoup de pouvoir surnaturel. Son guide l'a prévenue d'une présence maléfique rodant autour de Sofia.
- *Il faut que je m'occupe de cela pense mamie.*
- Tu penses à qui mamie questionnent Cédric et William ? Tu connaîtrais ce monstre qui fait peur à notre sœur ?
- *Bien sûr ! Ils peuvent lire dans mes pensées réfléchit mamie coincée par leur vitesse d'exécution et d'apprentissage.*
- Je ne fais que des suppositions, voilà tout. Fiou ! Bof ! Sa bouche, entre ouverte, fait une ballonne comme pour expirer de la vapeur.

Papi la regarde et lui envoi par la pensée un message en allemand. Un moyen qu'ils ont convenu d'utiliser afin d'échapper à la détection de leur pensée par les enfants.

- Ça va ma belle princesse ? demande immédiatement mamie pour changer la conversation.
- Je suis un peu abasourdie dit-elle, je suis à quel endroit déjà ? Après un moment d'hésitation, elle se secoue la tête et répond :
- Ah oui dans mon lit, avec vous tous.

- Je te pose quelques questions et on verra par la suite si tu te rappelles du cauchemar qui nous a fait tous lever en pleine nuit O.K. mentionne papi en la regardant dans les yeux.
- Premièrement, as-tu un quelconque souvenir du personnage de ton cauchemar et deuxièmement peux-tu le décrire ?

Sofia réfléchit et après quelques instants ouvre grands les yeux pour mieux cerner le personnage. Ses deux frères sont maintenant assis sur le bord du lit, près d'elle, pour ne pas manquer un seul mot du récit tant attendu.

- Alors ça vient insiste William, tu vois qui dans ta tête, il est de quelle couleur, il est grand comment, se tête est-elle gigantesque ?
- Dépêche-toi de nous le décrire insiste encore plus Cédric.
- Les enfants, attendez, elle revient à peine de son cauchemar. S.V.P., donnez-lui de l'oxygène tranche papi impatient devant l'insistance de ses petits-enfants.
- J'y arrive se dépêche de dire Sofia devant l'insistance de ses frères. Il était noir verdâtre, avec des pupilles verticales de crocodile, une peau de reptile, des dents acérées comme celles des requins. Il grognait et il voulait me toucher, me mettre les pattes dessus, BRRRRR dit-elle en frissonnant.
- C'est le cas de le dire rigole William ! Oups ! Excusez-moi, ça partit tout seul.
- Très drôle le frère, dit Cédric, continue Sofia, ne t'occupes pas de lui tu sais comment il aime faire des farces plates quand il est trop stressé. Il regarde son frère en lui exprimant un air de désaccord. Ses yeux en disent long.

William a compris. Il se replace sur le lit et dit :

- O.K. sœurette, il était vraiment épeurant ce monstre -là, je te crois, moi-même j'aurais paniqué.
- Je ne sais pas ce qu'il me voulait, mais il tentait vraiment de me parler.

Sofia demeure silencieuse quelques minutes comme pour essayer de retrouver les mots qu'il lui disait. Sofia lance, apeurée :

- Tout ce que je me souviens c'est qu'il grognait.

Tous se regardent. Les garçons sont sans voix. Ils ont vraiment peur.

- *Il faut ramasser les morceaux se communiquent les grands-parents entre eux par télépathie. Le moment des explications aux triplés est maintenant venu.*
- Je te fais une bonne tasse de chocolat chaud lance mamie à Sofia
- Oui mamie, ça va me faire du bien : elle commence à se détendre et bouger plus naturellement dans son lit. Elle se fait aider par papi pour se glisser hors de son lit.
- Nous aussi on en veut disent les deux frères effrayés.
- On revoit tout cela demain matin, ça tombe bien c'est le weekend. Papi se dépêche d'ajouter : heureusement qu'on n'a pas sorti nos larmes de crocodile n'est-ce pas les enfants? Ce n'est pas une farce plate ma belle petite princesse.

Il regarde Sofia en souriant et pouf !!! Toute la famille éclate de rire. Ça fait tomber le stress, c'est le meilleur moyen pour ramener des membres tendus.

L'épisode du chocolat chaud terminé, tous retournent au lit. Seule mamie reste debout près de ses articles fétiches dans la salle de méditation. Elle tente d'entrer en communication avec son guide. Elle obtient finalement une réponse : VIGILANCE, VIGILANCE. Elle comprend le message ! C'est suffisant pour pouvoir agir !

Heureusement tous se sont endormis même Sofia qui serre sur son cœur la photo de ses parents. Les garçons sont emmitouflés dans leur couverture jusqu'au cou. Ils dorment, ils se reposent. Mamie et pense au message :

- *Nous nous devons d'agir avec beaucoup de prudence et de discernement. Je communiquerai avec Ming et Patrick afin que nous accélérions le processus d'apprentissage des moyens de défense contre les forces de l'ombre. C'est un signe qu'il faut mettre la pédale au maximum.*

- *À partir de maintenant c'est vraiment important et urgent de préparer les enfants dans le but qu'ils acquièrent le plus d'autonomie et de confiance possible. Le programme d'entraînement doit se dérouler en plusieurs étapes. Il faut qu'ils apprennent à s'orienter avec la marche à la boussole, la lecture des écorces d'arbres, avec l'aide des étoiles. Ils doivent savoir reconnaitre les plantes comestibles, pister les traces d'animaux, humer le vent, déterminer l'heure sans montre-bracelet, comptabiliser les pas avec l'aide d'une corde, observer la nature, etc. En plus ils doivent apprendre à communiquer avec les arbres, savoir leur poser de bonnes questions.*
- *Bien sûr que ce ne sera pas tous ces items-là en une seule fin de semaine. Voyons donc ! Ce serait intéressant pour les enfants si de temps à autre certains de leurs amis pouvaient participer à des activités. Ouais! Ouais! C'est une excellente idée se convainc-t-elle.*
- *Je communiquerai demain matin, avec les parents des amis africains Jocelyn et Pierre pour qu'ils participent aux activités d'orientation. On les amènera avec nous pour vivre cette aventure si les parents le veulent. De cette façon l'apprentissage se fera dans le plaisir et le divertissement. De temps en temps, on fera un pique-nique et du camping. Ouais ! pense mamie, ça sera très agréable…on commencera ce weekend à découcher. Nous irons chez Lise et Michel, nos amis, qui vivent sur une fermette, à proximité du mont Mégantic. Les enfants coucheront dans le tepee installé dans le bois avoisinant leur maison.*
- *Je demanderai à Lise de faire venir son neveu Francis du même âge que les autres afin qu'il participe avec Cédric, William, Sofia, Jocelyn et Pierre. De cette façon nous pourrons regrouper les enfants en équipe de deux… Bon ! Ça suffit la boite à poux qui pense tout le temps ! Je vais me recoucher et tenter de dormir un peu. Demain ce sera une autre journée.*

--- OOO ---

Esprit d'équipe

L'automne est déjà avancé. La saison des pluies est plus présente. Papi et mamie pensent que le weekend qui vient serait un excellent timing pour amener les enfants chez Lise et Michel afin qu'ils vivent leur expérience de terrain.

Nous sommes un samedi matin après le déjeuner. Le vent est frais, l'humus des feuilles mortes tombées au sol est enivrant. Le soleil est au rendez-vous. Les enfants aussi...

- Le temps est arrivé de mettre en pratique tout ce que vous avez appris en orientation : boussole, lecture de carte et lecture de terrain déclare papi.
- Moi je ne veux pas être avec toi lance William en regardant sa sœur comme si elle avait la lèpre. Je veux relever le défi, dans le bois, avec Francis, mon chum de fin de semaine.

Sofia le regarde avec des yeux de mitraillette. Papi interrompt la conversation entre Sofia et William qui dégénère en quelques mots grossiers. Il les sépare et s'avance vers Jocelyn en lui disant :

- Jocelyn, veux-tu partager ton expérience avec Sofia, même si elle est une fille s'exclame-t-il. Il regarde son petit-fils qui fait le difficile ce matin et lui lance un regard en signe de mauvaise foi.
- Avec plaisir répond immédiatement Jocelyn très heureux du déroulement des évènements. Il n'aurait pas mieux espéré son duo que celui-là !
- Et toi, Sofia, qu'en dis-tu ?

Elle se penche la tête et regarde son papi et les autres en leur disant, d'un air frustré :

- Je relève le défi avec Jocelyn non sans soupçonner une manœuvre de tous vous autres, car je suis la seule fille parmi vous tous. Attendez de voir ce que vous allez voir. Viens Jocelyn, allons gagner cette aventure.
- Elle le tire par le bras et l'emmène vers le sentier, à l'orée du bois.
- Wow ! la sœur, prend pas ça comme ça, c'est Jocelyn qui a demandé d'être avec toi et ça tombe bien, car William préfère vivre l'expérience avec Francis, s'empresse de dire Cédric. Il ajoute : Jocelyn ne savait pas comment te le demander. On a suggéré à William de choisir et son choix ne fut pas très difficile à faire. Il nous a répété qu'étant donné que nous sommes tout le temps ensemble chez papi et mamie ça lui permettait de parler avec son chum qu'il ne voit que de temps en temps.

Un silence s'installe. Papi et mamie se regardent et se font un signe de la tête comme quoi ils n'étaient pas au courant de ce qui se tramait.

- Vous auriez pu être plus clair entre vous mentionne papi à ses petits-enfants. Nous en reparlerons à la maison. Pour le moment, concentrons-nous sur notre objectif.
- Papi, j'aimerais dire quelque chose, dit Sofia.
- Oui Sofia.
- Merci papi. William, je m'excuse de t'avoir jugé sans être au courant de tous les détails dit Sofia en s'avançant vers son frère.
- Puis, se tournant vers Jocelyn, d'un ton non équivoque, elle continue : et toi Jocelyn pourquoi ne t'es-tu pas adressé à moi directement pour me faire part de ton désir d'être avec moi ? Tu peux me parler même si je suis une fille ! termine-t-elle avec ironie.

Les cinq garçons se regardent et complices dans leur regard, ensemble ils disent :

- Ah ! Les filles, c'est donc compliqué !

Papi sollicite l'attention de ces six jeunes en pleine formation. Il leur rappelle le pourquoi de cet exercice.

- Comme je vous l'ai dit, cet exercice vise à développer votre confiance et votre capacité à vous déplacer en terrain inconnu avec une boussole et une carte.
- Bon, revenons à l'exercice proprement dit. C'est simple vous allez être en équipe de deux. Votre défi consiste à compléter huit azimuts le plus rapidement possible. Chaque équipe aura un accompagnateur. Les accompagnateurs n'ont pas le droit de vous aider. Ils vous suivent c'est tout. S'il y a une urgence, ils réagiront. L'important pour nous c'est de vérifier comment vous allez réagir devant l'inconnu. Cédric et Pierre, vous allez partir avec Louise et Lise ; Sofia et Jocelyn, vous serez avec Michel ; quant à vous William et Francis c'est moi qui vous accompagne.
- Nous allons vous laisser à un endroit spécifique où vous trouverez un coffre. À l'intérieur, vous trouverez une carte et les instructions pour vous rendre à un autre coffre. Il y a aussi une fiche que vous devez signer tous les deux. Le même scénario se répètera pour les six autres coffres. N'oubliez pas de toujours signer la fiche tous les deux selon les instructions. À la fin de l'exercice, vous devriez vous retrouvez à votre point de départ.
- Comme je vous l'ai mentionné, l'équipe gagnante sera celle qui prendra le moins de temps pour compléter le circuit. Encore une fois, les accompagnateurs sont là pour vous encourager et non pas pour vous révéler quoi que ce soit. Avez-vous des questions concernant le déroulement de l'exercice ?

Tous se regardent sourire aux lèvres et d'un bond se lancent vers le bois en criant :

- Yeh ! Hourra ! Nous serons les gagnants, lance chaque participant prenant déjà leur élan en direction du boisé.
- Attendez ! Tonne papi en direction du groupe, ça vous prend le signal du départ ainsi que la position du premier coffre où vous devez vous rendre. Lorsque vous serez rendus à votre

coffre de départ, vos accompagnateurs m'appelleront et c'est moi qui donnerai le signal. Vos accompagnateurs et moi avons ajusté nos montres.

- Avez-vous tous les objets dont vous aurez besoin pour accomplir votre mission. Maintenant, attendez vos accompagnateurs, sans blague, ils n'ont pas votre âge !

Les six jeunes pouffent de rire et récupèrent les plus vieux.

- N'oublions pas nos « Old timers » crient les jeunes.
- *Ça promet pense mamie, papi, Lise et Michel.*

Après plusieurs péripéties dans le bois, des détours, des glissades inattendues sur les feuilles trempées, des cris de joie, des discussions animées au sein des duos, les jeunes reviennent ébahis, enchantés de leur trouvaille.

Après le souper, auprès d'un bon feu préparé par Michel au milieu de ses champs, chacun, assis sur une bûche, partage son expérience de travailler en duo, d'être observé par les accompagnateurs, de se faire confiance et de faire confiance à l'autre.

- Vous auriez dû voir mamie lorsque nous avons traversé un bosquet de conifères très dense, lance Cédric. Elle a mis son pied dans une carcasse de chevreuil qui était recouvert de feuilles.
- Pouah ! La senteur qui est montée, et son cri quand les mouches se sont mises à tourner autour d'elle, et Lise qui a refusé de nous suivre, ajoute Pierre.
- Ne faut surtout pas oublier les asticots, c'est dégueulasse ! Yack ! réagit mamie. J'ai horreur des asticots, le cœur me lève. C'est pour ça que je n'ai pas hésité à me mettre les pieds dans le ruisseau ce que j'évite normalement…

Les enfants s'éclatent de rire en voyant la mimique de mamie.

- Nous, on a fait exprès pour faire courir Michel qui bougonnait et soufflait derrière nous, relate Sofia. Cependant c'est nous qui avons eu peur qu'il se blesse quand il a glissé en posant le pied sur la mousse mouillée d'un tronc d'arbre. Ouf ! je n'aurais pas voulu le porter...

- Vous auriez mérité de le faire exprime Michel entre ses dents tout en ajoutant du bois sur le feu...
- Wow, Michel, tu n'y penses pas, nous aurions été obligés d'arrêter l'exercice et de demander à tous de venir nous aider à te transporter.
- Attention, les jeunes, je ne suis pas gros, je suis costaud et plus fort que la moyenne des ours.
- O.K., O.K. les enfants, on ne parlera pas des réactions de Francis et William quand ils ont entendu les craquements bizarres près du petit marais...
- Ouais ! C'est quand le petit castor a tapé dans l'eau avec sa queue et qu'on ne l'avait pas vu. J'ai vraiment été surpris mentionne Francis.
- T'as quasiment sauté dans mes bras ajoute William. Papi lui a surtout ri de nous.
- Vous avez peut-être pris un peu de temps à vous remettre, cependant le petit barrage que les castors ont fait est vraiment un chef d'œuvre et cela nous a permis de faire le parcours sans nous mouiller.

Papi continue :

- Les vainqueurs de la course à la boussole se sont mérités un prix spécial soit chacun une carte iTunes pour votre iPod. Les gagnants sont Sofia et Jocelyn. Voici votre prix. Votre temps a été comptabilisé par votre accompagnateur Michel. Tout a été fait dans les règles de l'art. On les félicite tous ensemble.
- Hourra ! Hourra ! Hourra !

Tous se lèvent et se font l'accolade en continuant de se raconter leur aventure personnelle. Sofia et Jocelyn se regardent du coin de l'œil. Ils viennent de vivre leur première expérience de complicité. Un éclat dans les yeux de Jocelyn démontre déjà un signal de désir ardent envers Sofia.

- Nous sommes contents et fiers de vous tous. Vous avez réussi à vous faire confiance et à travailler ensemble. Bravo lance mamie. Allez ! on casse la croute tous ensemble, on mérite bien ça.

Le goûter complété, les six jeunes se dirigent vers le tepee ou ils vont passer la nuit, ensemble, couchés dans des sacs de couchage. Le tepee est immense, il y a de la place pour tout le monde. Michel a eu l'idée de fabriquer une base solide en bois pour couper l'humidité. Les enfants sont aux oiseaux. Chuky, le chien de Lise et Michel, un Border Colley brun, lequel n'avait pas eu la permission de suivre le groupe dans le bois, est maintenant assuré d'une place au sein des jeunes campeurs.

Ce soir, à l'intérieur du tepee. C'est la fête !

--- OOO ---

Solstice d'été et Stonehenge

Trois années ont passé depuis le drame familial. Les jeux d'apprentissage à leur survie, seuls ou avec leurs amis africains ont donné de grands résultats. Bientôt ils auront douze ans. Ils sont beaucoup plus forts, plus confiants et même plus performants au grand étonnement de leur oncle Patrick. Ming avait mentionné qu'il ne fallait pas se fier à leur jeune âge, car il a été démontré que les jeunes, bien entraînés, sont capables de réaliser des résultats bien au-delà des espérances des adultes.

Le temps a permis aux grands-parents maternels de préparer les triplés Corribus à vivre leur première aventure prévue pour l'âge de douze ans. Ils doivent continuer à développer une confiance inébranlable en eux-mêmes et entre eux, car ce sera vital pour leur survie lors de leurs expéditions à venir.

--- OOO ---

Il est 5 :00 heure du matin. Les lumières célestes brillent à la campagne comme si le ciel étoilé voulait demeurer immortel. Lentement, le soleil, à l'horizon, propulse son énergie pour nous éclairer, nous réchauffer et nous maintenir en vie sur cette planète bleutée.

Pops, car c'est comme ça que Patrick et Ming l'interpellent entre eux, est installé sur sa chaise de méditation, c'est plutôt un petit banc de bois à peine à trente centimètres du sol. Il est au milieu de ses livres, de ses personnages mystiques et de ses animaux totémiques.

Il aime voir le soleil se lever. Il aime le contempler. Il aime communiquer avec ses « guides » ; ces êtres de lumière qui sont omniprésents et qui sont là pour l'aider à prendre les meilleures décisions. Il les consulte quotidiennement.

Dans ses occupations professionnelles, pops est un spécialiste de la planification stratégique en entreprise. Il travaille régulièrement avec des femmes et des hommes qui dirigent ou gèrent des entreprises et des organisations. D'ailleurs il connaît quelques-uns de ces gestionnaires qui pratiquent des réflexions matinales semblables aux siennes. Certains sont des adeptes de la pratique du Yoga depuis plusieurs années. C'est efficace ! Ça marche !

--- OOO ---

Depuis le début du printemps, Pops connaît des montées d'adrénaline face à la transmission de connaissance. Les trois enfants sont à l'âge de la mise en place de leurs valeurs, de leur croyance et de leurs amitiés futures. Ils veulent être écoutés, faire valoir leurs idées, leurs suggestions et ils veulent surtout acquérir leur autonomie. Wow ! Quel défi pour les grands-parents !

Pops a enseigné et « coaché » des jeunes de l'âge des triplés dans des équipes de hockey, de tir à l'arc et d'arts martiaux tels que le karaté, le judo et la lutte. Il sait combien l'énergie des enfants doit être canalisée en ce début de la préadolescence. À douze ans, on déborde de dynamisme et de créativité, surtout, on cherche à s'affirmer.

--- OOO ---

Alors que les enfants examinent les artefacts dans la bibliothèque des mystères, ils sont intrigués par une photo présentant un magnifique lever de soleil sur un site archéologique.

- Papi, c'est quoi cette photo ? demande William toujours aussi curieux.

- C'est le site de Stonehenge[2] en Angleterre, répond Papi. Et cette photo a été prise le 21 juin, le jour correspondant à votre anniversaire de naissance. Ce jour-là c'est le moment du solstice d'été.
- Solstice d'été ! Répète William avec un regard empreint de curiosité.
- Oui. Bon nombre de culture célèbre depuis des temps immémoriaux le solstice d'été, le jour le plus long ainsi que le solstice d'hiver, le jour le plus court. À titre d'exemple le site de Stonehenge en Angleterre, que vous voyez sur la photo, suscite des festivités chaque année. Stonehenge et ses immenses blocs de pierre disposés en rond gardent toujours le secret quant à son origine et son utilisation. Plusieurs chercheurs conviennent que sa construction date de la période néolithique il y a près de 5,000 ans, soit bien avant l'arrivée des peuples Celtes et des Romains.
- Des Celtes ? questionne Sofia.

Depuis trois ans déjà qu'elle est titillée par des rêves, des lectures, des conversations qu'elle perçoit entre ses grands-parents au sujet de ce peuple. Elle est attentive aux énoncés de son papi.

- Oui des Celtes, c'est un grand peuple de conquérant, leurs guerriers sont reconnus comme des hommes très forts et courageux. Leur histoire est très intéressante et quelques parts dans notre évolution ils ont joués un rôle vraiment important. Un jour je vous conterai leur histoire…
- *Ils ne savent pas que…pense papi*
- On ne sait pas quoi lance William en quête d'une réponse.
- Rien, rien réplique papi en se surprenant de penser à ce qui se prépare pour eux. Ouf ! J'en étais à quoi déjà demande-t-il aux enfants.

---

[2] Stonehenge, dont le nom signifie « les pierres suspendues », est un monument mégalithique composée d'un ensemble de structures érigé entre -2800 et -1100 du Néolithique à l'âge de bronze. Le site démontre des traces datant de -8000 et un cursus datant de -3500. L'ensemble du site est inscrit sur la liste du patrimoine mondial de l'UNESCO.

- Tu dois nous raconter l'histoire des Celtes mentionne Sofia intéressée par le sujet.

- C'est ça ! J'ai hâte que tu nous la racontes mentionne Cédric, toujours en quête d'histoire pour nourrir son imaginaire.

- Je vous parlerai des Celtes plus tard. Pour le moment je continue sur le sujet de Stonehenge. Ça vous convient Cédric et Sofia ?

- Oui ! bien sûr ! papi répondent les deux d'un air déçu.

- La plupart des gens sont certains que Stonehenge a été construit comme un lieu sacré pour les cérémonies et les rituels religieux. Il est très probable que les premiers architectes étaient adorateurs du soleil étant donné que l'axe qui divise Stonehenge et s'aligne sur son entrée est essentiellement orienté vers le lever du soleil d'été.

- En Irlande nous retrouvons un monument qui s'appelle Newgrange[3], un monument construit près de 1 000 ans avant Stonehenge. Par contre, ce monument-là était orienté vers le lever du soleil de l'hiver.

Les enfants, assis dans la position du lotus, coudes sur les genoux et leur menton appuyé dans leurs mains sont très attentifs et du regard encouragent pops à continuer.

- Ces deux sites sont vraiment intrigants et beaucoup de chercheurs cherchent à comprendre pourquoi ils sont là et à quoi ils ont servi. Plusieurs légendes et traditions lui confèrent un mystère. Le site a certainement été témoin de l'évolution des peuples de la région et fort probablement a

---

[3] Le site, construit autour de 3200 avant J.-C., consiste en un gros tumulus circulaire au centre duquel se trouve une chambre mortuaire à laquelle on accède par un très long couloir couvert. Le mur extérieur du tumulus est flanqué de pierres monumentales sur lesquelles il est possible d'observer des dessins en spirale et quelques triskèles. Chaque année (selon l'observation de sir Norman Lockyer en 1909), le jour du solstice d'hiver (le 21 décembre), à 9 h 17 du matin le soleil pénètre directement dans la chambre centrale pendant à peu près 15 minutes. La précision dans l'orientation de l'édifice est donc spectaculaire. Wikipedia

vécu de nombreux rituels, notamment avec les druides celtiques.

- Des druides comme ceux de la bande dessinée historique Vae Victis questionne Cédric[4].
- Oui, par contre Stonehenge date de bien avant la période César qui correspond aux aventures de Vae Victis.
- L'astronome britannique Gerald Stanley Hawkins a exprimé une théorie dans les années 1960 que Stonehenge était un observatoire astronomique et un calendrier. Il a estimé que les peuples anciens utilisaient le monument afin d'anticiper, de prédire les grands phénomènes astronomiques. Cette théorie est encore répandue aujourd'hui, bien qu'il existe un certain nombre d'incertitudes. De nombreux experts doutent que les bâtisseurs de Stonehenge avaient la capacité de prévoir de nombreux évènements astronomiques que propose cette théorie. C'est pourquoi Stonehenge demeure intrigant et suscite autant de questions dont on n'a pas encore les réponses.
- Wow ! Allons-nous visiter cet endroit demandent les enfants en chœur ?
- C'est possible répond Papi. Une dernière chose intéressante à propos du solstice d'été : durant la période des festivités du solstice d'été, plusieurs nations profitaient de ce moment pour renouveler leur système d'alarme qu'offraient les feux de joie. À l'époque, de gros bûchers étaient disposés sur les hauteurs le long des voies d'accès maritimes et terrestres. Ces feux permettaient de signaler rapidement l'arrivée d'un ennemi ou d'une menace importante.
- Papi, intervient Cédric, à l'école on nous a dit qu'au Québec la fête de la Saint-Jean utilisait ce système. De nombreux feux jalonnaient le Fleuve Saint-Laurent depuis Gaspé jusqu'à la ville de Québec comme système d'alarme.
- Ben oui Papi, renchérit fièrement Sofia, pis pour ne pas avoir de fausse alarme tout le monde brûlait les feux en même temps.

---

[4] Vae Victis, Productions Soleil, Scénario de Simon Rocca Dessins de Jean-Yves Mitton, 1991)

- Wow ! C'était beau parce que tout le monde partait le feu en même temps que les cloches sonnaient à 18h00 et cela permettait de vérifier le système d'alarme durant le jour et la nuit s'exclame William, l'esprit guerrier du groupe. Il rajoute en riant, je me souviens parce que ce jour-là, j'étais attentif, je n'étais pas parti dans la lune !
- Bon, assez pour aujourd'hui les enfants, allez jouer dehors.

Papi demeure pensif d'autant plus qu'il a failli s'échapper devant ses trois petits-enfants en leur révélant trop tôt leur mission sur la terre.

- *Il faut les nourrir à la petite cuillère, doucement, tendrement, en employant les mots justes. Je sais que le temps approche cependant avec l'aide de Louise et sa grande diplomatie nous y arriverons.*

Papi quitte sa bibliothèque que les enfants ont baptisée avec beaucoup d'amour : « la bibliothèque des mystères ». Papi sait qu'elle renferme beaucoup de secrets bien cachés et bien gardés et que ses petits-enfants voudraient en savoir plus sur ses livres et ses grimoires sauf que ça se fera en temps et lieu. Il n'est pas prêt à les dévoiler et eux-mêmes ne sont pas prêts à les recevoir…

La section de l'extrémité droite de la grande bibliothèque murale est exclue. Ils ne doivent pas toucher à l'un de ces livres. C'est interdit. C'est un trésor de mystère ! Papi en révèlera une partie quand le temps sera venu.

--- OOO ---

Louise et son conseiller

Louise, depuis sa tendre enfance possède des facultés mentales exceptionnelles. Née en 1946 d'un père baptisé Noël, qui vit le jour le 25 décembre 1900, au tournant du XXe siècle, et de sa mère Antoinette née en 1903, Louise est reconnue dans son cercle d'amis et d'amies comme une sorcière blanche sans pour autant qu'elle s'affiche avec une telle étiquette.

À l'école, elle prédisait des évènements à venir, elle voyait les champs vibratoires auriques de toutes ses compagnes de classe. Elle voyait également les couleurs de leurs chakras et celles de leurs corps subtils. Elle était différente des autres filles. Avec l'aide de son père et de sa mère, qui eux étaient déjà de grands sages, mamie vivait sa différence avec beaucoup de joie, d'enthousiasme et de discrétion.

Dans sa tendre enfance, avec son frère André, Louise aimait voir et parler avec les gnomes, les fées et les Elfes qui logeaient sous leur galerie arrière. Ces Élémentaux protégeaient toutes les fleurs de leur jardin. C'étaient leurs compagnons de jeu. Tous les coups étaient permis, toutes les aventures étaient grandioses.

Son guide personnel, Phéas, un Elfe d'une grande beauté, à la peau argentée, aux yeux dorés comme le soleil, à la bouche vermeille et au nez légèrement retroussé, l'accompagne depuis cette période de son enfance. C'est lui, en songe, qui l'avisa sur son choix de carrière sur la terre. Il est de grande stature. Il est impressionnant. Quand elle le perçoit en songe il porte un habit doré ciselé à la grandeur de son torse, sa cape bleutée en cuir léger couvre ses épaules jusqu'au sol. Un collet de fourrure brune et légère orne cette cape et ondule dans le vent. Toutefois, c'est surtout sa chevelure qui retient l'attention de mamie. Elle est nacrée avec des reflets argentés laissant passer des oreilles pointues et à peine écartées de sa tête. Phéas la conseille régulièrement sur les décisions à prendre pour son avenir. Elle le considère comme son mentor malgré qu'à l'adolescence Louise réfutait fréquemment ses conseils.

Un jour, en songe, vers l'âge de 18 ans, Phéas, l'Elfe guide, la prévient qu'elle aura à guider spirituellement des triplés qui seront ses trois petits-enfants.

- *Vous complèterez un cycle d'apprentissage et d'évolution avec un compagnon côtoyé dans d'autres vies. Avec lui vous aurez deux enfants, un garçon et une fille, et c'est la fille qui engendrera les triplés.*
- *Ces triplés auront une grande mission de vie : celle d'accomplir une prophétie très ancienne. Ils seront signés d'une marque à la naissance, au cou, vis-à-vis la septième vertèbre cervicale. Cette marque, en apparence informe, sera détectée vibratoirement par vous, votre compagnon et d'autres entités très sages. La marque reflète un scarabée stylisé. Ces triplés naîtront en l'an 2000, au solstice d'été, le temps de l'année où la lumière est la plus lumineuse, un jour de grand pouvoir.*

Depuis ce jour, mamie est marquée par cette révélation. Elle garde ce secret dans son cœur jusqu'à ce que s'accomplisse ladite prophétie. Elle n'en parle même pas à sa mère Antoinette.

--- OOO ---

Louise, ses cheveux blancs tressés à l'arrière de sa tête, ses yeux bleus en amandes, ses lèvres définies en forme de cœur, apprécie le titre que lui donne son compagnon de vie : «Princesse». Elle porte cette appellation à merveille. Toujours très élégante et sobre dans ses tenues vestimentaires, elle incarne le charme naturel. Accueillante, souriante, enjouée et écoutante mamie aime rire. Tout est occasion de rigoler et de propager son rire communicatif. Elle aime et apprécie la compagnie des gens. Cependant, elle a besoin de période de recueillement et d'apaisement. Elle chérit ses temps de lecture et de réflexion, au coin d'un bon feu de foyer en hiver. Elle apprécie également relaxer sous son pommier préféré, en été, dans son jardin de fleurs. Elle se garde des moments de plaisir à marcher sur les pierres du sentier garnis d'arbres accueillant des oiseaux de toutes sortes.

Louise accompagne Thomas dans ses déplacements partout où la Terre veut bien leur révéler ses secrets. La curiosité, l'introspection et l'accueil inconditionnel sont omniprésents chez ces deux amoureux.

--- OOO ---

Les enfants sont là. Louise et Thomas ont reconnu la marque au cou de leurs petits-enfants. Depuis, ils sont régulièrement en communication vibratoire avec leur guide respectif. Phéas a prévenu Louise que ces enfants vivront avec elle et son conjoint pendant une période turbulente de plus de dix ans. Durant cette période, Louise et Thomas seront constamment guidés afin de préparer les triplés à leur mission de vie.

La vie à la maison est maintenant plus stable : l'école, les sports, l'entraînement spécial, en résumé la routine est bien installée. Un jour, alors que les enfants s'amusaient sur le terrain près de la propriété, une femme se présenta à la porte de la maison. Cette femme cherchait une personne en particulier dans le village. Lorsque mamie lui a ouvert la porte, elle ressent un malaise juste au niveau de son plexus.

- Je cherche Marie Hurtubise, une ancienne amie. On m'a dit que je pouvais m'adresser à vous étant donné que ça fait longtemps que vous habitez ici dans la région.

La femme, une grande rousse aux yeux verts-émeraude, au corps élancé et au sourire tout de même engageant, l'interrogea sur la région et les environs pendant une bonne quinzaine de minutes.

Plus elle parlait, plus elle éveillait dans le cœur de mamie un soupçon sur son identité et son intégrité. Sa bonhommie sonnait faux.

- Nous ne connaissons pas de Marie Hurtubise dans le village et on vous a induit en erreur en vous suggérant que nous avions toutes les réponses aux questions des gens.

La femme sortit de la maison, se dirigea vers sa voiture noire. Elle ouvrit sa portière et en regardant papi et mamie avec un regard maintenant de glace, elle dit lentement en pesant tous ses mots :

- Merci pour votre sollicitude et votre dérangement.

Tout en quittant la propriété lentement, elle jeta un coup d'œil inquisiteur vers les champs d'à côté où jouaient les trois enfants. Mamie qui a remarqué son geste de la tête en a fait part à papi. Il avait lui aussi détecté une sensation de faux fuyant à l'égard de cette femme.

- Soyons vigilants déclara mamie en lançant un regard aimant vers les enfants qui s'en donnaient à cœur joie dans le champ d'à côté.
- Thomas, renchérit Louise, on doit s'assurer que les enfants savent détecter les personnes qui peuvent leur causer des difficultés et qu'ils connaissent comment s'en protéger en s'avertissant l'un l'autre.

--- OOO ---

- *Comment progressent vos pratiques de la communication à distance* demande-t-elle à Sofia, la première rendue au rendez-vous que Louise leur avait transmis par télépathie.

Elle avait convoqué les enfants à la bibliothèque des mystères pour seize heures en ce vendredi après-midi de journée pédagogique. Elle les attendait patiemment.

- Suis-je la première arrivée questionne Sofia à sa grand-mère Louise. Décidément, les gars, on ne peut pas se fier sur eux ajoute Sofia alors que Cédric et William pénètrent dans la pièce.

- Attention la sœur, réplique aussitôt William nous avons entendu ton verbiage cérébral depuis que nous sommes rentrés de notre expédition dans le bois avec papi.
- Bla, Bla, Bla continue Cédric en riant la bouche fendue jusqu'aux oreilles.
- Ça suffit les garçons réplique mamie en leur jetant un clin d'œil affectueux.
- Je t'ai vu mamie interrompt Sofia et je me sens lésée dans ma condition de jeune fille. Hum ! Je retiens ton geste de connivence avec mes frères.
- Allons ce n'est pas sérieux tout ça, réplique mamie en prenant sa petite fille par la taille. Elle ajoute d'un air très sérieux : je vous invite à vous excuser envers votre sœur, elle ne mérite pas ça. Elle est toujours ponctuelle et retenez cette grande qualité, car vous en aurez grandement besoin un jour.

Les garçons n'aiment pas s'excuser cependant demandez de cette façon c'est O.K. Ils s'avancent vers leur sœur debout près de la grande bibliothèque et ensemble disent :

- D'accord, on s'excuse Sofia de t'avoir faussé compagnie en te laissant choir au bord de la forêt. Nous étions pressés de retrouver papi qui s'éloignait davantage dans le bois.

Sofia leur fait une moue de désinvolture et en les regardant droit dans les yeux elle dit avec sarcasme :

- De toute façon j'ai entendu toutes vos conversations. Mamie tu voulais savoir où nous en sommes dans nos progressions avec la télépathie. Eh bien, je peux te dire que dans mon cas, ça va super bien même que je me sens gênée quelquefois, à l'école, surtout lorsque j'entends toutes les pensées des autres, c'est une vraie cacophonie.

Les garçons renchérissent en rajoutant :

- Nous sommes entièrement d'accord avec toi Sofia. C'est tellement fatigant que je bloque mon esprit pour ne pas entendre tout ce qui se pense autour de moi renchéri Cédric en s'approchant de sa sœur qu'il aime taquiner de temps en temps.

- *Elle mord tellement facilement à l'hameçon pense-t-il.*
- Arrête de penser que je mords facilement à tes taquineries rétorque Sofia en élevant le ton et en le bousculant dans le coin de la pièce.
- Ouf ! Les enfants c'est assez, laissez-moi vous expliquer comment vous défendre contre les pensées, les indiscrétions du cerveau de l'autre et non pas vous bousculez l'un l'autre. Mamie continue :
- C'est justement à cet effet que je voulais vous voir. Il vous faut des mécanismes de blocage afin de sélectionner les conversations et les pensées pertinentes pour vos références personnelles et vous protégez contre les intrusions dans vos pensées. D'autres personnes peuvent le faire surtout des personnes ayant les mêmes dons que vous. Je veux vous montrer tout ça et vous inviter à pratiquer entre vous d'ici la semaine prochaine.

Mamie dirige alors les enfants vers leur coussin respectif.

- Depuis trois ans rappelle mamie, vous êtes sous notre responsabilité à papi et moi. Vous avez beaucoup appris, beaucoup étudié, fourni beaucoup d'efforts avec vos amis. Vous avez pris les bouchées doubles dans tous vos apprentissages.
- Qu'avez-vous retenu des exercices pour accentuer votre don de télépathie ? leur demande-t-elle à brûle-pourpoint.

Cédric, William et Sofia lui répondent simplement :

- Nous sommes confrontés à en savoir assez pour comprendre énormément de choses, mais pas assez pour trier l'information qui nous parvient de toutes les personnes qui nous entourent.
- D'accord, je vois ou vous en êtes réponds mamie enthousiasmée par leur capacité à s'auto évaluer. Je crois qu'il est maintenant temps de vous donner quelques conseils pour

vous protéger des communications envahissantes entre vous et les autres.

- Vous vous souvenez que pour établir le contact entre vous et les autres, il faut que vous ne soyez pas crispés, que vous soyez calmes et optimistes.
- Mamie, même si on ne fait pas toujours ça, le contact se fait tout de même, affirme Cédric.

Les deux autres confirment de la tête que : oui c'est ça.

- Je constate que vos dons sont tellement naturels et votre réception d'une facilité incroyable que la seule chose qu'ils vous restent à pratiquer et à accomplir c'est de vous bâtir un dôme de protection comme une cloche de verre autour de vous. À ce moment-là, vous êtes en mesure de garder le contact avec la réalité dans votre environnement et de sélectionner seulement les bribes de conversation qui vous intéressent.
- Qu'est-ce que vous en pensez ? Questionne mamie.
- Est-ce que les gens vont s'apercevoir de ce petit manège ? demande William prêt à tenter l'expérience au plus vite.
- C'est vrai ça réplique Sofia, on n'est pas certain de ce truc à 100%. Comment le vérifier ?
- C'est facile lui lance Cédric tu n'as qu'à l'essayer… il hésite un instant et ajoute :
- Pourquoi ne pas le faire maintenant entre nous.
- Bravo ! Dit mamie en souriant. Elle espérait qu'un de ses petits-enfants fasse la suggestion. Alors, on se met en place ça prend un émetteur et un récepteur donc on commence avec Cédric et William et je serai en dyade avec Sofia. Tout à l'heure nous changerons de partenaire.

L'exercice dura plus d'une heure. Les changements de partenaire donnèrent des résultats très instructifs et pertinents.

- Je pense que vous êtes prêts à parfaire vos apprentissages dans un nouveau contexte. Je vous en parlerai demain avec l'aide de papi, de Ming et de Patrick qui seront avec nous ce weekend.

- Yeh ! s'exclament les enfants ça se termine toujours dans le fun et le party avec Ming et Patrick.

--- OOO ---

Le Livre de cuir

La famille au complet s'est rassemblée dans la bibliothèque des mystères, dans cette pièce rectangulaire, remplie de livres d'aventures, de polars, de romans historiques, de bandes dessinées, de CD, de dossiers, de crayons et d'armoires de classement. Papi raconte une partie de sa vie d'aventures avec mamie en attendant le moment propice pour débuter. Ils sont réunis dans la bibliothèque afin de poursuivre la formation des enfants. Ces derniers sont curieux de connaître la prochaine étape à franchir. Ming et Patrick sont assis avec eux, au centre de la pièce, les jambes croisées comme des samouraïs.

- *Je voudrais tellement les accompagner dans leur prochaine aventure, pense Patrick intrigué par les défis qu'ils auront à relever.*
- Quoi ! s'exclame William, je t'ai entendu penser mon oncle Patrick, de quoi parles-tu quand tu mentionnes leur prochaine aventure ?

Papi, mamie, Ming, Cédric et Sofia se regardent surpris. Ils ont entendu William questionner Patrick sur une aventure possible et ils attendent une réponse de sa part.

Patrick se relève doucement de sa position de samouraï et en regardant son père et sa mère il leur signale :

- Là, mom et pops, je pense qu'il est temps de les mettre au parfum de leur prochaine étape de vie d'adolescent et d'adolescente mentionne Patrick secouant sa tête légèrement vers la gauche. Désolé ! Je me suis échappé il y a quelques minutes en pensant au voyage inter dimensionnel que Cédric, William et Sofia auront à vivre prochainement.

Ming et Patrick sont au courant du programme de défis des huit prochaines années de progression pour leurs neveux et leur nièce. Le rideau tombe sur cette révélation.

Les enfants sont sidérés, la bouche ouverte, ils ne bougent pas d'un poil. Ils regardent papi et mamie avec des yeux grands comme le monde, en point d'interrogation, la bouche grande ouverte aux moustiques. Après quelques hésitations ils se secouent la tête ; ils avalent leur salive et reviennent de leur émotion. Cédric se lève en déliant ses jambes engourdies. Il prend la parole en bégayant et en retenant son souffle. Il regarde papi dans les yeux et questionne haletant :

- Nous mettre au parfum ! Voyage interdimensionnel ! C'est quoi cette histoire de nous mettre au parfum ? Au parfum de quoi ? De qui ? Et surtout de pourquoi ? Toujours en respirant avec difficulté.

Cédric respire toujours avec effort. William et Sofia se relèvent lentement et se joignent à Cédric afin d'affirmer leur solidarité à leur frère, à leur clan Corribus. Ils attendent tous les trois, unis et courageux afin d'entendre la révélation de leurs grands-parents.

Papi regarde mamie intensément. Ils se consultent des yeux. Ils savent qu'ils doivent clarifier la situation. Ils doivent révéler une partie de ce qu'ils connaissent de la mission.

Papi se dirige lentement vers l'extrême droite de sa bibliothèque, et récupère le livre mystérieux que les enfants dévorent des yeux depuis qu'ils demeurent chez leurs grands-parents. Tous observent les mouvements de papi qui tout en revenant s'arrête devant une magnifique photo du Général Georges Vanier, Gouverneur général du Canada de 1959 à 1967. La photo présente le général en réflexion profonde, assis, en grande tenue militaire de fonction avec ses médailles sur la poitrine gauche près du cœur. Les médailles racontent les faits d'armes vécus par le Général Vanier durant la Guerre 1914-1918 et la Guerre 1939-1945 en Europe. Ce Général est très significatif pour Papi. Il le considère comme un mentor. La posture du général reflète un homme en réflexion. Son index de la main droite touchant l'annulaire de sa main gauche le général semble dire « deuxièmement » en donnant une explication. Cette photo inspire et apaise Papi quand il doit réfléchir à une situation ou lorsqu'une impasse se présente à lui. D'ailleurs en ce moment il a vraiment besoin de réfléchir avant de parler.

Tous sont suspendus à ses lèvres. Les enfants attendent des explications. Patrick se rassoit près de Ming. Quant à mamie, elle s'approche de papi afin de le soutenir dans ses révélations. Les triplés se tiennent par la main et forment un trio solide, uni.

--- OOO ---

Thomas et Louise font maintenant face à leurs petits-enfants. Ming et Patrick, en retrait, les soutiennent. Le moment est sérieux.

- Mes enfants, commence papi, je ne prévoyais pas vous en parler aujourd'hui par contre je sais que c'est important que nous vous mettions de plus en plus au courant de ce que nous savons afin de vous préparer à vivre différends évènements qui se préparent pour vous.
- Êtes-vous prêt à entendre ce que nous savons ? Demande solennellement papi se tenant droit comme un chêne, mamie près de lui, solidaire.
- Oui ! disent ensemble Cédric, William et Sofia se tenant par la main et les pieds bien campés dans le tapis bleu ciel de la bibliothèque des mystères.

Devant l'attitude offensive de ses trois petits-enfants, papi réalise l'importance de détendre l'atmosphère. Il demande à Cédric, William et Sofia de bien vouloir s'asseoir auprès de Ming et Patrick. De plus, il invite mamie à en faire autant. Pendant que chacun s'installe, il prend un énorme respire, demande à son guide de le soutenir, puis s'assoit devant les membres de sa famille. Il regarde tour à tour chacun des enfants dans les yeux. Dans un premier temps, il revoit avec eux leur histoire depuis leur naissance jusqu'à la mort de leur père et mère. Lorsqu'il parle de leurs derniers moments avec leur mère Marion, il demande aux enfants :

- Qu'avez-vous promis à votre mère avant qu'elle quitte la terre ?

Les enfants se regardent intensément et Sofia fait signe à Cédric de répondre.

- Nous avons promis de suivre les instructions de vous papi, de mamie, de Ming et toi Patrick et d'accepter les formations qui nous prépareraient à notre mission de vie dans le but d'accomplir une prophétie.
- Puis Cédric ajoute intensément : nous ne connaissons absolument rien de cette prophétie.

Le soutien non verbal de Sofia et William au propos de Cédric est très intense.

- Merci Cédric dit papi en penchant la tête vers son thorax.
- Mamie vous dévoilera ladite prophétie en temps et lieu.
- Pour le moment, tenons-nous-en aux préparatifs et aux entraînements que vous avez dû assimiler à coup d'efforts constants. Nous savons que les trois années que vous venez de passer en compagnie de Ming, Patrick, mamie et moi en tant qu'enseignants ont été très exigeantes. Votre travail de télépathie, votre habilité dans les arts martiaux et les techniques de combat, les techniques de protection vibratoire contre des ennemis potentiels et toutes les autres disciplines que nous développerons avec vous sont toutes essentielles pour votre vie au cours des prochaines années.

Les enfants se haussent les épaules, se redressent sur leur coussin. Ils ne s'attendaient certainement pas à des félicitations plein la caisse !

- Je continue si vous n'êtes pas trop gonflés dans votre estime de soi. Hum ! sourit papi en les regardant se dandiner sur leur coussin. À moins que vous soyez fatigués d'être dans cette position.

- Non, non ça va répond William qui d'habitude est celui qui tolère le moins une position statique.
- Je continue, je n'en ai plus pour longtemps

Reprenant le fil de ses idées, il ajoute :

- Vous avez appris à respecter et gérer votre curiosité, vous travaillez très bien ensemble, vous savez trouver des solutions et être très efficaces, vous avez beaucoup d'endurance physique, vous êtes courageux et déterminés. Bref, vous avez été à la hauteur, non je dirais davantage que vous avez performés au-delà de nos espérances.

Papi les regarde affectueusement. Il considère ces triplés pas comme des super héros, mais comme des adolescents très courageux et confiants dans leurs instructeurs.

- Je vous remercie de votre confiance à notre égard, souligne mamie doucement en se penchant vers les trois enfants.
- Je tiens à vous faire remarquer que nous avons eu beaucoup de plaisir à vous faire travailler ensemble lance Patrick avec un sourire taquin. Nous sommes venus Ming et moi auprès de vous trois pour remplir notre promesse vis-à-vis Marion. Nous lui avons promis de vous préparer à garder la tête froide devant les pires situations possible, de vous donner tous les outils au point de vue physique, émotionnel et mental et surtout de vous faire confiance et de vous apprendre aussi à vous faire mutuellement confiance. J'ose espérer que nous avons rempli une partie de notre promesse.

William qui ne s'est pas beaucoup exprimé depuis le début de la rencontre se permet de dire haut et fort :

- Tu n'as pas manqué ton coup oncle Patrick surtout je me rappelle la fois ou je me suis pris les doigts dans ma fronde et que j'ai failli lancer mon projectile dans les jambes de Sofia.
- Ouais ! Tu as failli me blesser, dit-elle en se rappelant le moment où elle a dû sauter afin d'éviter la roche grosse comme un œuf.

- Et tous nos combats de lutte, de technique de sabre et d'épée, de projections de judo, de kata de karaté mal ficelé et j'en passe, mentionne Cédric en se souvenant des bleus sur ses bras et ses jambes qui n'en finissaient pas de guérir.
- Oui, poursuit Cédric, je pense que vous avez passé le test de meilleurs instructeurs de la région. On a compris que rien ne s'obtient sans des efforts répétés et soutenus. Comme tu le dis si bien mon oncle, le seul endroit où le succès arrive avant le travail c'est dans le dictionnaire.
- Je ne peux pas croire que j'ai passé à travers tous ces obstacles d'apprentissage. Heureusement que nous avions nos amis Jocelyn, Pierre et Francis pour nous détendre entre nous rajoute William.
- Ouais, par contre, quand nous nous sommes perdus dans le parc du mont Mégantic, on n'était pas si détendus que ça ! poursuit Cédric, surtout lorsque la pluie s'est mise à tomber. On ne voyait rien et on entendait toute sorte de bruit que nous ne connaissions pas. On s'était perdus malgré toutes les consignes de sécurité que vous nous aviez données avant le départ.
- La peur nous a pris. On s'est mis à discuter et à argumenter fort entre nous. J'ai pris la parole pour essayer de nous calmer, tu te souviens Sofia, tu voulais rebrousser chemin avec Jocelyn. William, tu t'en es mêlé avec bien sûr le soutien de ton copain Francis. Cela a viré au vinaigre. C'était la catastrophe. Après plusieurs minutes de contestations, nous en sommes arrivés à réaliser que ce n'était qu'un jeu et qu'il fallait dédramatiser pour nous rendre compte qu'on n'arriverait à rien en restant coincés dans une situation de stress.

Maintenant les enfants peuvent en rire, car ce soir-là ils ne trouvaient pas ça drôle du tout, mais pas du tout.

- Si nous revenions à nos moutons comme tu le dis si bien papi, c'est quoi la révélation ? Questionne Sofia qui n'a pas perdu un fil de la conversation et qui se rappelle très bien le pourquoi de leur présence au centre du tapis bleu.

- C'est vrai ma belle petite princesse lui répond papi affectueusement. La révélation vous sera donnée en deux parties. Vous voyez mon livre des mystères que je tiens dans mes mains avec beaucoup de respect. Il contient deux objets que nous devrons vous donner avant une rencontre importante avec trois guides magiques. Nous sommes présentement au début de mai et mamie et moi avons le mandat de vous octroyer une partie de la révélation par le truchement d'un objet. Cet objet vous appartiendra à vous seul. L'autre objet vous l'aurez en votre possession plus tard quand vous aurez maîtrisé l'utilisation du premier.
- Papi a remarqué le regard des enfants lorsqu'il a prononcé le mot « magique » surtout celui de Cédric, le plus curieux des trois.
- Oui Cédric je te devance dans ta question, tes yeux en disent long quand je parle de magie.
- Quant à vous deux, William et Sofia vous serez comblés lorsque je vous révèlerai l'identité de ce guide mystérieux.

Papi ouvre son livre doucement en se gardant bien de prolonger le mystère auprès des enfants. Le livre est épais. Dès son ouverture, on y découvre une cavité à l'intérieur des pages. Il est creux, mais non vide. À l'intérieur de la cavité se trouvent deux petits sacs de velours, un noir et un mauve. Ce livre, dont la reliure de cuir roux foncé affiche des symboles égyptiens gravés en noir et dorées, est un leurre. Jamais on n'aurait pensé à un tel subterfuge.

- Il fallait protéger les deux objets en question, n'est-ce pas une merveilleuse idée ce faux livre ? Lance papi en souriant.
- Est-ce que toute la section à droite de cette bibliothèque cache des livres semblables avec une fausse identité demande Sofia ?

Désireuse de vérifier par elle-même, Sofia se lève. Cependant, papi lui demande de se rassoir gentiment.

- Mamie va continuer à vous donner des explications sur l'objet en question termine papi en se reculant pour laisser la place à Louise
- Ming et Patrick avez-vous quelque chose à ajouter ? Questionne Louise en les regardant intensément.
- *J'ai besoin de vous pense-t-elle en allemand, la magie c'est votre domaine.*
- Tout va bien mom la Pomme ! Répond Patrick en souriant et regardant sa mère pour lui faire signe qu'elle peut prendre les guides, les enfants sont prêts. Ils sont prêts à entrer dans l'action. Il ajoute :
- Peut-être hésites-tu à passer à l'action maman, car dès que tu le feras, ils devront grandir malgré eux et ce n'est pas ce que tu espères en ce moment, n'est-ce pas ?

Louise le regarde curieusement. Elle ne veut pas se l'avouer. Elle a une mission à accomplir. Oui ce sera fait, sauf que cette mission lui arrachera les enfants de ses bras maternels. C'est la partie la plus difficile à vivre présentement. Depuis qu'elle en a la responsabilité avec papi, elle tente d'éloigner le moment où elle devra leur révéler leur guide magique et leur nouveau mentor. Elle perd sa place et ça vient chercher une corde sensible chez elle. Les voir grandir si vite, apprendre des nouvelles notions presque tous les jours surtout à un rythme accéléré et les voir s'éloigner de plus en plus fréquemment de la maison paternelle ça lui laisse un vide au cœur.

- Maman es-tu là ? questionne Ming en levant la tête vers elle.
- Oui, oui, je suis là, je voulais seulement dire aux enfants que...
- Nous avons suivi tes pensées mamie répondent Sofia, William et Cédric presqu'en même temps. Nous serons toujours là auprès de toi notre mamie préférée. Tes bras maternels nous soulageront toujours dans les moments difficiles.
- Ton amour est essentiel pour nous ajoute Cédric en essuyant une larme perlant au coin de son œil gauche.

Tous les trois se lèvent et enlacent tendrement leur mamie puis, après quelques instants, ils reprennent leur place au milieu du tapis bleu.

- Je suis très émue... Merci pour votre démonstration d'affection à mon égard. Je suis contente de vous avoir auprès de moi....
- Je réalise que vous êtes capables maintenant d'exprimer ce que vous ressentez avec plus d'aisance. Ça, c'est un cadeau pour moi. Vous me prouvez que ce que vous avez appris tout au long de ces trois années ce n'est pas seulement la tête qui a absorbé des notions, mais aussi que le cœur a grandi avec la tête.
- Gardez cette attitude entre vous et avec les autres. C'est précieux.

--- OOO ---

Trois épinglettes

Louise s'avance vers les trois enfants et leur demande de se lever. Ces derniers exécutent immédiatement la consigne.

Thomas retire du livre le sac de velours noir et le remet à mamie. Louise est émue. Les enfants la regardent, intrigués. Puis silencieusement, elle sort trois bijoux du précieux sac de velours noir : trois épinglettes en bronze en forme de libellule.

- Tant de mystère pour trois petites épinglettes chuchote William, déçu de constater que ce n'est que ça… Je m'attendais à une pierre précieuse ou à un morceau d'or ou n'importe quoi d'autre, mais pas une libellule !
- Je te raconte une anecdote William ? Demande mamie à son petit-fils le plus rebelle des trois. Toujours sérieuse, elle poursuit, tu me fais confiance ?
- Ouais mamie, je t'écoute.

William se frotte le nez avec son index de la main droite. Il regarde sa sœur et son frère. Ces derniers, avec des yeux pétillants, lui lancent un regard enflammé.

- Quoi ? Je trouve ça enfantin, moi, des libellules en bronze réplique William. C'est pour les filles.
- Ça va les enfants, coupe mamie. Je vous raconte la provenance de ces libellules.
- J'ai un guide, un Elfe magnifique. Phéas, c'est son nom. Lors de notre dernier entretien, il m'a confié un cadeau pour vous trois, ce sont ces libellules. Ces épinglettes magiques vous seront accessibles à tout moment. Elles devront être utilisées en cas de besoin exceptionnel de déplacement. Je vois surgir

dans vos yeux des tas de questions. Attendez, je n'ai pas fini, vous poserez vos questions quand j'aurai terminé.

- Ces épinglettes, vous devrez les porter en tout temps. Vous serez les seuls à pouvoir les activer. Vos libellules vous sont personnalisées individuellement et vous devez d'apprivoisez leur pouvoir. Cela exige énormément de confiance.

Louise insiste du regard …

- Saisissez-vous maintenant toute l'importance de la confiance que nous avons travaillé à développer tous ensemble. Vous en aurez besoin.
- Ça commence à m'intriguer mamie, interrompt Cédric.
- Ouais ! renchérit Sofia complètement d'accord avec son frère.

Quant à William il reste muet, silencieux, il attend la suite.

Mamie continue à leur révéler la suite du message, la portion la plus importante.

- Pour activer le processus de transformation, car il y a transformation, vous devez prononcer discrètement avec assurance et conviction trois mots sans hésitation « Dragonfly !   Dragonfly ! Dragonfly ! » en tapant délicatement sur votre épinglette trois fois avec la main droite. Il est évident que vous porterez vos épinglettes tous les jours sur votre vêtement d'une façon discrète. Dès que vous aurez prononcé ces paroles, vous entendrez un grand vent souffler et un énorme dragon jaune vous apparaitra comme issu discrètement d'un nuage.
- Moi, voir un dragon ! Je ne l'crois pas ! S'exclame William.
- Louise continue ; votre dragon personnel vous saluera et se placera à votre service, comme votre mentor et votre instructeur.
- Même Cédric crie en direction de mamie : attends Louise tu vas trop vite avec tes explications.
- Écoutez-moi jusqu'au bout…
- Mamie, mamie insiste Sofia.

- S.V.P., écoutez-moi insiste mamie ; laissez-moi finir commande-t-elle de sa main droite. Vous avez besoin de voir l'ensemble avant de questionner. Elle les regarde intensément et poursuit :
- Dans un premier temps ils vous aideront à parfaire votre capacité de communiquer par la télépathie. Ils seront invisibles aux yeux des autres humains. Seuls les porteurs de dons naturels auront le loisir de les voir. Ce cadeau des Dieux, il vous est donné avec amour. Soyez fidèle à votre monture.
- Quoi ! Nous allons les monter interroge William les yeux grands de surprise, bouche bée attendant la suite des explications de sa mamie.
- C'est fantastique lui lance Patrick ; toi qui a toujours voulu jouer avec de vrais dinosaures, tu vas en avoir un à toi tout seul.
- Ben voyons mon oncle Patrick c'est impossible, je ne peux pas voir des dragons ils sont seulement dans l'imaginaire des enfants.
- Tu verras William, l'imaginaire peut se traduire en réalité lui répond Ming tout en plaçant ses mains sur les épaules de son neveu.
- Comme ça on va avoir chacun un dragon jaune ! s'exclame Cédric impatient de connaître la suite. Mais c'est merveilleux.

Quant à Sofia, elle semble craintive, stupéfaite. Elle n'a pas prononcé un seul mot depuis que mamie leur a dit qu'ils auraient tous les trois un dragon à leur service. Elle se pince pour vérifier si elle est bien là, si c'est un autre rêve fou auquel elle est confrontée depuis quelque temps.

- *C'est de la pure invention pense Sofia tout en regardant ses frères étonnés.*

Mamie entend leur réflexion et s'aperçoit de leur étonnement. Elle continue à leur parler. Elle s'approche d'eux et successivement, accroche avec délicatesse et solennité, la libellule sur la poitrine de Cédric, William et Sofia. Les enfants se laissent décorer par ce morceau de bronze. Ils lèvent les yeux vers leur mamie, puis dans un tour d'horizon regardent papi, Ming et Patrick. Ceux-ci sont heureux du déroulement de la présentation et leur sourire est contagieux.

Cédric, William et Sofia sont toujours bouche bée. Ils demeurent estomaqués, aucune parole n'est prononcée.

Tout à coup, William se réveille de son inertie. Il annonce bravement à mamie et à tous les autres autour de lui :

- Je ne porterai pas cette épinglette sur ma poitrine tous les jours. Non ! Non ! Il n'en est pas question. Je refuse d'être la risée de mes copains à l'école. Tu me vois toi Cédric avec cette épinglette sur mon chandail ou mon t-shirt d'école ? Jamais, je ne cèderai pas à cette mascarade. Je me retire de la course aux aventures de la supposée prophétie.

William demeure debout, le corps droit comme une barre de fer, les poings fermés et les bras croisés soutenus par son regard défiant.

- Relaxe William dit Patrick tout en s'avançant vers lui. Nous comprenons ton étonnement et ton refus de participer aux autres entraînements. Mamie va continuer à expliquer l'utilité de cette épinglette comme son guide le lui a enseigné. Par la suite tu jugeras si tu continues toujours de refuser ce morceau de bronze comme tu dis si bien. Est-ce que ça te convient ?
- Ouais, ouais, répond William avec une moue d'hésitation. J'veux bien attendre le reste de l'histoire.
- Moi aussi je me demande ou on s'en va avec tout ça ajoute Sofia en sondant son frère du regard.
- Je ne suis pas plus rassuré que toi lui lance Cédric en se déplaçant vers William pour lui mettre la main sur l'épaule gauche. J'attends la suite et nous verrons bien. Et si c'était possible que nous soyons capables de voyager partout où nous voulons avec ces dragons jaunes ? Tu t'imagines, tu serais tellement content lui dit Cédric à brule pour point.

- Qu'est-ce que tu dis Cédric, as-tu eu de l'information que nous n'avons pas eue William et moi questionne Sofia en se tournant vers son frère pour le dévisager du regard.
- Je fais seulement une supposition c'est tout répond Cédric en allant chercher du regard ses grands-parents, Ming et Patrick. Venez à mon secours S.V.P., car je n'ai pas de réponse à leur donner. Je suis dans mon imaginaire c'est tout.

Mamie prend un long et profond respire, ferme les yeux, puis lentement elle ouvre de nouveau ses paupières, s'avance vers les enfants en leur tendant les bras et leur dit :

- Cédric a vu juste. Oui ! Vous pourrez voyager avec votre dragon personnel. Il vous amènera partout où il vous plaira d'aller. Plus vous le chevaucherez, plus il vous transmettra les codes d'honneur et d'éthique avec lesquels il s'est engagé pour vous. Plus vous les côtoierez, plus vous aurez de la joie et du bonheur à les monter. Ce sont des animaux magnifiques, majestueux, fidèles, joyeux, disciplinés et de grands guerriers combattants raconte mamie avec tellement d'enthousiasme que William commence à changer d'attitude.
- Tu sais William, j'ai une libellule moi aussi, que je porte avec discrétion et personne de nos amis ne s'en rend compte, même pas vous autres mes enfants.
- Vraiment mamie ! Tu la portes tout le temps ? questionne Sofia surprise de ce petit secret.
- Mais oui ! C'est mon animal totémique. Il me suit partout. C'est un objet fétiche pour moi.

Les enfants restent sur leur appétit. Ils n'en reviennent tout simplement pas du récit de mamie. Ils sont figés sur place. Ils sont encore dans un tourbillon d'informations qu'ils n'ont pas tout compris : la bouche ouverte, les yeux grands ouverts et les épaules accrochées aux oreilles.

Mamie, en les voyant, réalise que le morceau de tarte est trop gros pour leur appétit. Elle les ramasse et les amène dans l'autre pièce en disant :

- Allez, on passe à la table et on continue de parler de tout ça. Ming et Patrick nous accompagnent pour le repas et par la suite ils devront retourner à Ottawa. Pendant le repas, vous leur demanderez des explications supplémentaires sur les dragons magiques, car vous savez qu'eux aussi ce sont des mordus de ces animaux-là.

Le repas se déroule dans le plaisir et la détente. William est beaucoup plus rassuré. Déjà, il se fait des scénarios de cachette d'épinglette et tout le monde à la table rit aux éclats. Tous les trucs sont permis. Cédric et Sofia renchérissent avec de nombreux plans farfelus pour cacher cette épinglette de bronze.

- Nous ne nous ennuyions pas disent Ming et Patrick cependant nous devons partir, car on doit rouler pendant quatre heures et demie pour arriver à la maison. Nous vous avons donné assez de renseignements sur les dragons jaunes, pour le moment. Profitez-en chanceux que vous êtes.
- On se rappelle et vous me raconterez vos exploits avec vos dragons respectifs ajoute Ming qui aurait tellement voulu vivre cette aventure avec Cédric, William et Sofia.

Ming et Patrick se lèvent, embrassent mamie, papi et les enfants. Ils ramassent leurs effets personnels, se dirigent vers la porte de sortie et Patrick lance en riant : « Hasta la vista baby » ! Comme dans le film d'Arnold. Tous éclatent de rire.

Patrick sait comment détendre l'atmosphère, il est toujours heureux et trouve les mots appropriés. Pense mamie.

Les enfants les accompagnent jusqu'à leur voiture, la Mazda rouge. Ils les saluent encore une dernière fois. Ils les regardent s'éloigner puis reviennent à la maison en criant à papi et mamie :

- Est-ce que nous pouvons essayer notre libellule en forme d'épinglette ?
- Ils se précipitent sur papi. Ils sont tellement énervés depuis que Patrick les a rassurés qu'ils n'ont pas remarqué qu'ils avaient bousculé mamie au passage.

- Stop les amis ! s'exclame papi, vous avez failli projeter votre grand-mère par terre.
- Désolé mamie ! J'ai tellement hâte de l'essayer, s'excuse Cédric.
- Et toi, William, tu te joins à ta sœur et à ton frère pour cette chevauchée lui demande sarcastiquement papi ? L'épinglette ne t'embarrasse plus, tu es prêt à laisser ton petit côté « fier pet » pour laisser la place à une aventure des plus extraordinaires. Demande papi.
- Laisse-le tranquille Thomas ! interjette Louise connaissant ce côté taquin de son compagnon. Je pense que c'est plutôt son impulsivité qui le gagne quand il vit une peur ou une question sans réponse.
- Tu as raison papi et toi mamie. Je veux vivre ce défi avec Cédric et Sofia le plus vite possible.
- C'est quand qu'on commence leur demande-t-il en se dirigeant vers la porte-patio du balcon arrière.
- Cédric et Sofia sont déjà là attendant le signal d'approbation du départ.
- Vous n'avez qu'à suivre les instructions que je vous ai données tout à l'heure et votre dragon vous apparaitra. C'est tout simple, c'est magique n'oubliez pas ajoute mamie avec un léger sourire en coin.

Au même instant, un éclair de lumière blanche illumine toute la partie arrière de la cour. Un animal énorme apparait au milieu du champ du voisin. Un dragon jaune d'une grandeur impossible à mesurer déplie ses ailes magnifiques.

- William mon p'tit futé, tu as devancé ta sœur et ton frère. Tu doutais encore de la possibilité de ce cadeau des Dieux, lui dit papi en le pointant du doigt. C'est seulement en expérimentant toi-même que tu crois, je voudrais te mettre en garde de cette façon d'agir. Un jour il faudra que ta foi soit plus grande que ce dragon.

William regarde son papi avec interrogation. Il ne saisit pas complètement le sens de ces paroles.

Papi s'en rend compte et se dirige vers lui.

- Tu auras à faire face à d'autres situations qui vont te demander d'avoir une foi inébranlable celle qu'on dit qui transporte les montagnes. Pour le moment va jouir de ces instants avec ton dragon, il t'attend.
- Wow ! Wow ! Wow ! Attends –nous on les fait venir nous aussi lui disent Sofia et Cédric en courant vers le champ d'à côté.
- Dragonfly ! Dragonfly ! Dragonfly ! répètent Sofia et Cédric en tapant délicatement sur leur épinglette respective.

Aussitôt dit, aussitôt fait, deux autres dragons viennent s'installer auprès du premier. C'est l'enthousiasme total. Les enfants sont au comble de l'euphorie. Ils nagent dans un monde féérique.

Cependant, Sofia remarque après quelques instants qu'il y en a un plus petit que les deux autres.

- *Ah ! C'est étrange pense-t-elle, pourquoi une différence de taille ? Est-ce dû au fait que nous sommes deux garçons et une fille dans notre fratrie ? Y a-t-il des sexes parmi les dragons ? Sûrement, sinon il n'y aurait pas de bébés dragons ? Voyons donc qu'est-ce que je pense là, ils sont magiques.*
- Tu as raison, répond papi à ses interrogations.
- Les garçons ont chacun un dragon femelle et toi un dragon mâle. La symbiose se fera beaucoup plus facilement en vivant le sexe opposé. Laissez vos dragons se présenter à vous. Vous allez les entendre vous parler grâce à votre capacité télépathique. C'est de cette façon qu'ils vous contacteront. Comprenez-vous maintenant l'importance de l'insistance que nous avions à votre égard pour que vous pratiquiez votre télépathie régulièrement. Nous savions que ces êtres de lumière communiqueraient avec vous seulement par ce moyen-là.
- Merci mamie ! merci papi ! On y va ! s'empresse de crier Wil en s'élançant vers les dragons.

- Non, non, c'est vrai ! Je ne connais pas le mien, poursuit William tout en s'arrêtant et regardant Cédric et Sofia étonnés. Il ajoute : je sais, il faut que j'attende que mon dragon se présente à moi. J'ai hâte de faire sa connaissance.

Papi se remémore instantanément la description de ces dragons ; ces animaux mythiques. Il réalise l'importance du cadeau que lui a remis Maître Xin lors de son voyage en Chine : un livre ancien sur les dragons, leurs caractéristiques, leur raison d'être et leurs rôles auprès des humains. Tout particulièrement, avec émotion, il revoit la page annotée par Maître Xin illustrant les dragons jaunes, « Huanglong ».[5]

Ce qu'il voit correspond à ce qu'il a lu. Ils sont immenses : 15 m de la tête à la queue, des ailes déployées sur près de 30 m, présentant une forme devant faire dans les 4000 kilos, un être tout à fait magnifique et rayonnant. La tête est ornée de cornes impressionnantes et leurs pattes comptent cinq griffes puissantes. Leur regard bienveillant et intense suscite le respect et invite à la confiance malgré leur stature gigantesque. Ce sont des dragons messagers provenant des régions côtières de l'Asie. Papi Thomas est émerveillé. Il sait maintenant que les enfants sont bénis et protégés des Dieux.

- Je vous répète que seuls les humains possédant des dons particuliers peuvent voir les dragons et ressentir leur énergie.

Les enfants sont émerveillés et admiratifs, trois dragons jaunes sont là, devant eux, et ils les regardent… Ces dragons jaunes sont vraiment en vie ; ils respirent. Ils bougent sur leurs deux pattes arrière. Leurs narines se gonflent d'air et leur queue oscille doucement sur la pelouse.

William, encore sur sa retenue, entend vibrer dans son cerveau une voix grave et imposante, mais rassurante qui lui dit :

---

[5] Huanlong, dragon jaune ou cheval dragon. C'est le messager divin qui émergea de la rivière Luo pour communiquer aux hommes, par l'intermédiaire de Fuxi, les huit trigrammes du système divinatoire connu sous le nom de Yi-King. Wikipedia.

- *Bonjour William, je me nomme DYRA et je suis à ton service.*

Le dragon de gauche le regarde intensément, avec déférence, bonté et sollicitude. DYRA se penche et vibratoirement invite William à monter sur son dos. William ne bouge pas. Lui si familier avec les dinosaures de tous ses livres de lecture, de ses aventures imaginaires est ébahi…il l'entend lui parler…il ne dormira pas de la nuit.

- *Allez William qu'est-ce que tu attends lui dit DYRA directement dans son cerveau.*

Il regarde son frère Cédric et l'interroge du regard.

- Comment on fait ça, monter un dragon, ce n'est pas comme monter ma bicyclette s'exclame-t-il.

DYRA entend William se questionner et lui répond en avançant la patte droite :

- *Mets ton pied sur ma jointure puis monte sur mon aile près de mon corps, passe ton autre jambe devant mon autre aile comme si tu montais à cheval, ce n'est pas plus compliqué, tu montes un dragon comme on monte une monture de cheval.*
- Je ne peux pas te monter comme je monte ma jument grise tachetée de noir. Y'a pas selle ! Dit William incrédule.
- *Tu n'en as pas besoin, c'est magique, mon cou s'ajuste à ton énergie, ta confiance te maintient en place et je fais le reste. Prends place William, nous avons à nous apprivoiser. Allez montes ! Fais-toi confiance.*

Emballé et d'un mouvement de gymnastique, il saute sur le dragon, colle son plexus au cou du dragon et ressent toute la puissance, la force et la confiance de l'animal. Ça le rassure.

Sofia est comme dans un rêve. Elle aussi entend les vibrations de son dragon.

- *Bonjour Sofia, je me nomme LYKA et je suis à ton service.*

LYKA, au centre du trio, de taille légèrement inférieure aux deux autres dragons, la regarde intensément, avec déférence, bonté et sollicitude.

Sofia scanne intensément son dragon. Elle remarque que le sien a quatre griffes à sa patte arrière gauche tandis que les deux autres en ont cinq. Elle garde son observation pour elle-même. Son dragon s'en est aperçu. Il garde lui aussi sa lecture pour plus tard, quand Sofia osera lui demander des explications.

Au-delà de l'image, Sofia ressent la complicité entre cet animal fantastique et elle-même. Prestement, à l'invitation de LYKA elle se retrouve assise confortable et confiante sur cet être robuste et protecteur.

Pendant ce temps, Cédric n'a d'yeux que pour la beauté, l'harmonie, la majesté, la force que dégage son dragon. Lui aussi entend vibrer dans son cerveau :

- *Bonjour Cédric, je me nomme MARA et je suis à ton service, peu importe le jour où la nuit. Tu m'appelles et je suis là.*

Déjà enthousiaste et comprenant la procédure, Cédric se retrouve lui aussi à califourchon au cou de cet être magique devenant ainsi son compagnon fidèle pour la vie. Il entend le cœur de l'animal et perçoit le sien battre à l'unisson. Jamais il n'oubliera le son de la voix du dragon ni la sensation de son battement de cœur.

--- OOO ---

Le premier envol

Louise et Thomas sont très émus. Ils sont privilégiés d'être témoins d'un moment magique et symbolique aussi important. Ils savent que ces dragons jaunes sont des messagers célestes. Ce sont des gardiens des demeures divines et des protecteurs des Dieux. Ils symbolisent une élévation vers un état supérieur. Ils sont porteurs de neuf attributs : guerrier pacifique, bon et généreux, persévérant, volontaire, joyeux, créatif, intelligent et magique. Ils sont conscients que plus ces enfants partageront leurs pensées vibratoires avec ces êtres magiques, plus ils intègreront les mêmes attributs.

Cédric, William et Sofia montent fièrement leur dragon, le visage radieux malgré leur tension perceptible dans leur étreinte.

D'un coup d'aile majestueux, les trois dragons s'envolent ensemble et s'élèvent dans le ciel.

- Fantastique ! s'exclame William se cramponnant au cou de DYRA, les cheveux balayés par le vent, les yeux pétillants d'émerveillement, *je rêve* pense-t-il.
- *Non tu ne rêves pas lui transmet télépathiquement son frère Cédric. Je suis émerveillé, je vis un moment magique.*
- Je vole comme un oiseau crie Sofia.
- *Plutôt comme un dragon ! ironise LYKA.*
- Oh oui ! Très drôle, petit dragon réplique Sofia en serrant affectueusement le cou de son coursier.

Seul le vent siffle aux oreilles des enfants. Ils volent en formation comme des avions de chasse. Ils se sentent en symbiose avec leur dragon qui maintenant teste leur confiance. Progressivement, ils virevoltent, montent, descendent en piquée, se redressent d'un coup d'ailes et planent longuement. Ils repiquent, puis remontent dessinant des arabesques dans le ciel. Toujours sensibles à la qualité de l'étreinte des enfants, ils reconnaissent l'inconfort et la crainte des enfants tout en développant avec eux un début de complicité magique.

Les yeux fermés, les dents serrées, les mains accrochées à l'encolure d'écailles douces et fermes, Cédric, William et Sofia communiquent leur désir de revenir.

- *On revient ? questionnent les enfants à l'unisson, ça nous convient pour une première fois.*

Les enfants, courbaturés, fatigués, ébahis et complètement attachés à leur dragon respectif savent qu'à l'avenir ils auront à développer une confiance mutuelle. Ils ressentent l'importance de développer leur complicité avec ces êtres magiques. Ce ne sont pas simplement des montures de divertissement. Le contact avec chacun de leur dragon a permis à Cédric, William et Sofia de vivre une émotion de filialité, de fidélité et de compagnonnage qu'ils avaient oubliés depuis la mort de leurs parents.

- Ouf ! J'ai les bras raides comme une barre de fer, soupire William extrêmement emballé par l'expérience.
- Et moi les jambes ! s'exclame Cédric enthousiasmé par la petite envolée.
- J'ai le cœur qui flotte renchérit Sofia, émue, la larme à l'œil. J'ai vécu ce feeling-là, j'hésite encore à me le rappeler, car ce souvenir est très cher à mon cœur ; … c'était les fois où nous étions tous ensemble au bord de l'océan à se courir dans les vagues : papa, maman et nous trois.

En silence le voilier de dragons jaunes revient vers la maison où les attendent Louise et Thomas. Ils se tiennent par la main, gonflés d'admiration et de reconnaissance face à ce spectacle grandiose. Vraiment un instant de magie. Jamais les grands-parents n'ont eu comme information les voyages ou aventures que les dragons feront vivre à leurs petits-enfants. C'est une information secrète. Ces animaux magiques la gardent pour eux même. Ils ont reçu de la part de leur Mage la mission de renforcer les dons respectifs des enfants. Les dragons sont au service de ces grands Maîtres Célestes. Avant d'être détachés auprès des enfants, ces grands maîtres ont avisé les dragons célestes :

- Rien n'est au-delà de leur capacité, ils sauront franchir les obstacles ; bien sûr, avec un peu d'aide de votre part sourient les guides célestes en regardant les dragons jaunes dans les yeux.

Les enfants serrent le cou de leur destrier et les remercient. Ils sont tellement contents qu'ils éclatent de joie. Ils descendent de leur monture et leur donnent respectivement un câlin.

- *À la prochaine transmettent à l'unisson LYKA, DYRA et MARA. Soyez sage, nous nous reverrons bientôt pour poursuivre votre entraînement. Entretemps nous retournons vers notre dimension.*

Les dragons disparaissent.

--- OOO ---

À partir de cet évènement-là, les enfants et les dragons sillonnent fréquemment le ciel et les espaces de la région des Cantons de l'Est. Les dragons s'éloignent intentionnellement et régulièrement de la région et survolent des régions inconnues. Les risques entrepris sont conformes aux instructions reçues. Les enfants doivent apprendre à vivre le dépaysement total. Il faut qu'ils s'habituent à vivre différentes topographies et surtout à ne pas paniquer lorsqu'ils perdent leur repère. Ils auront besoin de cette confiance éventuellement.

--- OOO ---

- À table lance mamie revenue de ses émotions.
- On se lave les mains ! Ajoute papi.
- Pourquoi ? disent les enfants en cœur.
- Vous revenez d'une randonnée avec vos dragons, s'étonne papi.
- Mais voyons papi, dit William, mon dragon, il est propre

102

- C'est un animal lumineux, renchérit Cédric
- De la lumière magique, là, c'est propre, propre, propre lance Sofia en riant.
- Merci les enfants, j'en ai oublié un bout, mais on se lave les mains quand même !
- D'accord disent-ils en riant.

Au retour de la salle de bain, les enfants s'installent à la table où les attendent des plats cuisinés par mamie.

La petite famille se recueille quelques minutes avant de casser la croute. Les enfants ont toujours pratiqué cette attitude de remerciement avant les repas. Avec Marion et Patrick, les triplés connaissaient le langage béni. Il n'y a rien de nouveau pour eux.

- Gracias ! répondent papi et les enfants.

Les enfants vivent un moment de nostalgie ; ils auraient tellement voulu partager leur grande expérience vécue en compagnie de leur dragon avec leurs parents ; disparus depuis trois ans déjà.

Les enfants mangent avec appétit tout en relatant leur extraordinaire aventure respective. Ils caressent sans cesse leur épinglette magique sans s'en rendre compte.

Les discussions tantôt hilarantes tantôt à voix basse se poursuivent tout au long de la soirée. Au cours de cette soirée fantastique, mamie demande aux enfants de s'installer confortablement sur les divans du salon.

- Oh ! Ça doit être sérieux dit William avec un brin de malice dans le ton.
- Bien sûr que c'est sérieux lui répond papi en s'installant à côté de William tout en lui serrant les genoux affectueusement.
- Arrête papi tu me chatouilles. Je finis par me rouler par terre quand tu fais ça.
- Ça me fait tellement rire de te voir te rouler par terre comme un bacon grillé dans le poêlon.

- Bon ça recommence! intervient Louise tout en fixant Thomas et William de ses yeux bleus perçants. Est-ce qu'on peut commencer? questionne-t-elle.
- Mamie ne t'occupe pas d'eux tu le sais ils sont toujours pareils ces deux-là quand ils sont assis côte à côte, dit Cédric en se dandinant sur le divan.
- Bon! s'exclame Sofia, c'est quoi le sérieux de l'affaire, est-ce que l'on peut passer à un autre appel? lance-t-elle ironiquement.

--- OOO ---

La prophétie

Thomas, Cédric, William et Sofia sont installés confortablement sur les divans du salon. Louise les regarde avec attention.

- Voilà, ce que j'ai à vous partager, je le considère de la plus haute importance. Vous avez entendu parler d'une prophétie à quelques reprises par vos parents et par nous. Toutefois, nous avons gardé le secret volontairement. Nous ne voulions pas vous en parler avant que vous ayez complété plusieurs formations précises. Nous ne voulions pas que vous soyez distraits par des informations qui pouvaient être difficiles à comprendre.
- Maintenant que vous êtes familiers et confortables avec vos dragons respectifs, nous croyons que vous êtes en mesure maintenant de recevoir plus d'informations en lien avec votre mission qui se prépare.

Mamie prend son temps pour continuer à leur parler. Elle remarque qu'ils ont les yeux grands ouverts avec la bouche entr'ouverte.

- Nous avons également un autre objet à vous remettre. Vous vous souvenez de l'autre petit sac, celui de velours mauve dans le faux livre de papi, c'est le moment de vous le remettre à chacun de vous trois. Vous me trouvez peut-être très solennelle présentement et c'est le cas. Cependant c'est aussi un moment important qui, le moment venu vous sera très utile, oui, utile à chacun de vous individuellement et collectivement.

Mamie prend une autre pause. Elle se tourne vers Thomas calé dans son divan et pensif.

- Je reste toujours votre mamie, bien sûr, cependant papi et moi avons aussi une mission à accomplir. Nous avons pris un engagement vis-à-vis vos parents. J'ai pris un engagement avec mon guide Phéas et papi en a pris un avec ses guides. Je crois qu'avant de vous parler de la prophétie, papi doit vous raconter une histoire.
- Papi tu viens demande mamie.
- Oui j'arrive.

Thomas s'installe sur le coussin, face aux enfants afin de bien capter leur attention.

- Vous pouvez m'interrompre à n'importe quel moment.
- Je commencerai par une période remontant à plus de 9600 ans avant notre ère. C'est la période de l'Atlantide.
- Ah ! s'exclame Cédric je me rappelle le film « Atlantis » que j'ai regardé avec toi mamie un soir que tu me gardais à Ottawa et que William et Sofia étaient déjà endormis. Ils utilisaient le cristal pour faire fonctionner leur vaisseau spatial. Je me souviens de ces détails-là, car ça m'avait beaucoup frappé.
- En effet réplique mamie tu étais tellement intéressé par le film que j'ai dû le regarder une dizaine de fois avant que tu acceptes de te coucher.
- Mamie je trouvais ça génial leur façon de se mobiliser dans les airs avec simplement un gros morceau de cristal.
- Ah ! Est-ce que nous pourrons visionner ce film demain demande William.
- Bien sûr il est dans la filmothèque, tu peux le voir quand tu veux répond papi. Je continue mon histoire. Ce grand peuple de la période de l'Atlantide a décliné c'est-à-dire qu'il a perdu la vision de leur société. Ils ont perdu également la jouissance de leurs dons particuliers. Les Dieux ont décidé de fermer les portes de leur ciel temporairement parce que les gens étaient devenus cupides et ne croyaient plus en leurs Dieux. Ils manquaient de foi.

- Est-ce que les portes ont pu être ouvertes à nouveau demande William, attentif au récit de son papi.

- Oui, selon ce que nous savons, une tentative a eu lieu en Égypte antique vers l'an 3500 avant notre ère. C'était une époque très florissante qui contribua à l'essor de l'humanité. Je veux dire par là que le monde voulait demeurer dans la gloire des Dieux. Il voulait vivre une vie privilégiée de nouveau. Cependant des êtres imbus d'eux-mêmes, des gens qui cherchaient à avoir plus de pouvoir pour leur seul profit ont empêché le rendez-vous de l'homme avec sa destinée. Ils ont empêché que la prophétie se réalise.

- Ah ! Non ! on recommence encore s'exclame Sofia.

- En effet Sofia, l'humain ne comprend pas le message depuis l'antiquité, je m'aperçois que c'est pareil aujourd'hui, rien n'a changé depuis 5000 ans si je calcule bien.

- C'est triste à dire, mais c'est vrai. Sauf que les Dieux ont tout simplement reporté l'échéance. Ils offrent une nouvelle chance aux humains que nous sommes. Un rendez-vous est programmé. Des textes hiéroglyphes cryptés, datant de plus de 3000 ans avant notre ère furent partiellement décodés par des initiés mycéniens vers 1200 ans toujours avant notre ère.

- Des hiéro, des héros, des quoi demande William, je ne comprends pas. C'est quoi tu veux dire par ce mot-là ?

- Quand tu ouvres ton ordinateur, tu vois une barre d'outils en haut pour que tu puisses te retrouver et travailler en donnant une consigne au cerveau de l'ordinateur. N'est-ce pas ?

- Ben oui, répond William surpris par la question.

- Alors c'est pareil, les anciens ont découvert qu'en dessinant et en gravant des images dans la pierre ils pouvaient ainsi transmettre leur pensée. C'est comme cela qu'ils écrivaient leur message afin que les autres cultures comprennent. Ce que toi tu appelles des icônes eux appelaient cela des hiéroglyphes. Ça va, tu as compris Wil ?

- Oui c'est mieux que tantôt.

- Donc je peux continuer. Vos signes de tête me confirment que oui.

- Toutefois le secret fut très bien gardé jusqu'à nos jours. Il a été caché dans une grande bibliothèque de l'antiquité : celle d'Alexandrie en Égypte. Vous n'êtes pas perdu quand je vous parle d'Égypte n'est-ce pas ?
- Non répond Cédric nous avons eu à faire dernièrement des recherches en groupe à l'école sur le sujet. Nous nous sommes rendus à la grande bibliothèque de Montréal en bus. Toute la classe a participé.
- Tu te rappelles papi, tu voulais nous accompagner, mais les professeurs t'ont remercié de ta grande générosité. Trois femmes furent du voyage pour nous accompagner : le prof de sciences, le prof de français et celui d'histoire.
- C'est vrai merci de me le rappeler. Donc je poursuis le récit. Des êtres exceptionnels de bonté, de clairvoyance et de sagesse ont finalement décodé le texte d'une prophétie qui remet l'espoir en route. C'est de nos jours que ce phénomène se produira.
- Vous êtes le nouvel espoir de l'humanité. Vous les triplés de l'an 2000. Interjette mamie. Voilà pourquoi vous devez vous comporter comme des êtres d'exception, des humains ayant potentialisé leurs dons particuliers. Je sais que tout ceci semble invraisemblable. Je vous l'accorde. Nous aussi nous sommes restés estomaqués lorsque nos guides nous ont transmis la nouvelle.

Thomas et Louise regardent les petits-enfants avec admiration et affection. Ce moment de silence permet à ces derniers d'absorber l'information. Papi reprend :

- Votre signe cutané ; une tache au niveau de la colonne cervicale, invisible, pour le moment, à l'œil ordinaire vous place comme les porteurs sélectionnés afin d'accomplir la prophétie. Seuls les initiés et les êtres d'exception peuvent le détecter.
- Ah ! C'est pour ça que nos dragons ont émis un commentaire entre eux disant que nous étions les triplés de l'an 2000 lance Sofia maintenant n'étant plus étonnée de la réflexion de leur dragon. Nous nous sommes regardés à ce moment-là en entendant leur message sans toutefois rien y comprendre.

- Eux avaient perçu le signe. Ça leur donnait l'autorité et la responsabilité de parfaire votre apprentissage déclare mamie. Il ne fallait pas qu'ils se trompent de triplés, car pour faire une diversion, les Dieux ont permis la profusion de triplés présentement dans le monde. C'est pour fourvoyer les groupes avec de mauvaises intentions qui cherchent à vous retrouver et empêcher que la prophétie s'accomplisse.
- Vous mamie et papi, vous les avez perçus nos signes dans le cou ? Questionne vivement William.
- Oui cher enfant, répond Mamie. Nous en avons avisé vos parents immédiatement lors de votre venue sur la terre. C'est pour ça que votre mère vous a demandé de nous suivre en campagne afin de vous préparer à cette grande aventure. Elle vous a demandé de lui faire une promesse, celle d'être des triplés de la révélation.

Les enfants restent bouche bée. Ils sont dans un état méditatif. Ils repensent au chemin qu'ils ont parcouru depuis trois années. Ils comprennent un peu plus les exigences de Ming et de Patrick à leur égard. Et tous les regards soupçonneux de leurs copains à l'école depuis qu'ils sont dans la région.

- *Surtout le regard du prof de sciences pense Sofia. Elle ne cesse de nous toiser du regard à chaque fois que nous circulons dans le corridor.*
- Êtes-vous là les enfants, vous êtes dans un état méditatif depuis que nous vous avons annoncé votre identification questionne papi par l'entremise de la télépathie. Je vous demande de revenir parmi nous.
- J'ai encore à vous révéler la prophétie en question. On nous l'a transmis dès votre arrivée sur cette terre. Je l'ai toujours gardé jalousement dans un de mes faux livres. Je vais le chercher afin de vous la lire. Restez assis, ne me suivez pas. Il faut que le secret reste bien gardé.

En arrivant dans la bibliothèque des mystères, papi repense à la réflexion de Sofia concernant le prof de sciences et la garde en mémoire.

- *Je reviendrai sur cette question un peu plus tard.*

Les enfants se ressaisissent. Ils regardent mamie avec étonnement. Ils cherchent papi du regard. Il n'est pas encore revenu de la bibliothèque des mystères. Il se présente avec un papier parchemin, jauni par le temps, enveloppé d'un linge transparent pour le protéger le plus possible. Papi porte des gants blancs pour le tenir précieusement. Il se dirige vers son coussin, y prend place et déclare à haute voix :

- LORSQUE GAIA, DE SON DOIGT LE PLUS LONG, PERCERA L'ANNEAU DE FEU, TROIS DE SES ENFANTS, MESSAGERS DES DIEUX, NÉS D'UNE MÊME CONCEPTION, RÉTABLIRONT L'ÈRE DE LUMIÈRE ET DE PAIX, LIVRANT UN POUVOIR SANS LIMITES À L'HOMME NOUVEAU.

Un silence sépulcral est palpable dans le salon. Personne de bouge, personne ne parle, personne n'ose se regarder.

Les enfants demeurent sans mot. Ils n'ont rien compris de l'énoncé. Cédric, William et Sofia lèvent leurs épaules en signe de questionnement. Papi les observe. Ils sont assis en face de lui. Les grands-parents maintiennent le silence. Ils attendent que l'un des enfants se secoue et prenne la parole.

Soudain, les triplés éclatent de rire. Ils se regardent et se font des signes avec leurs yeux en voulant dire : as-tu compris quelque chose toi, non toi, ni moi non plus.

Papi les ramène à la réalité. Il leur annonce que :

- Vous n'avez pas à décoder ce qui a été décodé il y a plusieurs milliers d'années. Vous devez vous rappeler que cette prophétie est réelle, que vous en faites partie et que le secret doit être jalousement gardé. Vous comprendrez au fur et à mesure que vous vieillirez. Vos dragons vous guideront vers la réalisation de cette prophétie.
- C'est toute une énigme, j'avoue que j'ne comprends rien lance Cédric médusé.

Les deux autres restent assis sans bouger.

Tout à coup, Sofia se souvient de l'autre petit sac de velours mauve. Elle regarde mamie, assise sur une chaise droite avec un coussin dans le dos. Elle lui dit en s'approchant d'elle :

- As-tu l'intention de nous donner le contenu du petit sac mamie, j'ai hâte de voir l'objet en question.
- *La prophétie est passée comme du beurre dans la poêle pense mamie. (En allemand). Il fallait s'y attendre. Tout est tellement mystérieux que pour des enfants de douze ans ça dépasse leur entendement. Tant mieux cela permettra à l'énergie cosmique de faire son travail préparatoire.*
- Oui ! Oui ! Déclare mamie revenant de ses réflexions que les enfants n'ont pas décodées. Elle prend le petit sac en velours mauve, l'ouvre délicatement et elle en ressort trois cristaux montés sur une corde d'argent. Ils sont en forme de pointe cylindrique avec huit facettes resplendissantes. Elle les tient au bout de sa main droite et les laisse se balancer doucement.
- Ouf ! s'exclame Cédric c'est pour nous, nous en avons chacun un, c'est fantastique, je capote, je suis au comble de la joie. J'ai un cristal comme les gens du peuple Atlante en avaient pour se déplacer. C'est pour faire quoi ? demande-t-il à mamie, intrigué par cet objet.
- Vous avez reçu chacun une épinglette en bronze que vous devez porter pour contacter vos dragons respectifs. Vous voilà avec un autre objet aussi précieux que le premier. Il devra, dorénavant, vous accompagner lui aussi dans vos déplacements avec vos dragons. Avec le temps, tout votre corps s'adaptera à recevoir le nouveau codage lumineux transformant votre ADN. À chaque fois que vous voyagerez avec LYKA, DYRA et MARA, il sera essentiel et primordial que vous le portiez. C'est comme une clé qui vous protègera et vous permettra de revenir parmi nous.
- Parce qu'on risque de s'éloigner plus que d'habitude, insiste William inquiet et peu rassuré par le message de mamie. Est-ce que nos dragons vont nous amener beaucoup plus loin que ce que nous vivons d'habitude ?
- Possible répond papi. Qui sait ce que vous réservent les prochaines semaines ?

Un soleil magnifique pointe au-dessus des arbres à l'horizon. Papi médite près de l'arbre dédié à sa fille Marion et son gendre Marc. Cette Aubépine est son arbre fétiche : un arbre magnifique en pleine floraison en ce début d'été.

Les enfants, réveillés avant l'aube s'affairent à dessiner leur dragon respectif sous l'observation attentive de Mimi la chatte. Les enfants, allongés sur la moquette face à la télévision, en dessinant, revivent leurs nombreuses envolées avec LYKA, DYRA, et MARA.

Mimi, assise sur son train arrière, perçoit l'énergie rayonnante des enfants.

Mamie dort encore.

Papi, revenu de sa méditation, entre par la porte-fenêtre du demi-sous-sol et invite les enfants à l'aider à faire une surprise à mamie en préparant le petit-déjeuner ensemble.

- Regarde Papi, regarde mon beau dragon ! insistent les enfants avec joie.
- Vraiment ! Je suis impressionné par votre talent. Votre dessin témoigne de votre sens d'observation. Je vous félicite les enfants. À quelle place, allez-vous afficher ce beau dessin ?
- Ben voyons donc papi, sur le babillard dans ma chambre à coucher, lance Sofia avec tellement d'enthousiasme.
- Nous aussi, renchérissent les deux garçons régulièrement devancés par leur sœur.

Le groupe emprunte l'escalier et se rend dans la cuisine.

Pendant que le groupe prépare le repas discrètement, Mimi la chatte, complice, se dirige furtivement vers la chambre de mamie, saute sur le lit et colle sa truffe contre l'oreille gauche de grand-maman. Mamie se réveille au ronronnement de la chatte et sourit tout en s'étirant, heureuse.

Dès son arrivée dans la salle à manger, conjointe à la cuisine, mamie regarde les enfants et jette un regard à leur cou. Avec ses yeux interrogateurs, elle leur envoie le message suivant :

- *Avez-vous oublié quelque chose ce matin en vous levant, après avoir fait votre toilette et vous être habillé ?* Sofia qui entend le message de mamie, lui répond vibratoirement en se touchant la tête :
- *J'ai oublié de me brosser les cheveux !* William, qui lui aussi a entendu le message vibratoire, en passant sa main sur sa bouche lui répond :
- *Oups, j'ai oublié de me brosser les dents.* Cédric, recevant également le même message télépathique cherche autour de lui et soudainement se touche le cou et lance haut et fort :
- Haaaaaa ! Mon cristal !

Immédiatement, les trois enfants se précipitent vers leur chambre respective que papi et mamie ont mise à leur disposition depuis le décès de leur fille bien-aimée Marion et de leur gendre Marc. Chacun ramasse son pendentif sur la table de chevet, le passe à son cou, revient en courant, monte l'escalier qui mène au salon, au haut duquel mamie, debout, les attend.

- Ah ! Voilà l'objet dit-elle calmement. Je vous invite fortement à ne plus l'oublier insiste-t-elle. Il vous sera d'une grande utilité au moment opportun, conclut-elle. Cependant, je vous félicite. Votre système télépathique fonctionne à merveille : l'avez-vous réalisé ? questionne-t-elle.
- C'est vrai répond Sofia, étonnée de nouveau de sa performance télépathique.

William et Cédric sont eux aussi surpris du résultat en si peu de temps.

À table, les enfants sont heureux de montrer leurs dessins à mamie.

- Magnifique ! Quel cadeau merveilleux ! Merveilleux ! dit-elle. LYKA a les yeux verts et les autres sont noirs.
- Oui c'est vrai, j'avais remarqué dit Sofia.

- Sofia, c'est quoi ce cristal qu'il porte à sa gorge ?
- En fait Mamie j'étais pour te questionner sur le sujet au cas où tu le saurais, toi qui es dans le secret des Mages ?
- Je ne sais pas vraiment, puis se tournant vers Papi : Toi Thomas est-ce que tu le sais ?
- Je me souviens avoir lu quelque part que c'est un reliquat en l'honneur de ses victoires dans des combats célestes, il faudra vérifier.
- Les nôtres n'en ont pas s'étonnent les garçons. D'ailleurs ce sont deux femelles ! Non ! Non ! Ce n'est pas ce que vous pensez ! Ils portent l'énergie yin, c'est ce qu'ils nous ont dit.

Les garçons pouffent de rire.

--- OOO ---

Le Repaire de l'Ombre

Le corridor est sombre, noirci par le temps. Une ombre se déplace à pas feutrés. Périodiquement cette ombre s'allonge et se rétrécit au gré des flambeaux espacés. L'ombre porte sur son épaule gauche un gigantesque corbeau noir aux yeux vert foncé pénétrant.

- Crow! Crow! Crow! Croasse Kacouet.
- Comme je te retrouve, mon fidèle compagnon. Tu ne demandes jamais rien sauf un peu de nourriture de temps en temps. Ça me plaît.

L'ombre possède une respiration profonde, lente et prolongée. Elle flatte l'oiseau de sa main droite calleuse tout en longeant le long corridor. Il se dirige vers son donjon à l'extrémité gauche de son château. Ce donjon lui fournit un poste d'observation à 360 degrés. Il lui permet également de déceler toute approche indésirable ; terrestre du côté Est et maritime du côté de la mer d'Irlande.

L'ombre, Daarksoor, continue de parler à son fidèle compagnon Kacouet. Il revient d'un long séjour à l'étranger. Son travail professionnel est exigeant et lui offre de moins en moins d'occasions de vivre dans son château préféré. Il est de retour depuis quelques heures à peine dans ce Château de Legatyn, en pays de Galles dans le sud-ouest de l'Angleterre, au pays des menhirs en bordure de la mer d'Irlande.

Cette ombre possède un regard intimidant avec des yeux aux pupilles reptiliennes. Il ne tolère pas l'incompétence ou la résistance à ses directives. Il puise son influence d'une lignée de puissants personnages au sein d'une organisation qui remonte aussi loin qu'à l'époque Atlante. La tradition orale et l'autorité transmises par son maître et mentor remontent à très loin dans le temps. Cet héritage consigné par écrit au cours du dernier millénaire illustre des vestiges soupçonnés d'origine touranienne.

Daarksoor vit dans ce château anglais depuis cinq décennies. Il a décidé d'en faire son repère sous la recommandation formelle de Brahima son maître et mentor. Brahima dirige l'organisation des Curretaras. Il a acheté le domaine du château de Legatyn en 1934 afin d'y installer le quartier général (QG) mondial des Curretaras. L'architecture extérieure fut complètement modifiée et restructurée.

L'intérieur du château fut aménagé afin d'accommoder les nombreuses collections d'armes, d'artefacts, de livres et d'archives très anciens. Récemment plusieurs espaces furent modifiés afin de tenir compte des technologies de l'information des plus performantes. Plusieurs salles de rencontres, laboratoires de recherches permettent à des scientifiques de se rencontrer et de demeurer à la fine pointe de leur expertise. Une aile, plus secrète, attenante au donjon et à l'accès aux souterrains demeure très restreinte. Peu de personnes y ont accès. Des mécanismes hautement sécuritaires contrôlent l'entrée et les déplacements de tous les visiteurs. Notamment, l'intérieur de son donjon possède maintenant plusieurs salles de rencontre très privées et protégées contre les détections électroniques.

En ce moment, des personnes accréditées se rendent sous escorte dans une grande salle rectangulaire attenante à la bibliothèque remplie de livres occultes.

Aujourd'hui, la rencontre revêt un caractère particulier. Elle regroupe pour l'occasion, ses principaux collaborateurs associés à une enquête relative à la réalisation d'une prophétie vieille de plusieurs millénaires.

Depuis plus de trente années, Daarksoor cherche à éclaircir une énigme concernant des triplés identifiés par une prophétie qui remonte à l'antiquité. Nombre de tablettes d'ardoises et de grimoires en sa possession lui rappellent cette prophétie d'une manière ou d'une autre. Ces œuvres feraient l'envie de nombreux archéologues. Personne d'autre que lui et son mentor n'en connaît l'existence. Il les consulte à l'occasion de chacun de ses voyages en Angleterre. Une tablette d'ardoise de l'époque égyptienne retient en particulier son attention. Il la caresse de ses mains calleuses et la renifle pour en absorber les odeurs ancestrales cherchant à saisir les secrets machiavéliques de son contenu ténébreux.

La prophétie fait état de trois enfants issues d'une même conception, donc de triplés, devant permettre un avènement inter dimensionnel et susceptible d'apporter un pouvoir extraordinaire à l'homme nouveau. Aussi loin qu'il peut remonter dans le temps, de génération en génération, ses prédécesseurs ont œuvré afin de connaître qui sera le gardien du portail, où et quand l'avènement doit avoir lieu.

Depuis vingt ans déjà des signes multiples montrent que la Terre est en mutation. Au-delà du réchauffement de la planète, des évènements soulignent une effervescence inconnue jusqu'à présent. Les statistiques des grands pays, sur tous les continents, montrent un accroissement substantiel de naissances multiples pouvant aller à certains endroits à plus de trois pour cent de l'ensemble des naissances.

Des recherches récentes signalent que fort probablement un groupe de triplés de l'an 2000 serait porteur du gardien de la Porte vers l'homme nouveau. Tous les documents partiels connus font état d'un porteur de clé.

- *Cette rencontre, pense Daarksoor, doit mettre en place tous les éléments devant me permettre de trouver ces triplés et ainsi m'assurer d'être présent à l'ouverture de la Porte et d'en être le seul et grand bénéficiaire.*
- *J'ai besoin de collaborateurs fiables qui vont retracer tous les triplés connus et déterminer ceux potentiellement porteurs de la clé. Par la suite je me concentrerai sur la liste réduite.*
- *Pour le moment je sais que les triplés garçons ne sont pas importants pour moi. Il doit y avoir au moins une fille. C'est un incontournable. Actuellement les statistiques partielles dénombrent plus de 5000 triplés.*

La tâche est énorme puisqu'il faut les identifier, les évaluer discrètement et développer un plan de surveillance efficace et sans faille. Personne ne doit savoir que notre organisation est derrière cet effort. Là-dessus, je ne tolèrerai aucun compromis, aucune médiocrité, aucune négligence. Je veux des résultats concrets et rapides.

--- OOO ---

Brahima

Trouver le porteur de clé de la Porte, acquérir le pouvoir pour sa lignée, ce pouvoir recherché depuis tant de générations, voilà sa source d'inspiration. Malgré ses recherches et lectures assidues, Daarksoor hésite. Il désire obtenir les éléments qui puissent le convaincre de manière non équivoque des actions à prendre. Lui-même n'a pas droit à l'erreur, car son maître et mentor, Brahima ne le lui pardonnera pas. Il en va de la raison d'être de l'organisation.

- *C'est la troisième fois ce mois-ci que j'essaie de communiquer avec Brahima. C'est comme s'il refuse de me parler. Je sais qu'il n'aime pas être dérangé par des demandes. C'est plutôt lui qui demande, je devrais dire qui exige. Par contre je suis certain qu'il connaît notre situation, ma situation en ce moment. Je ne suis pas son dauphin pour rien. Il ne m'a pas préparé durant toutes ces années pour rien.*
- *Brahima, tout le travail que nous avons accompli, tous les enseignements que tu m'as donnés je m'en sers et les mets en pratiques. Cependant, présentement, j'ai besoin de te parler. J'ai besoin de coordonner avec toi, je ne veux surtout pas contrecarrer tes plans. S.V.P. Brahima, parle-moi.*

Brahima possède la capacité d'être à plusieurs endroits en même temps. Toutefois sa résidence véritable se situe dans la caverne du grand sorcier noir dans les collines volcaniques des iles de la Réunion. C'est là que Crémone, sa mère adoptive et prêtresse Voodoo le présenta au maître incontesté, ce magicien, ce sorcier noir à la tête de l'organisation mondiale et ancestrale : les Curretaras.

Durant toute son enfance, Daarksoor fut entraîné à contrôler la matière, à la mettre à son service. Il se souvient entre autres du début de son entraînement avec sa mère. Il entend encore Crémone lui chuchoter à l'oreille des paroles lui révélant ainsi une partie de la vérité et de sa réalité.

- *Tu possèdes d'immenses capacités rarement rencontrées chez un humain. Avec le temps j'ai transformé ton corps pour qu'il s'adapte à tous les terrains. Tu ne te souviens pas de ton arrivée dans ma demeure. Tu avais une énorme déformation à la colonne vertébrale, au bas du dos.*
- *Je t'ai récupéré chez moi comme fils adoptif. J'avais reçu un message incontestable de la part de Brahima, notre chef à tous : celui de travailler sans cesse auprès de toi, avec tous mes pouvoirs, pour transformer ton corps pour qu'il soit le plus apte à se déplacer librement. Je me suis fait aider dans cette tâche par ma fille Andréanas, ta sœur adoptive et ton ainée. Elle aussi possède des pouvoirs sur la matière.*

Daarksoor se remémore les longues sessions d'entraînement intensif, avec Crémone et sa sœur Andréanas. Quand Brahima dirigeait les exercices, il poussait l'effort jusqu'à la douleur extrême. Au fil du temps, Daarksoor s'est mérité le respect et l'affection de Brahima. Puis, un jour, Brahima remit à Daarksoor ses directives afin d'assurer la domination de l'organisation Curretaras sur l'ensemble des continents. Depuis ce temps, Daarksoor fut assigné au QG des Curretaras situé à Legatyn.

Daarksoor dirige maintenant du château de Legatyn, l'ensemble des opérations. Il est responsable du développement et du maintien de l'autorité dans l'organisation de tous les secteurs sociaux et économiques. Brahima garde pour lui le volet politique et religieux.

Daarksoor ne doit communiquer avec Brahima qu'en cas d'extrême urgence ou à la demande de ce dernier.

Bref, seule une situation mettant en danger la réalisation du plan final permettrait à Daarksoor d'entrer en contact avec Brahima, le chef suprême de la confrérie des Curretaras. Ils sont des centaines de membres à planifier depuis des millénaires, l'aboutissement de ce plan final : dominer les humains par la ruse, la diplomatie et les armes s'il le faut.

L'ombre et son oiseau pénètrent dans une pièce sombre. Les sept fenêtres d'origines ont été remplacées par des panneaux de plomb décorés de symboles magiques. Cette pièce est protégée contre toute intrusion énergétique ou électronique.

- Kacouet va sur ton perchoir, ordonne Daarksoor en balayant son épaule gauche d'un geste brusque de la main droite.

Daarksoor tourne autour de son chaudron celte tout en murmurant des incantations. Il cherche à contacter Brahima le seul être ayant une emprise sur son cerveau, sur ses pensées. Daarksoor le craint au plus haut point.

- *Pourquoi il ne me répond pas ? s'interroge Daarksoor. Je suis dans un brouillard total et je déteste vivre entouré de brume, la noirceur et l'humidité me conviennent, mais pas la brume. Il faut que je trouve une façon de le contacter.*
- *Mais voilà que ce n'est pas un problème de la vie courante. Il en va de la vie de toute l'organisation.*

--- OOO ---

Bang ! Bang ! Bang ! On cogne à la porte de l'antre. Seul son secrétaire personnel est autorisé à s'approcher de cette porte.

- Est-ce qu'ils sont tous présents Henry ? Demande Daarksoor par le truchement de l'interphone.
- Oui monsieur, ils sont dans la grande salle violette tel que vous l'avez commandé.
- D'accord j'arrive dans quelques instants.
- *Maître Brahima, peut-être que vous ne répondez pas parce que vous me demandez de me rendre à votre île de la Réunion. De toute façon je veux revoir Crémone et discuter avec elle de mes racines et de mes ancêtres. J'ai besoin de rafraichir ma mémoire sur ma lignée personnelle de sorcier pense-t-il en récupérant Kacouet, son fidèle corbeau noir. L'oiseau se positionne sur son épaule gauche. Ça devient une obsession chez moi. J'ai des questions à poser à Crémone, ma mère. J'ai besoin d'éclaircissement. Je lui parlerai lors de mon prochain voyage en terre natale.*

Daarksoor pénètre dans la grande salle violette d'un pas assuré. Les quatorze dignitaires régionaux de l'organisation Curretaras se lèvent soudainement pour l'accueillir. Ils sont tous installés vis-à-vis leur sigle et symbole respectif. Le silence est éloquent. Chacun connaît les sautes d'humeur et l'intransigeance coutumière de Daarksoor. Aucun ne défie cet être de son regard. Daarksoor qui normalement porte des verres fumés noirs les enlève pour augmenter l'effet d'autorité sur ses collaborateurs. Ses yeux jaunes aux pupilles reptiliennes et son regard hautain sont intimidants. Sa voix rauque, notamment lorsqu'il élève le ton, donne des frissons dans le dos.

Les dignitaires de l'organisation sont assignés à une place spécifique autour de la table ayant la forme d'un fer à cheval. Cette table, en bois massif, est gravée de nombreux dessins à caractères symboliques relatifs à la région du dignitaire présent.

Quatorze fenêtres modifiées et étanches à toute intrusion, sont ornées de tentures en velours violet, usées par le temps. Aucune lumière de l'extérieur ne peut pénétrer dans cette pièce. Les couleurs sombres accentuent l'aspect glauque et lugubre. Les participants demeurent toujours impressionnés et prudents. Personne n'ose provoquer le maître Daarksoor.

- *Hum ! C'est bien. Ils sont inconfortables, mais attentifs. Ils sont sur leur garde et savent que je ne tolère pas l'échec. Un peu de crainte c'est utile pour avoir de la performance.*

Daarksoor possède le pouvoir de détecter l'énergie qui se dégage de tous ces gens autour de cette table présentement. Il a ce pouvoir de détecter les humeurs des autres. Les émotions des autres humains le fascinent. Il prend un malin plaisir à garder le silence et d'écouter à leur insu. Il perçoit leur état d'esprit et toutes leurs faiblesses. Il capitalise sur leur moindre tendance à être déficient et par un stratège de sa part, il les enligne à son service et les tient coincés dans leur penchant dévastateur.

--- OOO ---

Daarksoor, d'un pas délibéré, se dirige vers sa table et sa chaise personnelle, en bois d'ébène, héritée de son mentor Brahima, sculptée majestueusement d'ornement royal. Elle est placée dans l'ouverture du fer à cheval afin de garder une vue d'ensemble sur ses collaborateurs. Une fois installé sur sa chaise, Daarksoor les dévisage individuellement. Son regard est lent et intense. Puis, d'un signe de tête, il leur signale de s'asseoir.

La séance débute sans préambule et s'exécute avec précision et brièveté. Daarksoor, de sa voix rauque habituelle leur dit :

- Vous avez devant vous un dossier vous précisant votre tâche individuelle.
- Je vous demande à tous d'enquêter sur l'existence de triplés dans votre région, dont la naissance se situe entre 1998 et 2002 et tout particulièrement ceux de l'année 2000.
- Vous avez accès à toute la technologie de notre réseau que vous connaissez chacun dans votre partie du globe.
- L'essentiel, c'est de retracer les triplés ayant au moins une fille à leur trio. Ceux à trois garçons peuvent être identifiés, mais sont de peu d'intérêt.
- Il est essentiel que vous soyez discrets. Vous n'avez pas à intervenir. Vous devez, détecter, identifier et m'informer. Vous avez les détails des informations pertinentes que je recherche dans vos consignes, dans votre filière. Soyez comme l'ombre qu'on ne voit pas, mais qui est toujours présente en suivant son sujet.

Daarksoor regarde attentivement chacune des personnes présentes. Son regard perçant, sa mâchoire serrée et le rictus de sa bouche soulignent l'importance de la mission.

- Je veux des réponses le plus rapidement possible. Rapportez-moi des noms et surtout des localisations précises. Je veux savoir entre autres qui possède des dons particuliers. À cet égard ce ne sera pas à vous d'agir, mais de m'en aviser.

Daarksoor regarde chaque membre présent, et d'un geste suffisant et hautain, ordonne :

- Allez ! Je ne veux plus vous voir pour le moment. Vous savez comment me contacter.

--- OOO ---

Un vol magique

Les enfants sont euphoriques. Ils sont accrochés au cou de leur Dragon magnifique, ces destriers aillés. Ils ont les cheveux dans le vent, leurs yeux brillent de joie et de curiosité. Ils partagent télépathiquement entre eux leurs impressions et avec leurs montures, ces êtres d'amour et de magie.

-   Que je suis heureuse ! Lance Sofia les yeux pétillants de bonheur.
-   Pas à peu près, renchérit William tout en lançant un cri de conquérant.

Cédric sourit à son frère William et sa sœur Sofia tout en chuchotant « Merci » à l'oreille de son dragon.

Les Dragons, complices, mettent à l'épreuve les talents de leur cavalier par de multiples acrobaties aériennes. Soudain d'un coup d'ailes commun ils volent vers les nuages, les pénètrent alors qu'un silence mental s'installe. Les enfants tendus maintiennent respectueusement leur monture et garde le silence.

--- OOO ---

Les nuages s'éclaircissent.

Majestueusement, en formation serrée, les dragons survolent en altitude une magnifique région où des damiers de civilisations et cultures entrecroisent la verdure de la forêt, parfois dense et parfois marquée de cicatrices laissées par des sentiers plus ou moins utilisés.

Les enfants notent, impressionnés, la topologie du terrain avec ses collines, parfois abruptes et rocailleuses. Le littoral d'un massif rocheux, caressé par une mer bleue et par endroit écumeuse, présente une véritable dentelle aux mille arabesques.

Aucun point de repère ne rassure les enfants quant à l'endroit où ils se trouvent. Le questionnement et l'inquiétude s'installent et créent la tension chez les cavaliers.

- Où sommes-nous ? interrogent ensemble les triplés, surpris par cet environnement inconnu.
- Ce n'est pas la région de Sherbrooke, mentionne Cédric ayant déjà survolé la région de l'Estrie en avion biplace avec Bob, un grand copain de son oncle Patrick.
- Nous sommes dans une autre dimension temporelle. Nous survolons l'Irlande du VIe siècle A.D. réplique LYKA en réponse au questionnement mental de Sofia.
- Comment ça ? Pourquoi ? demande-t-elle ? Sa voix trahit son inquiétude.
- Quoi ? Qu'est-ce qui se passe ? Où nous amenez-vous ? Questionne William soudainement inquiet et haletant.
- MARA, qu'est-ce qui se passe ? renchérit Cédric essayant de se rassurer lui-même.
  LYKA répond aux interrogations des enfants.
- Nous avons un mandat à respecter. Nous aussi nous avons des supérieurs. Pour nous, leur demande est simple. Cependant, c'est un peu plus compliqué pour vous trois. Depuis un certain temps, vous potentialisez votre don de télépathie et développez votre capacité par vos exercices en terrain connu. À date, c'est concluant. Vous vous en servez avec beaucoup de discernement. Cependant, vous devez l'expérimenter, ailleurs, dans d'autres dimensions parallèles et ainsi accroitre vos capacités télépathiques.
- De plus, vous vous devez de retracer vos origines celtiques. C'est pour cela que nous vous déposerons en ces terres du VIe siècle, A.D. en Irlande spécifiquement.

Stupéfiés, impuissants, les triplés sont estomaqués et attendent la suite. Ils ne peuvent pas descendre de leur monture. Ils sont à plus de mille mètres dans les airs.

- *Nous sommes vraiment coincés entre ciel et terre pensent les triplés.*
- LYKA continue :
- Nous avons comme mandat de vous déposer dans un endroit précis. Vous rencontrerez un groupe de personnes ayant un druide à leur tête. Ce druide est important pour vous, il doit vous enseigner et vous transmettre un outil essentiel pour votre mission. Pendant que vivrez votre aventure nous ne serons pas loin, jamais nous ne vous perdrons de vue. Personne ne pourra nous voir, pas même vous jusqu'au moment où ce sera le temps de revenir à la maison.

  En entendant le mot maison, les enfants reviennent à leur réalité.

- *Qu'est-ce que papi et mamie vont faire avec toute cette histoire ? Vont-ils être au courant de notre aventure ? Ils vont sûrement s'inquiéter pensent les enfants simultanément.*
- Ça pas de sens ce truc-là lance William à son frère et à sa sœur.
- Je n'aime pas ça ! J'ai vraiment peur ! hurle Sofia à plein poumon.

--- OOO ---

Irlande, Peuple de terre et de guerres

Calmement, LYKA tente de rassurer les enfants. Il transmet secrètement à MARA et DYRA :

- *Les enfants sont terrorisés. Prenons le temps de leur expliquer le pourquoi et le comment des choses. Le besoin d'intégrer les enseignements et d'être mis à l'épreuve, c'est comme une sorte d'examen. Ça ne peut se faire que par des mises en situation qui leur permettront de vivre leur apprentissage dans l'action.*

LYKA explique aux enfants :

- Voilà ! Ce n'est pas un jeu.
- Les situations qui se présenteront seront réelles pour vous, en lien avec vos capacités et vos dons. Elles sont là pour vous préparer, le moment venu, à vivre quelque chose de plus grand, de plus gros, de plus impressionnant. Vous devez apprendre à vivre avec la conséquence de vos décisions et de vos actes.
LYKA prend une pause avant de continuer de les informer.
- Vous devez apprendre à ne compter que sur vous et les êtres que vous rencontrerez. Nous, nous n'avons pas le droit d'intervenir directement. Toutefois, rappelez-vous, nous serons toujours présents par la pensée. Une de nos tâches est de vous traduire en continuité le langage celte. Vous allez comprendre tout ce qui se dira sans vous rendre compte de notre intervention. Vous avez en vous toutes les ressources nécessaires pour réussir votre épreuve.
- Prenez cela comme une aventure extraordinaire s'exclament MARA et DYRA essayant de les rassurer et de les motiver face à l'action imminente.

Tour à tour Sofia, William et Cédric objectent, interrogent, protestent, verbalisent leur inquiétude :

- C'n'est pas sérieux tout ça, proteste William avec vigueur. Ses joues sont cramoisies.
- Nous devons parcourir des espaces qui n'ont aucune référence pour nous objecte Cédric en haussant le ton.
- Non ! Mais tu nous vois atterrir dans ce milieu, même pas costumés pour leur environnement. On va se faire éliminer tout de suite rétorque Sofia, vraiment pas heureuse de la tournure des évènements.

Les trois dragons s'attendaient à de vives réactions de la part des trois enfants. Après quelques tours d'ailes au-dessus de la forêt celtique, LYKA reprend :

- Prêt, pas prêt, c'est maintenant l'heure d'évaluer votre progression. Nous allons vous déposer dans un environnement inconnu pour vous. Vous allez rencontrer des personnages qui vont vous aider et d'autres qui vous seront menaçants et dangereux. Rappelez-vous, vous avez ce qu'il vous faut pour réussir. De plus, ce soir lorsque la lune montera dans le ciel vous irez à la rencontre d'un druide du nom de Taliesanic. Vous le reconnaitrez grâce à deux tatouages bleus qu'il a sur ses joues, un cercle avec une spirale dedans sur chaque joue et il portera un bandeau blanc avec un dessin sur son front, un autre cercle avec une croix dedans. Dans sa ceinture il portera une petite serpe dorée.
- Taliesanic cherche trois enfants, deux garçons et une fille. Trois enfants qui portent une marque de naissance à la base du cou. Cette marque n'est perceptible que par des initiés. Il vous a déjà vu en songe. À part cela, n'oubliez jamais que nous sommes là pour vous protéger.
- Donc tout baigne dans l'huile, comme dit si bien papi ! Murmure William avec sarcasme. Un petit chausson aux pommes avec ça, ça s'rait bon ! Tant qu'à faire ! On beurre épais !
- Il est tendu. Sa respiration devient de plus en plus saccadée, souligne DIRA aux deux autres dragons.

- Je le ressens comme toi, ajoute LYKA, cependant le temps nous est compté, je me dois de continuer mes explications.

Tel un général donnant ses consignes, avec assurance et autorité, LYKA explique aux enfants qu'ils sont dans l'Irlande celtique du début VIe siècle A.D. alors que les familles qu'on appelle clans se soulèvent les uns contre les autres dans des luttes fratricides pour le pouvoir.

- En ce moment, dans la région où nous nous poserons, un groupe imposant de guerriers du nord pillent, capturent et rançonnent afin d'imposer leurs lois tout le long de la côte Nord-Est de l'Irlande.
- Juste ça… ! Alors… ça s'annonce bien ! interrompt William, toujours avec sarcasme… Il est prêt à sauter de sa monture tellement il devient de plus en plus inquiet.

LYKA poursuit ses explications avec un soupir d'hésitation. Il ressent le désarroi de William, mais il doit continuer pour le timing de l'expédition.

Les enfants reçoivent ces informations résonnant dans leur cerveau engourdi tant la situation leur parait invraisemblable et catastrophique.

LYKA et ses compagnes ressentent l'angoisse des enfants. Ils savent que ce sera difficile pour des enfants de douze ans. Ils ne peuvent intervenir directement. Néanmoins, ils sont là pour les protéger au besoin. Selon leur engagement, ils ont comme mandat et consigne de ne jamais abandonner les triplés au risque de leur propre vie.

LYKA poursuit. Ces informations sont précieuses. Au minimum, leurs cavaliers doivent connaître dans quel contexte ancestral ils vivront leur épreuve.

- Tu parles comme mon professeur d'histoire affirme Sofia. Moi là je te l'dis, c'n'est pas ça qui nous rassure. C'n'est pas d'un cours d'histoire qu'on a besoin, rétorque Sofia vivement.

- Quoi répondre sinon de recevoir ce que j'ai à vous dire pour le moment, répond LYKA. Il est important qu'au moins un de vous trois retienne ces informations. Elles vous seront utiles en temps opportun.

LYKA poursuit ses explications

- L'Irlande est divisée en cinq royaumes principaux avec chacun un grand nombre de petits royaumes. L'ensemble du pays compte environ 150 royaumes avec quelques milliers de personnes dans chacun. Les guerres locales sont fréquentes et ça, pour toutes sortes de raisons. Les luttes de pouvoir sont les plus fréquentes. C'est dans cette Irlande des princes et de guerriers que vous arrivez.

Les enfants sont apeurés. Ils s'inquiètent de leur capacité à réagir contre ces grands guerriers tout particulièrement William dont la respiration devient de plus en plus courte.

Il angoisse déjà et pressent une crise d'asthme. Ça fait longtemps qu'il s'est senti aussi oppressé. Il n'écoute plus. Il n'a pas apporté sa pompe médicale pour respirer en cas de crise. Il est en proie à un début de panique. DYRA, son dragon, perçoit dans son propre corps toute l'angoisse et la panique de William et dit :

- William ! William ! Écoute-moi ! Allez sert mon cou très fort…. Oui c'est ça, encore plus fort, t'es capable. Allez !… Continue de serrer, essaie de me faire dire « chute ».

Après un moment, il ressent les muscles des jambes de son compagnon se détendre. D'une voix rassurante, douce, calme, DYRA ajoute :

- Voilà, tu te sens mieux maintenant ?
- Oui, merci, transmet William d'une voix à peine audible. Il respire plus librement. Il se souvient, lorsque sa mère Marion le rassurait, ça ressemblait à ça.
- Tu verras, tout ira mieux. Fais un effort pour écouter les instructions que vous donne LYKA. Ça va maintenant ?
- Oui. Répond William plus détendu et plus réceptif.

- DYRA poursuit : tu sais William, les poumons c'est ton territoire. C'est là que tu puises l'énergie émotionnelle qui te permet de crier, de parler selon le besoin. Tes poumons oxygènent ton sang qui nourrit chacune de tes cellules. Plus tu deviens tendu, plus les petits canaux de ton système respiratoire se rétrécissent. La conséquence de ça c'est que tu respires moins bien jusqu'au point où tu peux perdre connaissance.
- Pour t'aider lorsque tu n'as pas de pompes avec toi ou bien quand tu te sens déraper, poursuit DYRA, il importe de respirer encore plus profondément et le plus lentement possible. Ce faisant tu peux utiliser un truc qui marche bien, veux-tu le connaître ?
- Oui, répond William
- Alors serre tes poings le plus forts que tu peux et concentre-toi sur tes poings jusqu'à avoir l'impression que ça t'fais mal. Oui comme ça… Vois, tes jointures deviennent blanches et tes bouts de doigts gonflés de sang. Super… c'est comme dans tes cours de judo, dans tes roulades tu frappes le sol et en changeant ton focus, tu diriges l'énergie en restant présent à ce que tu fais. Tu comprends ?
- Oui ! répond William, fermant les yeux à demi. Il se revoit dans ses cours de judo. Hum ! Oui ! Je me rappelle. Merci.
- Ça me rassure… Oui… Les techniques de judo je vais m'en rappeler dit-il en serrant les poings.
- Comment ça se fait que tu saches que je fais du judo ? Surpris, car plus lucide de sa condition.
- DYRA grommèle entre ses dents et dit : hum ! hum ! je sais tout sur toi et votre fratrie.

LYKA, MARA et leur cavalier gardent silence et soutiennent William par la pensée.

Après quelques minutes de silence respectueux, les questions fusent de toutes parts. Seront-ils armés ? Auront-ils des alliés ? Quand reverront-ils papi et mamie ?

Les dragons entendent leurs inquiétudes. MARA leur transmet :

- Qu'avez-vous appris avec oncle Patrick et votre papi sur les armes et l'art de la guerre ? Entre autres, n'avez-vous rien appris sur la fabrication et l'utilisation des armes de jet ?
- Sofia se secoue la tête comme pour être plus présente et dit :
- Ouais ! réfléchit-elle à haute voix. Je suis très habile avec un arc et des flèches et je sais comment en fabriquer s'exclame Sofia. C'est comme si sa peur disparaissait lentement.
- Moi je suis le champion de mon école au tir du javelot dit Cédric, fier de lui-même et de plus en plus rassuré.
- Il y a tellement de cailloux ici et personne ne me bat avec une fronde, ajoute William maintenant beaucoup plus détendu. Déjà, il anticipe comment fabriquer et utiliser sa fronde.
- Ces habiletés que vous mentionnez, c'est un excellent départ n'est-ce pas ? transmet MARA. De plus, dans votre sac magique vous avez ce qui vous sera nécessaire pour vivre votre expérience.
- Un sac magique ? questionnent les enfants à l'unisson.

LYKA poursuit sans porter attention à leur question :

- En ce moment la religion chrétienne apportée par Saint-Patrick prend de plus en plus de place.
- Le Saint-Patrick que les Irlandais fêtent avec une grosse parade le 17 mars de chaque année, demande Sofia.
- Oui répond LYKA. La société à l'époque de Saint-Patrick est essentiellement rurale. La plupart des gens vivent sur de petites fermes. Comme l'Irlande est une île, la mer joue un rôle important dans toute l'évolution du peuple irlandais. Vous vous rappelez où se situe l'Irlande sur la carte géographique que Papi a dans son bureau.
- Oui répond Sofia, c'est la grosse île à l'ouest de l'Angleterre.
- En effet, d'un côté c'est l'Angleterre et l'Écosse et de l'autre côté c'est l'Océan Atlantique. Plus au nord nous avons une Ile un peu plus grande que l'Irlande que nous appelons maintenant Islande.
- Oui elle se situe entre le Groenland et la Norvège et dessus il y a des volcans intervient fièrement Cédric.

- C'est vrai, tu as raison. Cette île, tout comme la Norvège est habitée par des peuples marins du Nord, que l'on appelait les « North Man » et plus tard on les appellera « Vikings ».
- Ouais, les Vikings sont des guerriers explorateurs, de très bons marins. Ils sont braves et peuvent être très cruels. Ils ne connaissent pas la peur.
- Bravo William. Tu as raison. Pendant votre aventure tu auras l'occasion d'en voir de très près. À l'époque où nous nous trouvons en ce moment, les hommes du nord sont de plus en plus présents sur la côte d'Irlande. Ils cherchent à s'enrichir soit en pillant ou encore à établir du commerce avec les gens des villages qu'ils rencontrent. La difficulté en est une de langage et de coutumes.

Les triplés, toujours en selle sur leur destrier, se regardent et leurs regards en disent long. Oups ! Ils reviennent à leur réalité.

Les dragons descendent graduellement et les enfants voient beaucoup mieux l'environnement.

- Vous allez remarquer dans la région la présence de beaucoup de fermes, souvent érigées sur une colline et entourées d'un rempart circulaire et une clôture.
- Là ! Près du lac, ce n'est pas une ferme c'est comme une petite forteresse, interjette Cédric.
- Les maisons des chefs locaux ou grands guerriers sont généralement plus imposantes et souvent servent de positions défensives en cas d'attaques. Vous allez les retrouver dans des positions stratégiques pour contrôler la côte : dans un environnement important pour la survie comme pour les terres de culture ou les sites de minerais ; ou encore dans un endroit pour contrôler une voie d'accès importante comme le point de traverse d'un cours d'eau ou un passage dans les rochers. Le plus souvent, vous allez aussi trouver plusieurs fermes situées à proximité de ces fortins. Comme celles que vous voyez près du fortin signalé par William.
- Non, mais attends ! Interjette William. Pourquoi toutes ces leçons d'histoire ?

Cédric connaît bien son frère et insiste pour que William se calme et écoute. Ils auront besoin de toutes les connaissances possibles sur les gens et le terrain qui leur est inconnu.

- LYKA, tu peux continuer s'il te plaît transmet Cédric beaucoup moins stressé qu'au début du discours de celui-ci.
- Les clans mettent l'accent principalement sur les relations familiales. La famille est tellement importante que la loyauté au clan ne peut être contestée et ça cause beaucoup de conflits. Le groupe familial normal se compose de tous ceux qui descendent d'un arrière-grand-père.
- Chaque clan a une famille plus importante que l'on appelle famille royale, soit celle du chef de clan. Sachez que chaque membre de la famille du roi est admissible à succéder au trône.
- C'est important de retenir ça ? Et c'est pour ça qu'ils se battent tout le temps ? Demande William qui avait entendu la subtilité avec l'interjection SACHEZ.
- Oui, poursuit LYKA. Les hommes libres de la grande famille élargie participent au vote pour l'élection du roi lorsque le trône devient vacant. Le système a l'avantage de faire en sorte que jamais un imbécile ou un infirme ne devienne roi. Toutefois, il a le terrible inconvénient de provoquer des conflits entre deux ou plusieurs héritiers également qualifiés ce qui donne les batailles auxquelles fait allusion William.
- C'n'est pas rigolo ça soupire Sofia.
- Voulez-vous en savoir plus interroge LYKA.
- Oui ! Oui ! répondent les enfants réalisant qu'ils n'ont aucun choix d'être ailleurs. Ils voudraient bien se libérer de ce titulaire gigantesque ; impossible pour le moment.
- Comme dit papi : la connaissance augmente la confiance et la confiance réduit la peur, ajoute Cédric se rappelant toutes ces boutades à la papi.

LYKA rigole intérieurement en détectant ce qualificatif de titulaire à son égard et poursuit :

- La propriété des terres appartient également au sein du groupe familial et peut créer des querelles au sein de la

135

famille et du clan, notamment entre les membres les plus influents et ambitieux de la famille. En fait la guerre entre frères de sang se produit souvent.

- Les familles et les clans sont de petites sociétés avec leurs règles et leurs influences.

- Plus vous serez habiles à déterminer qui a de l'influence et qui se laisse influencer, plus vous serez en mesure de faire face aux situations parce que vous allez savoir plus rapidement qui peut vous aider ou qui peut vous nuire.

- Ça n'me donne pas l'goût d'aboutir là, soupire Sofia.

- Je vous ai parlé d'un druide que vous allez rencontrer...

- Taliesanic ! pensent conjointement les trois enfants.

- En effet Taliesanic, poursuit LYKA. Vous avez une mémoire d'éléphant... (Les deux autres dragons rigolent puissamment)

- Passons ! ... Sans commentaires !! Réplique LYKA

- Retenez bien ceci, c'est très important.

- Dans la société celte, les druides sont des hommes que l'on considère comme des sages et qui sont très influents. Ils forment un groupe spécial parmi les hommes libres. Ils agissent comme juges et médecins. Ils sont considérés comme des voyants capables de prédire l'avenir et ils sont généralement de grands guérisseurs.

- J'ai lu que dans l'histoire certains étaient très puissants et d'autres, très mauvais, ajoute Cédric vivement.

- Oui, c'est vrai, ce sont des humains et plusieurs peuvent être cupides et rechercher le pouvoir. Pour ces personnes, si on ne les traite pas avec honneur et respect, si les honneurs ne sont pas à la hauteur des attentes, ils sont à craindre non seulement pour leur netteté du langage, mais aussi pour leurs pouvoirs magiques.

- Également, les femmes peuvent être druidesses et avoir le même genre de pouvoir. Dans plusieurs clans, beaucoup de femmes savent se battre avec courage et beaucoup d'habileté rajoute Cédric.

- Bon ! Enfin une bonne nouvelle ! Réplique Sofia encouragée par cette annonce, mais non moins rassurée !

- Bref, poursuit LYKA, voilà en résumé le contexte social dans lequel nous vous déposons. Pour le reste, il vous faudra écouter, observer, prendre des décisions et agir au meilleur de vos habiletés. Plus vous êtes informés plus vous serez en mesure d'agir efficacement.
- Je veux bien, mais on n'peut pas nous projetez dans l'antiquité comme ça ! interjette William inquiet. On ne parle pas la langue, on n'est pas habillés comme eux, on n'sait même pas à quoi ils ressemblent, comment ils vivent, ce qu'ils mangent. Ça n'a pas de bon sens ! insiste William avec force.
- Rassure-toi William. Rassurez-vous tous les trois, vous êtes dans une autre dimension. Lorsque vous serez en place, vous aurez un regard particulier en lien avec l'apprentissage que vous devez vivre. Ceux que vous rencontrerez, ils vous verront comme des enfants celtes. Les situations feront appel à vos connaissances et à vos compétences. Cette aventure fait partie de votre apprentissage et contribue à votre préparation pour accomplir un jour votre mission ultime. Pour le moment, vous avez ce qu'il faut pour vivre cette épreuve. Sachez écouter votre intuition, elle sait. C'est la p'tite voix qui vous dit quoi faire, comment agir et vous conseille sans jamais se tromper... Elle vous guidera.
- Maintenant c'est l'heure !

Le dragon mâle prend une pause. Il survole maintenant de plus en plus bas la région celtique.

- Vous avez un rendez-vous à ne pas manquer, conclut LYKA.
- Un rendez-vous ? Quel rendez-vous ? Celui avec Taliesanic ? Ce sera quoi notre épreuve ? Enchainent successivement Sofia, Cédric et William.
- LYKA qu'est-ce qui nous attend ? Supplie Sofia d'un air angoissé.

La tension chez les enfants est palpable.

LYKA explique :

- Dans la région c'est le chaos, beaucoup de personnes sont menacées. Votre mission…
- Comme dans le film « Mission impossible », écoutez bien dans une minute la bobine va se détruire ! Réplique William sarcastique.
- William ! lui rappelle Cédric, écoute c'est important.
- Oui, c'est important reprend LYKA.
- Cette première mission complète la première étape de votre préparation. Ce sera comme votre initiation et vous devez la réussir pour vous-même d'abord et ultimement, dans quelques années pour la réalisation de la prophétie. Vous allez rencontrer entre autres deux personnages qui ont à vous transmettre un enseignement et un secret qui vous servira lors de l'évènement majeur associé à la prophétie. Le sage Taliesanic et la druidesse Quelf.
- Répète insiste Cédric. Je n'ai pas pigé le nom de la druidesse.
- Le sage Taliesanic et la druidesse Quelf. Vous allez rencontrer ces deux personnes. Nous sommes en contact avec eux et ils attendent votre venue. Ça fait partie de leur mission de vie individuelle. Ils doivent vous transmettre des enseignements. Lorsque vous aurez reçu d'eux les informations pertinentes, ils vous protègeront et vous guideront. Taliesanic vous informera où et quand nous retrouver.
- Comment on va le savoir que vous êtes là et que c'est le moment de partir ? questionne Sofia inquiète et non rassurée du récit épique de son dragon.
- Vous le ressentirez lorsque Taliesanic vous en avisera. À ce moment-là, nous communiquerons avec vous par télépathie. Vous savez comment nous contacter, c'est pourquoi il est essentiel que chacun de vous, portiez en tout temps votre cristal et votre libellule. Ce sont eux qui vous maintiennent en contact avec nous et nous permettrons de devenir visibles pour votre retour à la maison.
- Wow ! C'est vraiment de plus en plus sérieux ! murmure William en sourdine semblant dépassé par les évènements.
- He ! Je crois que tu as raison William soutient Cédric en le regardant très sérieusement.

- Maintenant les enfants, c'est à vous de jouer. Nous avons confiance en vous. Vous avez toutes les ressources nécessaires pour réussir.
- Comme le dit papi : « When the going gets tough, the tough gets going. » murmure Cédric pour lui-même. Ouf…
- Alors lorsque vous trouverez cela plus difficile, puisez dans votre volonté qui conduit à votre détermination, à votre courage et à votre créativité. Avec ça vous trouverez toujours une solution. N'oubliez pas, vous êtes trois, votre efficacité et votre résultat découlera du fonctionnement de votre trio, conclut LYKA.

Les enfants demeurent silencieux. Ils se regardent avec des yeux empreints de questionnement et d'une inquiétude. Plus les montures s'approchent du sol inconnu plus le malaise est palpable.

LYKA, attentif au ressenti des enfants, mentionne :

- Ne soyez pas surpris. Vous comprendrez ce que disent les personnes que vous rencontrerez. Elles aussi vous comprendront. Votre langage sera celui de l'époque. Vous êtes sous un dôme de protection magique. La traduction sera simultanée et inconsciente.

Les enfants s'encouragent du regard. C'est tout ce qu'ils peuvent faire pour le moment.

Les dragons plongent à l'unisson vers un espace dégagé à l'est d'un grand lac situé au nord de l'île.

- Comment s'appelle ce lac demande Cédric anxieux de toucher le sol ?
- Lough Neagh, répond MARA. Elle ajoute, faites-vous confiance et n'oubliez pas ce que vous avez appris.

L'atterrissage se fait en douceur et discrètement dans une clairière entourée de chênes magnifiques et centenaires.

La verdure est dense. Le chant des oiseaux résonne. Les enfants serrent le cou de leur dragon respectif, perçoivent leur confiance, les saluent, descendent de leur monture puis, silencieusement, s'éloignent vers la forêt toute proche.

- *C'est maintenant que ça commence pensent Sofia, Cédric et William.*

Leurs jambes sont lourdes. Ils se regardent. Ils se serrent l'un contre l'autre dans une étreinte fraternelle pour se donner le courage et la force requis dans les circonstances.

Ils prennent tout à coup conscience de leur tenue. Ils constatent la puissance de la magie. Ils sont vêtus selon une époque qu'ils ne connaissent pas.

Sofia, galoches fermées par des liens en cuir souple aux pieds, porte un sayon gris foncé. À cette tunique longue, serrée à la taille avec une ceinture de cuir brun est attachée une besace en cuir reposant sur le devant de sa tunique : son sac magique. Elle porte également un couteau sur la hanche droite. Une cape de laine épaisse appelée saie repose sur ses épaules et est fermée par une discrète fibule en bronze à l'effigie d'un dragon. Par magie ses cheveux long et roux sont tressés à l'ancienne, à la manière gaélique du temps.

Cédric et William sont eux aussi chaussés de galoches en cuir souple. Ils portent des braies (pantalons amples et serrés aux chevilles) teintes d'un vert sombre et discret. Une saie avec capuchon de laine épaisse aux couleurs de la forêt, assortie de la fibule aux armoiries du dragon, le même que Sofia, couvre leurs épaules. Leurs braies couvrent leurs jambes d'une laine épaisse alors que leur torse revêt une demi-tunique de lin, le même tissu que le sayon de Sofia. Leur taille est ceinturée d'une bande de cuir large sur laquelle se rattache une besace magique à l'avant et un couteau sur leur hanche droite.

--- OOO ---

Inquiétudes

Louise et Thomas sont présentement occupés à prendre soin des plantes du jardin.

- Dis-moi Thomas, insiste Louise tout en examinant le ciel, vers quelle heure les enfants doivent-ils revenir de leur escapade et haute voltige ?
- Je ne sais vraiment pas réplique celui-ci tout en haussant les épaules, toujours attentif à son jardinage près du bosquet de Cœurs saignants.

Tous les deux aiment travailler dehors auprès des végétaux. Ceux-ci agrémentent l'environnement de leurs couleurs et de leur odeur. Tous les visiteurs goûtent à l'harmonie et apprécient la paix du lieu.

Thomas poursuit :

- Ils sont partis depuis un peu plus de quarante-cinq minutes. Ils ne devraient pas tarder. Tu sais ces dragons sont magnifiques et je trouve magique la relation que les enfants ont avec eux.
- *En plus, pense Thomas, ils n'ont pas à nous donner un plan de vol. Ils savent ce qu'ils ont à faire. Les petits sont entre bonnes mains, oups de bonnes pattes pense-t-il sourire aux lèvres.*
- Je ne comprends pas pourquoi tu t'inquiètes Louise.
- *Très drôle répond elle télépathiquement et légèrement inquiète. Je n'ai pas l'habitude de voir partir les enfants comme ça, sans surveillance et encore moins sans connaître la destination et le moment prévu du retour. Je préfère la planification à l'improvisation, la prévoyance du chirurgien à la réaction de l'urgentologue que tu es Thomas.*

Quand même Louise! insiste Thomas, ce ne sont plus des bébés! Ils sont capables de se sortir de toutes les situations. Ils sont courageux, créatifs, déterminés et ils connaissent beaucoup de trucs que nous leur avons enseignés.

D'un mouvement de bras exaspéré, Louise se dirige vers la maison non rassurée. Elle cherche à meubler ses moments d'attentes.

- *Comme c'est difficile de les laisser aller, voler… de leurs propres ailes… Elle éclate de rire en repensant à ce qu'elle vient de penser.*

Thomas qui la suivait de près a entendu ses murmures et il s'éclate également.

- Allons! faisons confiance à cette petite troupe de haute voltige dit-il tout en serrant tendrement les épaules de sa compagne.
- Tu as certainement raison lui répond Louise. Elle ajoute, tout de même ce sont toujours des enfants.
- Oui, mais aussi avec une grande mission pour laquelle ils doivent se préparer et leurs classes sont loin d'être terminées. Ces dragons sont là pour contribuer à leur préparation. Ce sont des maîtres avec la mission d'accompagner les enfants et de les protéger.

Tout en prenant la main de Thomas, Louise suggère :

- Si on faisait des muffins ensemble? Les enfants seront contents de prendre une collation en revenant de leur aventure.
- Hum! Ça sent bon les muffins renchérit papi Thomas, les yeux pétillants et déjà la bouche remplie de salive. Quel délice! Bonne idée.

--- OOO ---

Le chaudron magique

Pendant ce temps, au château Legatyn, Daarksoor se redirige vers une petite salle rectangulaire sous l'emplacement du donjon.

C'est dans cette pièce qu'il conserve son chaudron celte, un chaudron ancestral et magique qui lui transmet toutes les images des plans terrestres de toutes les dimensions, de toutes les époques selon sa demande.

Ce chaudron magique transmis de génération en génération depuis des siècles est son système d'exploration et de surveillance internationale en dehors de tout son système électronique. Brahima le lui a confié lorsqu'il a aménagé ce château. Il n'a qu'à y déposer une poudre préparée à cet effet pour actionner le système magique du chaudron. Il interroge son chaudron sur telle ou telle personne ou bien sur tel évènement. Il obtient alors automatiquement une réponse visuelle. Jamais le chaudron ne lui a fait défaut en quoi que ce soit. Sa fidélité est historique. Tout est réel et vrai quand l'image apparaît.

En entrant dans la pièce, Kacouet, son corbeau vient se percher sur son épaule gauche. Il fait partie de son environnement depuis maintenant vingt ans. Il lui fut remis par une gitane des monts Carpates dans le cadre d'un rituel sur la maîtrise du feu. L'oiseau l'accompagne partout dans ses déplacements virtuels. Elle crie de joie en apercevant son maître. Daarksoor lui apporte toujours une proie qu'il a obtenue par magie en se dirigeant vers son antre de ressourcement.

Le chaudron remonte à la période préarthurienne, à cette époque où les druides en faisaient un usage sacré. De fait, ce chaudron servait de chaudron de guerre pour les chefs gaulois.

Le chaudron est sacré pour les druides. Ces derniers préparaient différentes potions pour guérir, fêter, se préparer à la guerre et même pour punir. Lorsque le roi Arthur a conquis le roi d'Irlande, un chaudron semblable rempli de monnaie irlandaise fut la rançon à payer.

Le chaudron de Daarksoor est appelé le Chaudron sacrificiel. La famille de Brahima l'a acquis d'un druide renégat, à leur service. Ce renégat l'avait obtenu après qu'un conquérant y eu noyé un roi celte déchu pendant que l'on brulait son château.

Depuis, les ancêtres de Brahima exploitent à leurs bénéfices la magie du chaudron. Plus d'un magicien a contribué à la transmission de la magie et à la puissance du chaudron au fil des ans. Lorsque Daarksoor, le fils adoptif de Brahima, prit la responsabilité des opérations de l'organisation et aménagea au Château de Legatyn, la magie du chaudron lui fut transférée afin de l'aider et le conseiller dans l'accomplissement de ses tâches.

Le chaudron présente l'allure d'une énorme soupière d'un mètre de diamètre environ. Il est bien en vue, au milieu de cette grande salle rectangulaire. Tous les murs de la pièce sont garnis d'illustrations et de sigles propices à la magie. Les murs sont faits de pierres grisâtres, puisées à même l'environnement du château. Avec l'aide de ses subordonnés, il a refait cette pièce dès son arrivée dans les environs. Ce château avait d'ailleurs subi d'énormes dommages au courant des siècles. Toutefois, de nombreuses pièces souterraines sont demeurées préservées et constituent un attrait particulier pour les projets que nourrit Daarksoor.

Daarksoor s'approche lentement de son chaudron noir richement ciselé de fresques et de symboles celtes en argent. Son corbeau sur son épaule, il se penche au-dessus du chaudron magique, y dépose une poudre violacée puisée à même la besace de cuir noir qu'il porte sur lui, et commande prestement d'une voix sourde et basse :

- Que peux-tu m'apprendre au sujet de triplés dans notre monde actuel ?

La surface lisse du contenu montre un tourbillon de nuages qui gravitent autour de la planète Terre pendant plusieurs minutes. Soudain, un flot continu d'adolescents, par groupe de trois, se succède à une vitesse ultra rapide. Ces enfants proviennent de tous les continents. Ils sont vêtus de costumes variés et colorés. La succession de couleur et de visage devient étourdissante.

- Chaudron soit plus précis, quel est ton message, interrompt Daarksoor.

Le chaudron reprend son tourbillon. Les images de triplés se succèdent à une vitesse de plus en plus rapide au point que les visages s'estompent.

- Je ne te comprends pas. Je veux savoir ce qui se passe. J'ai l'intuition que présentement des évènements sont en cours de développement, des évènements ayant une incidence sur l'avenir de notre planète. Que peux-tu me dire demande Daarksoor impatient.

Le chaudron reprend à nouveau son tourbillon de couleur. Les images sont de moins en moins définies.

- Ah ! Je vois ! Tu ne peux pas m'aider. Tu as besoin d'une question plus précise.
- Alors, dis-moi, est-ce que les triplés que nous devons chercher sont tous des garçons ?
- La surface du Chaudron devient opaque puis totalement noire.

D'accord, on se concentre sur des triplés ayant au moins une fille. C'est d'ailleurs la consigne que j'ai donnée à mon équipe de recherche sur le terrain.

La surface du Chaudron devient opaque puis rosée.

- Parfait. Je dois attendre le résultat des recherches de mon équipe.

La surface du Chaudron devient opaque puis rosée à nouveau.

- C'est noté. Nous poursuivrons cette conversation plus tard.

Daarksoor demeure pensif tout en arpentant la pièce.

--- OOO ---

Le sac magique

À l'abri d'un grand chêne, Cédric, William et Sofia se regardent et s'entendent pour un code de communication entre eux notamment celui qu'ils pratiquent depuis trois ans : la télépathie. Ils conviennent de se protéger mutuellement et de se tenir au courant de leurs déplacements afin de ne pas être isolés. Ils décident, dans la mesure du possible, de demeurer ensemble. Pour le moment, Cédric assume le leadership. Il faut s'organiser et s'entendre sur un plan d'action.

- Voyons d'abord ce que nous avons pour nous débrouiller dit Cédric.

Instinctivement, les trois enfants mettent la main sur leur couteau. À première vue, l'outil rudimentaire ressemble à un bout de bois entrelacé de lanières de cuir. Le manche reflète en quelque sorte la continuité du fourreau. La lame de fer rustique rappelle aux enfants les coutelas solides et grossiers qu'ils se fabriquaient chez papi.

- Cela ressemble aux couteaux que nous faisions avec oncle Patrick s'exclame William.
- C'est vrai observe Cédric, cependant à l'époque où nous sommes, il n'y a pas de train pour passer sur un clou d'acier que l'on place sur les rails, un vieux truc que papi utilisait dans sa jeunesse et qu'un jour il nous a raconté.
- C'est vrai je m'en rappelle lui réponds distraitement William empressé d'utiliser son propre couteau.
- Je trouve ingénieuse la façon qu'ils ont fabriqué les fourreaux et le manche, c'est comme s'ils avaient fendu le bout de bois sur la longueur pour y placer la lame. La partie du manche

est bien enroulée de lanières de cuir. Je la trouve confortable pour la main et le fourreau semble solide, bien ficelé et sécuritaire observe William

William subitement prend le couteau par la lame et la lance contre un arbre tout proche.

- Wow ! Est-ce que tu visais cet arbre ou tu l'as frappé par accident ? demande Sofia moqueuse.
- Je voulais juste savoir si je pouvais être aussi précis qu'avec les couteaux de Patrick, répond William.

William avait l'habitude d'observer Patrick s'entraîner avec ses armes, notamment au lancement des couteaux à la manière des Bushis[6]. Patrick a initié William au rudiment du lancement de couteaux, comment balancer et tenir la lame.

Chacun déverse leur besace magique devant eux afin de compléter l'inventaire de leur sac. Une bonne portion de fruits secs (noix, noisettes, glands) qui abondent dans la région. Ces fruits secs sont normalement cueillis par les femmes et les enfants.

Ils se rappellent la leçon d'histoire de LYKA.

Les Celtes consomment principalement de la viande de porc et de mouton. Ils mangent aussi du bœuf et le résultat de leur chasse tel que le sanglier.   Les Celtes évitent toute viande provenant d'animaux vivants dans des terriers tels que les lièvres ou les renards. Pour eux sous terre, c'est le lieu des défunts et ce lieu doit demeurer sacré.

- Pour boire, nous avons l'eau des sources et des ruisseaux. En cette époque la pollution n'existe pas, mentionne Cédric.
- Il y a aussi du miel renchérit William, il nous suffit d'observer et de trouver des nids d'abeilles comme les ours le font. Vous

---

[6] « Bushis » - guerriers féodaux japonais. Ces derniers utilisaient non seulement lances et sabres comme armes, mais aussi des projectiles tels que des lames et des clous.

vous rappelez notre expédition de survie avec papi et Patrick ?

- Ouais répond Sofia, 70 % des abeilles sauvages fond leur nid dans la terre recouverte de peu de végétation, sur les berges ou sur les buttes ensoleillées, face au soleil. : l'autre 30 % on les trouve sur du bois mort, les arbres creux, dans des fissures de rochers ou encore dans certains talus comme les ronces ou les petits fruits.

- Comment fais-tu pour retenir ça la sœur, lance William ?

- Tu l'as ou tu ne l'as pas… répond Sofia alors que William lui lance une poignée de terre.

- Je suis certaine que l'on pourra trouver du lait et du fromage chez les fermiers mentionne Sofia.

- On verra réponds Cédric. Il poursuit : qu'est-ce que vous avez de spécial dans votre sac ? Moi, en plus des fruits secs, j'ai deux pierres de silex pour faire du feu, un grand bout de lanière de cuir, un bout de corde tressé avec des fibres rustiques provenant probablement du lin.

- Moi aussi en plus des fruits secs j'ai deux pierres de silex un grand bout de lanière de cuir, un bonnet en tricot de laine et une balle de fil de lin, deux petits os minces comme des aiguilles et une belle épinglette. J'ai aussi un bracelet de cuir différent de ceux que vous portez aux poignets, ajoute Sofia.

- J'ai la même quantité de fruits secs que vous cependant, je n'ai qu'un gros silex. Voyez, avec mon couteau je peux faire aussi des étincelles, on dirait une boule de nerfs comme ceux qui ont servi à fabriquer les raquettes pattes d'ours de papi. Vous vous souvenez il les avait achetées chez les autochtones près de Québec. C'est du solide observe-t-il en tirant dessus de toutes ses forces. J'ai également de la ficelle comme celle de Sofia et trois pierres plates. À quoi servent-elles ? Questionne William.

- Montre-moi dit Sofia en lui tendant la main.

- Ce sont des runes ! Regardez les dessins. Je ne sais pas pourquoi tu les as, par contre si tu les as c'est pour une raison. On le saura bien assez vite. Il ne faut pas que tu les perdes.

- Alors qu'est-ce qu'on fait Cédric demande Sofia.

- J'ai faim reflète William.

Cédric regarde son frère et sa sœur. Il contemple leurs avoirs, regarde le ciel et les environs tout en réfléchissant à voix haute.

- Je n'sais pas quelle heure il est. Le soleil descend de plus en plus. Je crois que nous devrions essayer d'avoir une idée où nous sommes afin de nous orienter. En plus nous devrions trouver quelque chose pour nous défendre contre des animaux ou encore quelqu'un. J'sais que les Celtes et les Gaulois chassaient le sanglier. Il devrait y en avoir par ici. J'sais que leurs défenses sont très dangereuses.
- Cédric, tu te souviens des règles de survie enseignées par papi et Patrick ? Cette fois-ci ils n'sont pas là pour nous « coacher ». Nous devons nous fier à nos propres capacités et travailler ensemble. En plus nous devons être prêts à rencontrer Taliesanic et Quelf.
- Est-ce que t'as une idée où ils pourraient être ? Demande William.
- Le plus important c'est d'avoir un plan en lien avec notre objectif de les rencontrer. Pour ça, nous devons avoir une idée où nous sommes ; où il faut aller si nous sommes en danger ; avoir un abri en cas de besoin ; avoir accès à de l'eau potable et savoir où on peut faire un feu. Avant de faire un feu, je veux vérifier si c'est sécuritaire pour nous.
- Ouais, surtout que des guerriers se promènent dans les environs interrompt Sofia, pas vraiment rassurée par son environnement.
- Pour manger, nous avons les fruits secs, mentionne Cédric. Comme on n'sait pas combien de temps durera notre mission il nous faut faire une reconnaissance pour savoir ce que l'on peut manger d'autre. Entre temps il ne faut pas gaspiller.
- Alors ne perdons pas de temps suggère Sofia.
- On le fera Sofia, cependant n'agissons pas trop à l'aveuglette déclare Cédric avec autorité.
- Wow le frère ! Ne fais pas le boss, signale William en s'éloignant. Pour commencer, j'ai besoin de savoir si je suis

capable de me protéger et de me défendre au besoin. Pour moi c'est ça le plus important. On peut être surpris soit par un animal, ou pire, par un guerrier.

William cherche à se rassurer.

Il trouve sous les chênes un gourdin solide lequel lui redonne la confiance d'un guerrier. Il cueille aussi des cailloux ronds qu'il peut lancer avec précision.

- Ça va me servir en attendant de me fabriquer une fronde.
- T'as raison William, moi aussi je me cherche un gourdin. On ne sait jamais qui on peut rencontrer transmet Cédric.

Au lieu d'un gourdin, Cédric trouve un arbuste très droit et desséché. Les branches enlevées il constate la solidité et la dureté du bois. Rapidement il a tôt fait d'enlever l'écorce, de lisser la tige avec une pierre et d'aiguiser un bout de la pièce la transformant en une petite lance improvisée et efficace.

- Pour le moment ça me rassure. Idéalement j'aimerais en avoir deux autres. Quand nous ferons un petit feu, j'en profiterai pour durcir le bout.
- Regardez ce que j'ai trouvé lance Sofia

Elle se tient très fière près d'un groupe d'ifs. Cet arbre était prisé par les archers de l'antiquité et du moyen âge. Elle se rappelle que papi avait mentionné que c'est cet arbre qui permit la fabrication du fameux « long Bow » anglais. Cet arc fit la différence à la bataille de Crécy au XIVe siècle. Son bois est solide, mais également élastique. Il servait à confectionner des arcs, des flèches et des piques qu'on enduisait de sève toxique de l'if.

Elle identifie rapidement un morceau approprié à sa taille pour réaliser son arc et douze tiges plus courtes et droites devant servir à compléter son ensemble de flèches. Brusquement elle court vers la clairière et récupère trois plumes de corneilles qu'elle avait aperçues lors de leur arrivée.

- Voilà j'ai maintenant de quoi faire mon arme. Il ne me manque que la corde. Ça, c'est un peu plus compliqué à fabriquer.
- Nous sommes en fin d'après-midi et je ne sais pas comment longtemps durera notre épreuve ; nous devons trouver un abri pour nous protéger et nous reposer ? dit Cédric.
- Dans les arbres répond Sofia.
- Dans un terrier suggère William. Les Celtes semblent craindre ces endroits.

Pour le moment, je vais grimper dans cet immense chêne qui monte le plus haut afin d'avoir une idée des environs et nous orienter. Pendant ce temps, allez faire une reconnaissance des environs ; vérifiez s'il existe des pistes d'animaux ou d'humain dans le secteur. Par la suite nous aviserons.

--- OOO ---

Les gens du pays

Cédric grimpe avec aisance le chêne gigantesque tout en le remerciant de les accueillir.

- *Gracias Grand Chêne et merci de nous protéger. Permets que je monte jusqu'à ton sommet pour examiner les environs.*

Le soleil de fin d'après-midi se situe généralement dans la direction sud-ouest. En regardant dans cette direction, Cédric perçoit un très grand lac. Le lac est calme et aucun bateau dessus. De l'autre côté du lac, au loin, se trouve une série de montagnes vertes et par endroit rocailleuses.

- *De ma position au lac, il doit bien y avoir un kilomètre. J'ne vois pas d'habitation ni de mouvement. Tiens, au sud du lac il semble y avoir un village. Je vois plusieurs filets de fumée. Les taches brunâtres sont probablement des toits de paille pense Cédric.*
- *Au nord beaucoup de forêts, possiblement une immense clairière à environ deux ou trois kilomètres. Vers l'est je ne vois que de la forêt et de grosses collines. Les sillons que je vois au-dessus des arbres sont soit des routes ou des cours d'eau. À voir…*
- *Plus au sud les collines se poursuivent jusqu'à l'horizon. Tiens une grosse fumée noire. C'est à au moins dix ou quinze kilomètres. Est-ce que cela serait les North Man dont parlait LYKA ? Il nous faudra être sur nos gardes.*
- *Quelle direction allons-nous prendre pour trouver le Druide Taliesanic et comment le reconnaitre ? J'ai vraiment oublié la description du druide que LYKA nous a fait avant de nous quitter…*

Cédric prend le temps de faire un nouveau tour d'horizon du haut de son perchoir et mémorise les directions. Il estime qu'il reste entre quatre et cinq heures de clarté. Il se rappelle l'enseignement de papi : « pour calculer le temps qui reste avant la disparition du soleil on tend les bras et avec le nombre de doigts ou de mains entre l'horizon et le soleil tu es en mesure d'avoir une bonne idée du temps de jour qui reste ». Pour Cédric, son bras en extension, un doigt équivaut à quinze minutes et une main à une heure. Les pouces ne comptent pas.

- *Cinq mains c'est à dire au plus cinq heures de clarté qui nous reste. Selon la position du soleil par rapport à l'horizon, je dirais qu'il est environ seize heures. Pas de temps à perdre. Il faut s'organiser avant la noirceur.*

Il descend rapidement de branche en branche. Il dessine ses observations au pied de l'arbre ; un truc que lui a donné son oncle Patrick. En dessinant, ça me permet de bien ancrer la topographie dans ma mémoire. De plus Sofia et William ont besoin de savoir d'autant plus qu'une mémoire à trois ça facilite l'orientation.

--- OOO ---

Sofia et William pénètrent dans la forêt de feuillus, parfois dense et le plus souvent relativement clairsemée. Le terrain est ondulé et la vue est obstruée fréquemment par de nombreux bosquets. Tous deux conviennent de se déplacer comme ils l'ont appris dans leur cours de survie. Ils se maintiennent le plus en vue l'un de l'autre tout en couvrant le maximum de terrain. Périodiquement, ils se font signe comme quoi tout va bien ou rien à signaler.

Sofia possède une excellente mémoire. Elle enregistre la distance parcourue, remarque tantôt un rocher, tantôt un arbre frappé par la foudre ou encore terrassé par de grands vents. Elle enregistre également un petit étang marécageux ou un talus de pierres qui semblent rassemblés par des humains.

- *Cela ressemble à des pierres qui ont déjà servi pour fabriquer un abri ou une petite maison.* Pense Sofia en signalant à son frère de la rejoindre.

- Il y a longtemps que quelqu'un est venu par ici remarque William. Regarde la grosseur des racines sur la plupart des pierres. Là, ils ont dû faire le feu. On dirait un immense foyer tout défait.
- Oui les pierres ont de la suie confirme Sofia.
- Lorsque j'ai contourné l'étang, j'ai observé des pistes qui ressemblent aux sabots de chevreuils près de la décharge. Un peu plus loin, j'ai vu une marre de boue avec beaucoup de pistes de cochons. Ça ressemble à l'enclos de la ferme de Lise et Michel. D'après moi ce doit être un endroit de rencontre pour une famille de sanglier. Le ruisseau descend régulièrement par contre je ne l'ai pas suivi afin de garder le visuel avec toi. Nous devrions le suivre un bout. J'ai l'impression qu'il y a une petite vallée et qu'au fond il y a une rigole. Ce serait logique compte tenu du terrain accidenté.
- C'est une idée. Nous marchons depuis environ une demi-heure. As-tu compté tes pas demande Sofia ?
- Non j'ai complètement oublié répond William.
- Sapristi William c'est très important si on ne veut pas se perdre. Il faut le faire pour retourner d'où on vient. As-tu au moins remarqué le terrain ?
- Ça va ! Ça va la sœur, ne t'énerve pas. Je vais le faire.
- J'ai l'impression, reprend Sofia que nous sommes à environ sept cent mètres d'où se trouve Cédric compte tenu des petits détours ; j'ai calculé 1400 pas. J'ai sept nœuds sur ma corde, un à tous les deux cents pas. J'ai aussi noté certains points de repère et cassé des bouts de branches pour que ce soit plus facile de se retrouver.
- Je pense que nous devrions suivre le ruisseau un peu. Pis nous devons aller voir ce qui se passe dans la vallée. Qu'est-ce que t'en penses ? Demande Sofia.
- On commence à être loin de Cédric ! Puis qu'est-ce qu'on fait si nous voyons des Guerriers demande William inquiet ?
- On se cache ou on se bat, ton choix ! Ne fais pas l'peureux, taquine Sofia.

--- OOO ---

Sofia se tourne vivement vers son frère, le doigt sur la lèvre et tout en s'accroupissant sur le sol commande à son frère de faire de même. Inquiet, William s'écrase près de sa sœur. Sofia le regarde et place sa main droite en contour de son oreille droite afin d'en accentuer le pavillon.

Depuis un bon moment, ils suivent le ruisseau en silence et attentif au paysage entrecoupé de piste d'animaux. Ils ont aperçu deux sites où des chasseurs ont dépecé des animaux. Ces sites en bordure du ruisseau prennent plus d'ampleur en raison des pentes de chaque côté. Ce secteur semble plus fréquenté.

- Quoi ? Qu'est-ce que tu as entendu ? Chuchote William les yeux ronds comme des boules de billard.

Elle pointe avec sa main gauche vers la direction de la courbe du ruisseau à environ cent mètres devant. Sofia se cache derrière les buissons. Elle accentue son écoute. William l'imite.

Télépathiquement, Sofia invite son frère à porter attention à un bruit étrange :

- *J'entends des enfants qui semblent pris de panique et qui remontent le ruisseau. Ne fais pas de bruit. Est-ce que tu les perçois avec tes tripes* lui transmet sa sœur avec son index gauche sur ses lèvres ?
- *Pas encore* transmet William faisant un effort pour se concentrer.

Soudain trois gamines et un garçon âgés entre six et treize ans surgissent. Ils sont sur la rive opposée. Le garçon, un rouquin à l'allure vigoureux, tient la main de la plus jeune, une fillette tout aussi rousse que lui. Les deux autres filles se tiennent aussi par la main. La plus grande, les cheveux blond châtain, semble du même âge que le garçon. La troisième fille une jolie brunette semble la plus apeurée. Ils sont trempés, boueux et terrifiés. Ils progressent rapidement vers la position de Sofia et William tout en regardant constamment vers leurs arrières.

Les deux filles glissent et tombent sur les roches en traversant le ruisseau. La plus jeune des deux étouffe un cri en plaçant sa main sur sa bouche. Sa jupe déchirée montre son genou qui saigne. Elle pleure implorant son ainée de l'aider.

Relevée, elle marche avec énormément de difficulté au grand désespoir du gamin qui ne cesse de regarder les environs afin d'anticiper un danger potentiel. Sa peur est tangible et commence à faire place à l'impatience.

Sofia à moins de vingt mètres entend leurs gémissements de détresse.

Elle se redresse et de sa position leur fait signe de la main gauche de venir vers elle.

- Par ici leur lance-t-elle…

Les enfants, bouche ouverte, sont paralysés et la regarde ahuris.

- Par ici, n'ayez pas peur. Nous allons vous aider. Nous sommes avec vous lance Sofia. D'un bond, Sofia vole au secours des enfants.

Le garçon sortant de sa stupéfaction, brandit vivement son couteau de sa main droite, prêt à défendre son petit groupe.

- N'approche pas ou je te tue crie le gamin les yeux pleins de défi ! Les trois gamines se regroupent derrière lui comme pour se protéger mutuellement.

Sofia arrête immédiatement. Elle montre ses mains ouvertes devant elle montrant qu'elle n'a aucune intention de les menacer.

- Mon frère et moi on va vous aider réponds calmement Sofia en regardant le jeune homme dans les yeux et tout aussi déterminée que lui. Qu'est-ce qui vous est arrivé ?
- Je n'ai pas peur de vous. Je sais me défendre. Si tu veux voir de quoi je suis capable, approche lance le garçon avec une détermination à toute épreuve.
- *William réalises-tu que nous les comprenons et eux aussi nous comprennent… LYKA avait raison pour la traduction simultanée.* Puis à voix haute elle ajoute :
- William vient près de moi et montre tes mains nues. Je crois qu'ils se sentent vraiment menacés par nous.

- Qui êtes-vous ? Quel est votre clan ? Je ne vous connais pas crie le garçon toujours sur ses gardes ? N'approchez pas sinon je vous tue tous les deux !
- Nous sommes trois, deux frères et une sœur. Nous sommes perdus dans une région que nous ne connaissons pas. Mon frère William est ici avec moi et l'autre, Cédric est un peu plus loin dans la grande clairière. Venez avec nous dit-elle avec beaucoup de délicatesse dans la voix. Mes frères et moi allons vous aider du mieux qu'on peut.
- *Sofia qu'est-ce que tu fais ? On ne les connaît pas, c'est nous mettre en danger ! Ce n'est pas ce que LYKA nous a dit transmet fébrilement William.*
- *Ce n'est pas ce que je ressens. Ces enfants-là ne sont pas menaçants. Ils sont tout simplement effrayés. Ils ont besoin de nous… Je ressens que c'est important que nous les aidions, mon intuition me dit que c'est la chose à faire réplique mentalement Sofia.*
- De quel clan venez-vous ? Je ne vous ai jamais vu ? Vous pouvez être nos ennemis. Je ne vous laisserai pas faire du mal à mes sœurs.

Sofia et William se regardent et ne savent pas quoi leur répondre. LYKA ne leur a pas donné d'indices à ce sujet-là… Sofia prend l'initiative et répond en faisant une diversion verbale.

- Regarde nos mains. Elles ne sont pas armées. Écoute ta petite voix. Elle te dit de nous faire confiance, répond Sofia avec la rapidité de l'éclair.

Le garçon regarde à droite, il regarde à gauche et les yeux avec des points d'interrogation, il dit :

- C'est quoi ça la p'tite voix.

--- OOO ---

Des alliés

Cédric, inquiet, se demande où sont Sofia et William. Voilà près de deux heures qu'ils sont partis et la nuit approche.

Assis au pied du Chêne il médite :

- *Grand chêne, toi qui es bien branché et de par tes racines tu sais communiquer avec tous les arbres, je t'en prie, guides ma pensée vers mon frère et ma sœur.*

Cédric émet par télépathie :

- *Sofia, William, où êtes-vous ? Revenez à la clairière du grand chêne. Le jour descend rapidement et je préfère que nous soyons ensemble pour passer la nuit. Nous devons nous préparer à rencontrer le druide Taliesanic et la druidesse Guelf.*

Cédric, attentif, perçoit déjà un message.

- *Nous arrivons sous peu. Tout va bien. William et moi avons été un peu plus loin que prévu, mais cela en valait la peine. Nous avons aidé trois filles et un garçon. Ils sont avec nous. Ils vont nous aider à leur tour.*
- *Comment cela ? Sofia, qu'est-ce que tu as encore fait ? transmet Cédric tendu.*
- *J'ai fait ce qu'il fallait faire. Pour le moment, à ce que je sache, nous ne sommes pas en danger rétorque Sofia, sentant que la moutarde lui monte au nez.*
- *Tout va bien Cédric ! Cédric ! Les enfants étaient vraiment en danger maintenant qu'ils sont avec nous et bien tu peux t'imaginer c'est à notre tour de l'être ! renchérit William sarcastique.*

- *Ne l'écoute pas. Il exagère interjette Sofia. Tu verras. Quand tu les auras rencontrés, tu comprendras. Ces enfants-là vont nous guider vers le druide, mon intuition me le dit.*
- *Moi, je ne le sens pas intervient William toujours inquiet.*
- *C'est ta peur qui t'empêche de ressentir lance Sofia en regardant son frère droit dans les yeux. Tous les humains ont de l'intuition c'est ce que mamie Louise m'a appris un jour que nous étions dans le jardin de fleurs. Servez-vous-en !*
- *Ça suffit ce qui est fait, est fait. Arrivez puis on avisera au mieux conclu Cédric. Je vous attends.*

--- OOO ---

Tout au long du parcours, discrètement, William écoute le silence des enfants. Il entend les pensées et l'affolement des filles. Il porte surtout une attention particulière aux pensées belliqueuses du gamin qui marche devant lui derrière ses sœurs. Sofia mène le groupe. Elle reconnait aisément les marques qu'elle a laissées sur les branches d'arbre. De temps à autre elle jette un coup d'œil vers l'arrière ajustant son pas au groupe qui suit plus difficilement à cause des filles.

- *William, ça va ? Demande Sofia*
- *Oui, pour le moment, par contre je lis des pensées agressives dans la tête du garçon. Je me tiens sur mes gardes.*
- *Je ne pense pas qu'il faut les craindre. Ils sont effrayés par ce qu'ils ont vu et naturellement ils ne font pas confiance à personne. À leur place je ferais pareil. Nous sommes presqu'arrivés. Encore quelques minutes et nous écouterons leur histoire avec Cédric.*
- *Tu fais toujours trop facilement confiance aux gens la sœur. Tu nous mettras en danger un de ces jours. Elle lui répond avec une boutade :*
- *Toi puis Cédric vous êtes là. Vous me protègerez comme l'a dit mamie.*
- *Grrrrrr ! Gronde William.*

Le garçon et la plus vieille des filles, en silence, aident leur sœur qui visiblement éprouve de plus en plus de difficultés à suivre la cadence.

- *On arrive bientôt demande la fillette, j'ai mal aux pieds montrant ses galoches mouillées et déchiquetées.*

160

- Nous arrivons. Voilà mon frère Cédric près du vieux chêne de la clairière.
- Cédric ! Cédric ! Lance Sofia. Viens nous aider.

Rapidement le garçon met sa main droite sur son couteau sans toutefois le sortir de son étui.

William met lui aussi vivement la main sur son propre couteau pour se rassurer lui-même.

Les deux garçons se regardent avec défi, leur main sur leur couteau.

Cédric se précipite vers son frère et sa sœur et accueille le petit groupe.

Le garçon et les trois filles restent distants.

Cédric s'avance et dit gentiment :

- Je m'appelle Cédric, vous avez rencontré Sofia et William. Soyez les bienvenus.

Cédric prend son temps pour dire ce qu'il a à dire.

- Nous venons d'une autre région et nous ne connaissons pas l'environnement. Peut-être qu'on peut s'entraider ? Cédric ose leur parler de collaboration, c'est peut-être un peu tôt, mais….

Il hésite à leur en dire plus de peur de se trahir et de les mettre dans un beau pétrin.

Les enfants regardent Cédric puis Sofia et William. Ce faisant ils se rapprochent les uns des autres, les filles derrière le garçon. Le garçon garde toujours sa main droite sur la poignée de son couteau. Il agit comme le responsable du petit groupe.

Cédric le regarde droit dans les yeux et d'un ton rassurant :

- Venez vous asseoir sur le sol, devant moi, de l'autre côté du tracé que j'ai fait.

Cédric prend les devants et s'assoit. Sofia prend place à la gauche de Cédric et, d'un geste d'ouverture, elle invite les filles à en faire autant.

Le garçon hésite. Il jette un coup d'œil vers William qui l'observe en gardant toujours la main sur son couteau. Le garçon retire sa main de son couteau. William silencieux en fait autant.

Il regarde Cédric avec prudence et après une pause silencieuse, il s'installe face à ce dernier entre sa sœur cadette et l'ainée. La dernière fille s'installe entre la cadette et Sofia.

Rassuré, William s'installe à la droite de Cédric. L'ainée des filles maintient une distance entre elle et William. William perçoit la curiosité dans l'esprit de la jeune fille. Ils se regardent et tous les deux esquivent leur regard en rougissant légèrement.

- Et si on prenait le temps de se présenter correctement avant de discuter suggère Cédric en regardant le garçon dans les yeux.

Déjà il perçoit que son interlocuteur et ses sœurs vivent des moments insécurisant.

Cédric demande à Sofia et William d'être attentif.

- *Sofia, tu avais raison. Ils sont mal pris et je ne crois pas qu'ils soient dangereux pour nous. Ils sont effrayés et mentalement fatigués. Ils désirent retrouver les leurs. Écoutons leur histoire.*
- Je sais que c'est plutôt mince comme explication, cependant voilà : nous ne savons pas où nous sommes. Pendant que mon frère et ma sœur faisaient une reconnaissance des environs, je suis monté au haut de ce grand chêne pour trouver des indices de vie dans la région.
- Le schéma que j'ai dessiné représente ce que j'ai vu. J'ai positionné les repaires selon les directions que je pense. Est-ce que tu peux m'aider à le compléter. Par contre, avant de commencer j'aimerais beaucoup connaître ton nom.

Intrigué, le garçon regarde successivement Cédric puis le dessin, puis à nouveau Cédric avec un regard inquiet. Les filles demeurent silencieuses ne quittant pas leur frère du regard. Avec fierté, le garçon répond :

- Nous appartenons au clan des Bellinderry. Je m'appelle Aemonn, mes sœurs s'appellent Sinead, dit-il en pointant l'aînée, Aisling c'est notre sœur la plus jeune et elle, c'est Ciara.
- Vous avez d'autres frères et sœurs demande Sofia ?
- Oui ! répondent les trois filles d'une voix unanime.
- Nous avons également deux grands frères renchéris Aemonn. Ils sont restés avec père et grand-père pour se battre et nous permettre de nous sauver. Père nous a dit de fuir jusqu'à la caverne du druide, qu'il saurait nous protéger.
- Et votre mère ?
- Elle est morte l'hiver passé.

Sofia remarque que dans le ton de ce garçon il ne se passe rien au niveau des émotions. Elle se demande :

- *Ce peut-il que parmi ces peuples vivant dans une région aussi austère que les enfants apprennent vite à passer outre leur « feeling ». J'ai l'impression que la survie de leur clan est tellement importante que la mort d'un être cher passe au second rang. Ce qui n'a pas été notre cas lorsque Marion nous a quittés. Hum ! Ça fait réfléchir.*
- Raconte-nous ce qui s'est passé Aemonn dit Sofia. Elle se penche vers lui en lui souriant. Nous aussi nous devons rencontrer le druide rajoute Sofia.
- *Cédric, est-ce que le druide dont il parle est notre druide Taliesanic demande William.*
- *Je ne sais pas. Écoutons d'abord leur histoire suggère Cédric en regardant son frère et sa sœur.*
- *O.K. Ils se regardent en se faisant signe de la tête.*

Aemonn remarque ces petits manèges de la part des trois. Il garde en mémoire ce que son père lui a enseigné : « garde toujours vingt pour cent de méfiance vis-à-vis les nouvelles personnes que tu rencontres tant qu'ils n'ont pas prouvés qui ils sont réellement ».

Avec prudence, Aemonn relate comment une troupe de guerriers géants avec des haches et de grosses épées attaquent les fermes, massacrent les hommes, capturent les femmes et leur font beaucoup de mal. Ils volent tout : le bétail, les réserves de nourriture, les trésors des familles avant de mettre le feu aux bâtiments. Aemonn conclut :

- Lorsqu'ils trouvent de la boisson, ils se soulent la gueule et alors ils deviennent plus cruels. Ils forcent même leurs prisonniers à se battre entre eux. Ils n'ont pas peur. Ils crient tout le temps et se battent même entre eux.

Les triplés écoutent le récit avec beaucoup d'attention. Ils se regardent et leurs yeux en disent long. Cédric reprend :

- Lorsque j'étais en haut, j'ai vu beaucoup de fumée à une très grande distance dans la direction suivante mentionne Cédric tout en montrant la direction et l'endroit sur le dessin qu'il a tracé.

Aemonn et Sinead se regardent puis se penchent sur le dessin.

- Peut-être que vous pouvez nous donner plus d'information sur la région. Si vous pouvez mettre ces informations sur le tracé ça pourrait nous être très utile pour nous guider et même nous protéger ajoute Cédric.
- Nous ne savons pas écrire réplique le garçon froidement.
- Ce n'est pas grave intervient Sofia doucement en tentant de le rassurer. Essaie de reconnaitre les cours d'eau, les routes ou sentiers importants. Indique-nous où sont les villages et combien de temps cela prend pour se rendre d'une place à l'autre.

Ensemble, Sinead et Aemonn indiquent où positionner les principaux endroits de la région.

- Pour commencer, le grand lac est bien connu à cause des guerres entre les pêcheurs. Il s'appelle le Lough Neagh. Quatre clans se battent continuellement pour en contrôler la pêche. Aemonn poursuit en pointant des secteurs près du grand lac : là c'est le clan des Graigavon, là celui des Donaghmore, là les Magherafelt et ici le clan des Crumlin.

- Les Crumlin sont nos cousins interviennent Sinead. Leur région est dépassée le Portmore Lough qui se trouve là.
- Ah ! c'est un lac. Je pensais que c'était une grande clairière confie Cédric à Sofia et William attentif à mémoriser les informations.

Aemonn indique une grande décharge du grand lac Lough Neagh. Cette décharge alimente une petite rivière à fort débit. Cette rivière se dirige vers le secteur où Cédric a aperçu de la fumée. Aemonn indique aussi deux autres décharges et ruisseaux qui proviennent de Portsmore Lough et rejoignent la première rivière.

Aemonn et Sinead identifient la position des routes ou des sentiers les plus fréquentés ainsi que les principaux villages du secteur. Les triplés peuvent maintenant identifier des points repaires importants.

Les enfants se sont sauvés du secteur de Bellinderry Cove. Lorsque Sofia et William les ont interceptés, ils marchaient depuis près de 10 heures. Ils avaient quitté leur hameau au lever du jour.

Meira est le hameau le plus important de la région. Sa forteresse contrôle l'intersection de trois routes qui traverse le pays. Sinead mentionne être passée par Meira à quelques occasions pour se rendre à Craigavon avec son père pour y échanger de la laine de mouton. La durée du trajet fut du lever du jour jusqu'à ce que le soleil soit le plus haut dans le ciel soit entre six et sept heures de marche. Meira est à un peu moins de la moitié du trajet donc environ trois heures de marche.

De Meira pour se rendre au clan des Graigavon cela prend environ quatre heures.

- *J'ai l'impression qu'ils ne comprennent pas la notion d'heures émet William.*

- *Je crois que tu as raison. Il faut faire attention à ce que nous disons* ajoute Cédric.
- Sofia, où étiez-vous lorsque vous avez intercepté Aemonn et ses sœurs demande Cédric ?
- Environ ici répond Sofia en pointant un coude de la petite rivière qui descend vers ce qu'Aemonn a appelé AGHALEE.
- Aemonn, Sinead où est-ce que vous vous rendiez demande Cédric en se tournant vers eux ?
- Grand-père nous a dit de remonter la deuxième rivière en direction de Portmore Lough jusqu'aux trois marécages. Là nous trouverons les trois chênes sacrés : des Derves.
- Trois chênes sacrés ? Questionne William surpris de cette information que LYKA a oublié de leur transmettre.
- Oui, poursuit Aemonn. Ils sont faciles à reconnaitre, car ils sont pleins de demandes et d'offrandes accrochées aux branches. De là, nous marchons en direction du soleil couchant jusqu'à ce le druide guérisseur nous trouve. Père dit qu'il est capable de voir dans le noir. Il peut même nous sentir mieux que ne le fait un ours.
- Il connaît toute la forêt. Il sait qu'on arrive. Papa l'a dit mentionne Ciara sure d'elle-même.
- Est-ce qu'il y a plusieurs druides dans la région demande Sofia ?
- Oui répond Sinead. Cependant père nous a dit que des apprentis druides vivaient dans sa caverne avec lui.
- Taliesanic est le plus grand druide, le plus grand guérisseur de tout le royaume. Il est très puissant, ajoute la petite Aisling.

--- OOO ---

La forêt commence à s'assombrir.

Cédric, William, Sofia, Aemonn et Sinead s'attardent autour du tracé qu'ils s'efforcent de mémoriser.

- Aemonn, nous allons nous rendre chez le druide avec vous. Il nous attend nous aussi. *Oups ! Ça n'a pas eu d'impact sur lui pense-t-il !*

- Tu sais où il est, demande Aemonn ?
- Non, répond Cédric. Cependant avec les informations que nous avons, nous allons le trouver ensemble.
- Que dirais-tu que toi et moi nous prenions la tête du groupe. Sofia suit avec tes sœurs et William ferme la marche ?
- Wow le frère ! pourquoi c'est toujours moi qui ferme la marche ?
- *Tu n'as pas à craindre quoi que ce soit Will on est là pour te protéger transmet Sofia tout en lui souriant.*
- *Grrrr...*
- Viens Ciara. Je protègerai un peu mieux tes pieds lance Sofia qui s'empresse auprès d'elle.

Aemonn remarque le geste de sollicitude de la part de Sofia. Il enregistre cette marque de tendresse dans son cœur.

- *Hum ! Ça m'étonne. Elle m'impressionne cette fille... continue-t-il de réfléchir.*

Sofia perçoit les réflexions d'Aemonn et rougit tout en enveloppant les pieds de la fillette.

- Je peux être près de toi ? demande Sinead à William avec un petit air coquin.

Surpris par la demande, William acquiesce tout en ressentant un picotement agréable à la nuque.

--- OOO ---

Taliesanic le Druide

Plus loin dans la forêt, près d'un immense rocher, un vieillard et une jeune femme regardent le ciel

- La lune est ronde ce soir. Elle déverse beaucoup de lumière. Toutefois elle m'apparaît bien triste, murmure la jeune femme aux grands cheveux roux, tressés jusqu'au bas du dos.
- En effet Quelf. Elle pleure les massacres de la Côte. L'Irlande doit accoucher de sa véritable identité et ce ne sera pas facile.
- Que voulez-vous dire Taliesanic ? Avez-vous eu une autre vision ?

Silencieux, Taliesanic observe le feu dévorer les bûches. Des étincelles éclatent et s'envolent. Les étincelles lui rappellent la réalité du moment, lui permettent d'entrevoir la réalité du futur. Il contemple, impuissant, des siècles de combat incessant. Des combats entre frères, des combats avec l'envahisseur, des combats au nom des Dieux, des combats toujours commandés, initiés par la recherche du pouvoir. Vraiment, la lune a raison d'être triste puisque malgré sa lumière son île merveilleuse, l'Eire[7], ne connaîtra que très peu de beaux jours au cours du prochain millénaire. Le cœur triste et douloureux, le vieil homme au regard bleu acier et à la barbe blanche médite en silence :

- *Que de guerres ! Que de massacres ! Les hommes sont sourds à leurs cœurs. Ils ne comprennent pas qu'en s'entretuant c'est à eux-mêmes qu'ils font du tort. Tous les êtres vivants qui peuplent cette Terre sont unis par l'air qu'ils respirent, le Soleil qui les réchauffe, l'eau qui les*

---

[7] Nom Gaélique donné à l'Irlande et associé à sa Déesse Erie, la Déesse de la Terre et Mère d'Irlande

abreuve et la Terre elle-même qui les porte. Cette ère de paix tarde à venir...

La jeune femme entend et respecte le silence de cet homme. Au gré des nombreuses saisons, Taliesanic lui a enseigné le secret des plantes guérissantes et le langage des oiseaux manifestant le temps. Avec la contemplation de la nature, il lui livre de nombreux enseignements tels que la puissance de l'eau. Elle trouve toujours sa voie et absorbe tous les chagrins. Quant au vent, il caresse ou terrasse tout en apportant au loin les pensées douloureuses. J'ai saisi la puissance du feu qui transmute la noirceur en lumière, nettoie et présage le renouveau. Enfin la terre recycle les résidus indigestes et les métamorphoses en cadeaux nourriciers. Le fumier des animaux ne couve-t-il pas une nouvelle pousse énergique ?

- *Gratias Taliesanic pour tes enseignements, ta guidance au fil de toutes ces saisons.*

Taliesanic observe avec tendresse cette jeune femme que le destin lui a confiée. Il sait. Oui, il connaît ce que l'Univers attend de cette femme. Elle est prête. Quelf est prête à son intégration dans la confrérie des druides. Elle est apte à donner des soins et enseigner. Sa sagesse et son discernement la qualifient hors de tout doute. Il sait.

Il sait aussi que les enfants qui approchent apportent avec eux l'espoir de cette paix si éloignée, de la découverte d'un monde meilleur. Il sait qu'il doit leur transmettre cet enseignement pour leur monde, pour l'évolution de l'humanité.

- Quelf, prépare le breuvage et les victuailles. Ils arrivent.

--- OOO ---

- Nous arrivons bientôt. Je me sens attirer dans une direction précise chuchote Cédric à son compagnon Aemonn.
- Je suis fatiguée et mes pieds me font mal souligne Ciara.
- Le druide saura prendre soin de toi répond Sofia. C'est un guérisseur et il connaît toutes sortes de potions. Tu verras.

169

Ciara la regarde avec confiance et lui prend la main gauche.

Le trajet le long du ruisseau se poursuit sans incident et en silence. Le groupe s'approche des chênes sacrés. La nuit répand son ombre. Déjà la lune monte à l'horizon.

- *Cédric, remarque combien le halo jaune couronne la lune de tristesse, transmet Sofia.*
- *Oui, papi dirait, il va pleuvoir, ce halo présage des températures humides.*
- *J'ai comme l'impression que l'on nous surveille ajoute Sofia.*
- *Où ça ! s'enquiert William inquiet fouillant du regard les alentours aux bosquets sombres.*
- *Je ne sais pas, simplement une impression. Cependant je ne ressens pas de menace, complète Sofia.*

Aemonn aguerri aux arbustes des sous- bois identifie trois pierres superposées.

- C'est par là qu'il faut aller. C'est avec des pierres semblables que père piste nos sentiers dit-il.
- D'accord. Cependant, voyons si on est tous prêts à continuer, répond Cédric qui pour le moment assume la direction du groupe.

Chacun, attentif à ses pensées, à ses inquiétudes, à ses espoirs progresse le long d'un sentier discret. De petites colonnes de trois pierres permettent de temps à autre de s'orienter. Puis, petit à petit une lueur prend forme et réchauffe le cœur des enfants. Ils aperçoivent le druide à la barbe blanche accompagné d'une belle dame rousse.

- Soyez les bienvenus dit le vieil homme les mains ouvertes et souriant. Venez, je crois que vous avez besoin de vous reposer. Nous vous attendions.
- Quelf apporte la soupe chaude pour nos invités.

Souriant et affable, Taliesanic, le druide,[8] accueille chacun des enfants. Il s'installe en face d'eux, assez proche pour déposer sa main gauche sur l'épaule droite de l'enfant et sa main droite glissant doucement depuis le front jusqu'à la nuque. Il a besoin de certifier la véracité et l'authenticité de sa vision.

En touchant les triplés, il contacte le sigle vibratoire d'identification de Cédric, William et Sofia. Taliesanic entrevoit le destin de chacun des enfants présents devant lui. Chaque enfant, à sa manière, influencera l'évolution de l'humanité en son temps. Les yeux mi-clos, centré sur son ressenti, il reconnait la vocation de ces enfants, dans un avenir immédiat et lointain. Il s'attarde longuement sur la nuque de Sofia comme pour cueillir un trésor inestimable.

- *Lumière Universelle, Gaia notre Mère Terre, soyez bénie. J'apprécie ce moment, j'apprécie tous vos bienfaits en ce monde. Je sais maintenant que tout est en marche vers cette ère de paix. Me voici. Je suis à votre service comme votre humble serviteur. Guidez mes paroles, guidez mes actes.*

Le moment est solennel. Les triplés entendent l'invocation de Taliesanic. Sans comprendre, le reste du groupe est conscient que se joue ici maintenant un truc important.

Quelf, presqu'en transe, accompagne et soutient le sage. Elle réalise que pour elle la fin présage son départ.

Sereine, elle s'en remet à ses Dieux et à ses guides qui jamais ne l'ont abandonné.

---

[8] Dans la tradition celtique, le druide est essentiellement un prêtre. L'ensemble des druides de tous grades constitue la « classe sacerdotale » de la société celtique et non pas un simple « collège » de type latin. La classe sacerdotale des druides est un élément constitutif de la société celtique, société de type indo-européen à trois classes : la classe sacerdotale, la classe guerrière et la classe des producteurs.
Le druide a reçu l'initiation sacerdotale et il confère au roi l'initiation royale. En conséquence, le pouvoir temporel et légitime procède du pouvoir spirituel. Ceci se traduit dans le protocole de la cour par le fait que le druide parle avant le roi et que le roi n'a pas le droit de parler avant ses druides. C'est le roi qui gouverne, certes, mais c'est le druide qui le conseille.

Pendant que les jeunes mangent en silence, Quelf s'affaire aux pieds de Ciara. Les plaies lavées, elle y dépose une huile. Ses mains adroites massent légèrement chacun des pieds. Elle les enveloppe d'une pâte fabriquée à base de plantes médicinales qu'elle a cueillies.

- Vous avez eu chacun à votre manière une journée très mouvementée. Il est temps de vous reposer. Nous parlerons demain. Quelf vous montrera votre couche. Dormez bien recommande Taliesanic.

Mille questions surgissent. Toutefois par respect pour leurs hôtes, les enfants se taisent.

Aemonn veille et regarde ses sœurs endormies. Il revoit chaque moment de sa journée, depuis le début violent jusqu'à l'accueil chaleureux de Taliesanic et Quelf. Il ne dort pas. Ces trois étrangers le préoccupent.

- *Qui sont Cédric, Sofia et William ? D'où viennent-ils ? Quand ils se regardent, c'est comme s'ils se parlaient en silence. Ils cachent quelque chose. Ils ne se tiennent pas comme nous et leurs mains n'ont pas d'histoire ou de blessures comme les nôtres.*

Tout en voyageant dans le ciel de ses pensées, il entend la voix de Taliesanic lui commander :

- Dort maintenant Aemonn, c'est le temps de te reposer tu sauras et comprendras en temps et lieu. Dors maintenant.

--- OOO ---

L'ouverture

La pluie fine à l'extérieur de la caverne pousse les jeunes à demeurer près du confort du feu. Chacun à son rythme retrouve ses esprits, ses inquiétudes et ses questions.

Aemonn observe les triplés avec une curiosité nouvelle.

Sofia le regarde, intriguée.

Sinead se tient près de William, très confortable, intéressée.

Aisling et Ciara sont blotties l'une contre l'autre comme si elles étaient dans un autre monde, empreint de frayeur.

- *À quoi pense Cédric ? J'ai l'impression qu'il n'est pas avec nous se questionne Aemonn.*

Sofia et Cédric sont tous les deux attentifs aux pensées d'Aemonn et ils se transmettent leurs observations.

Les triplés commentent sur tous les artefacts qu'ils voient dans la caverne : les tambours, les hochets, des bâtons décorés de plumes, de dessins, de pierres et de cuir. Chacun des bâtons est positionné à un endroit précis et dans une position précise. Différentes plantes sèchent près du feu. Des sacs de cuir reposent sur ce qui semble être un autel. Des bocaux de métal de différentes grandeurs émettent de la fumée odorante à différents endroits de la caverne et notamment près de l'entrée.

Taliesanic s'approche du groupe avec Quelf.

Il invite chacun à venir s'asseoir près de lui. Puis, d'un ton rassurant, il s'informe de leur nuit sachant très bien que chacun d'entre eux n'a pas véritablement connu le repos. Lui et Quelf ont veillé sur eux et capté leurs rêves agités.

- Je vous attendais, affirme Taliesanic en regardant chaque enfant, tour à tour, dans les yeux : Aemonn, ses sœurs, William, Cédric et finalement Sofia

Ces derniers, tout en se sentant en sécurité et confortables regardent attentivement cet homme qui semble n'exister que pour eux.

- *J'ai l'impression de le connaître depuis longtemps pense Cédric.*
- *Moi, aussi, pense Sofia.*
- *Ouais ! Mais ce n'est pas un vieil homme comme lui qui va nous protéger des guerriers qui se promènent et qui massacrent tout le monde transmet William toujours inquiet. Je me demande pourquoi les dragons nous ont amenés ici.*
- Vous êtes ici avec moi parce qu'ensemble nous avons des évènements à vivre. Ces évènements préparent chacun d'entre vous à vivre une mission très importante.
- *Mais il lit dans ma pensée interjette William affolé en regardant Cédric et Sofia.*

Cédric et Sofia n'écoutent plus Taliesanic. Ils consultent William discrètement du regard. Ensemble, d'un signe de tête, ils décident de fermer l'accès à leur pensée comme leur a enseigné mamie.

Le silence ramène leur attention vers le druide qui avec les autres les regarde.

Tous les regards sont centrés sur les triplés. Ces derniers réalisent que leur communication n'était pas aussi discrète qu'ils le pensaient. Chacun à sa manière, conclue qu'ils doivent travailler leur méthode télépathique.

Taliesanic sourit et poursuit.

- Vous êtes réunis ici avec moi et Quelf parce que nous avons quelque chose à vous enseigner. Également parce que vous avez à vous transmettre des expériences entre vous qui vous serviront toute votre vie sur cette terre.

- « *Vie présente sur cette terre* » mon œil. *Mon monde n'est pas d'ici. Ici c'est un rêve, non, non, non, c'est un cauchemar rumine William.*

--- OOO ---

Quelf, sur un signal de Taliesanic, invite Aemonn et ses sœurs à la suivre dans une autre section de la caverne.

Au même moment Taliesanic demande aux triplés de se lever et de le suivre dans un espace où règne une odeur enivrante.

Le groupe entre dans la caverne. Trois bols de bronze au contenu incandescent génèrent un léger nuage bleuté. Au centre de la caverne, on y voit un petit feu central. Quatre pierres recouvertes d'une peau de mouton sont disposées autour du feu en guise de coussin. Devant la plus grosse pierre repose un tambour : il est fait d'une bûche de bois creux couverte aux extrémités d'une peau décorée de dessins en noir et blanc. À une extrémité de la bûche, exactement en son centre, la peau présente le dessin d'un chêne stylisé. Le tambour est placé près du feu afin de permettre à la peau de se tendre et d'offrir un meilleur son. Un sac de cuir repose à la droite de la pierre. Les enfants devinent déjà que c'est le siège de Taliesanic.

- Approchez. Dit-il.
- Avant de commencer, avant d'être assigné à votre place, je vais nettoyer votre corps et préparez votre esprit à recevoir ce que les Dieux ont préparé pour vous. Commençons par toi Cédric.
- Qu'est-ce que ça sent demande Sofia
- De la sauge répond Taliesanic. Cette plante est sacrée pour nous. Elle guérit, nourrit et protège.

Cédric s'avance lentement vers le druide. Taliesanic tient dans sa main gauche un des bocaux de bronze contenant des tisons de bois rougis par une petite flamme et dans sa main droite, un bâtonnet de plantes de sauge ficelée. Respectueusement, tout en fredonnant des mots inconnus,

Taliesanic enrobe Cédric de fumée de sauge : de la tête aux pieds, passant du devant à l'arrière et revenant devant lui, il souffle de la fumée vers le front de Cédric, vers son cœur et finalement vers son abdomen. Cédric est invité à prendre le siège à la droite de la grosse pierre : le siège de Taliesanic.

Taliesanic complète le rituel avec William. Ce dernier se dirige à gauche du siège du druide sous l'invitation de celui-ci. Sofia, attentive et respectueuse s'approche, perçoit l'intensité et le respect du geste de Taliesanic. Elle s'assoit face à Taliesanic : impressionnée.

Tout le rituel de la sauge est complété.

Taliesanic s'installe devant les trois enfants. Ses gestes sont délibérés et solennels. Ses yeux bleus, mi-clos inspirent le recueillement alors qu'il explique :

- Je vous invite à être très présent à vous-même, à respirer profondément ainsi qu'à capter le son et le rythme du tambour.

Tout en chantonnant des sons étranges, le druide commence à taper doucement la peau dessinée du tambour rustique. Puis d'une voix puissante il prononce :

- SHAWA SAMG QUORA ULTIMATE BRAYA KUNA

Le rythme est régulier. Boum, boum, boum, boum, boum, boum, boum, boum.

Le son s'intensifie. La structure de la caverne amplifie le son. Le plexus solaire des enfants absorbe la vibration rythmée.

La musique établit un mouvement de va-et-vient. Le son porte les enfants sur les vagues d'une mer de rêves. Leur respiration s'harmonise avec le tempo qu'impose Taliesanic. Un festival de son et de lumières neutralise la pensée. Une vibration intense s'empare de leur corps. Soudain tout s'arrête, aucun son, les trois enfants sont propulsés dans le silence du Cosmos. De très loin une vive lumière rouge, chaleureuse, rassurante se dirige à leur rencontre, les enveloppe tous les trois, puis pénètre leur cristal respectif. Une seule facette du cristal demeure en surbrillance rouge.

Une voix lointaine leur transmet :

-   Sofia, Cédric, William, revenez. C'est maintenant le moment.

Seul le craquement du bois dans le feu brise le silence. Les enfants reviennent d'un voyage extraordinaire avec la sensation d'un bien-être nouveau. Ils perçoivent plus qu'ils ne ressentent la chaleur que propage leur cristal sur leur poitrine. D'un mouvement coordonné, chacun porte respectueusement la main à son cristal, plus conscient d'avoir reçu un cadeau magique et puissant.

Chacun se sent connecté entre eux et avec leur environnement. L'arc-en-ciel de couleurs les enveloppe et les apaise.

Tendrement Taliesanic les regarde avec admiration et gratitude.

-   *Vous êtes bénis. Je remercie le Cosmos de participer à votre préparation. De nombreux défis avec vous-mêmes auprès de différents peuples vous mèneront ultimement vers la libération de l'homme. L'humanité respirera à nouveau la Lumière.*
-   *Je vous entends parler dans ma tête, Taliesanic et je ne saisis pas tout ce que vous dîtes transmet à son tour Sofia.*
-   Certes, toutefois tout prendra sa place le moment venu.
-   Pour l'instant, sachez que le cristal à votre cou possède huit faces devant être énergisées. Ce qui s'est produit il y a quelques instants est très important.
-   Une des faces de votre cristal a été activée et c'est en relation directe avec votre premier centre énergétique corporel ; celui qui vous connecte à la terre.
-   Centre d'énergie ! Nos chakras ? questionne Cédric.
-   En effet continue Taliesanic.

- Ce centre énergétique représente la frontière entre la conscience animale et la conscience humaine. Il est rattaché à l'inconscient.
- L'inconscient ! balbutie William. À c'que j'sache j'n'ai pas perdu connaissance.
- Taliesanic rigole et lui dit : tout se fait par la magie.
- O.K. ! ça va répond William.
- Ce chakra de la base emmagasine les actions et les expériences de vos vies antérieures. Également selon ce que vous avez réalisé, il porte une partie de votre future. Il est également la base du développement de votre personnalité.

Taliesanic vérifie si le discours fait effet en regardant les triplés dans les yeux. Il est satisfait du résultat de leur attention,

- Vous devez choisir. Vous devez continuellement choisir insiste Taliesanic.
- Le choix se fait entre être énergique ou paresseux ; être généreux et de service ou égoïste et dominé par vos désirs physiques. Vous êtes toujours confronté par des choix.
- L'énergie que vous avez reçue à travers votre cristal est là pour vous aider à faire les meilleurs choix.
- Des évènements subséquents et des sages alimenteront chacune des autres faces de votre cristal sacré. Le grand jour venu, l'unité de votre diversité ouvrira la voie. Entretemps, poursuivez et grandissez dans la gratitude.

Les triplés sont bouleversés par les propos de Taliesanic. Ils nagent dans une énigme ou le sens du propos est caché.

Sofia réfléchit et s'exclame tout haut :

- Bordel ! Qu'est-ce qui va nous arriver ? On a sept autres faces à faire énergiser !

Faisant mine de rien, Taliesanic avertit que des amis arrivent. Quelf perçoit également le groupe s'approcher.

L'invasion

Six guerriers apparaissent dans le sentier menant à la caverne, par réflexe Aemonn et William portent la main à leur couteau.

D'un geste posé, Taliesanic fait signe de la main, aux enfants, de rester calme.

- Il n'y a pas de danger. Ce sont des guerriers du clan des Bellinderry.

Il n'en fallait pas plus. Aemonn, en deux bonds est déjà sorti de la caverne, dévale la pente et vole dans les bras de Turlough, le maître d'armes de son clan. Malgré son âge avancé, cet homme vigoureux inspire le respect. Il est accompagné de cinq jeunes guerriers qu'Aemonn reconnait pour s'être entraîné régulièrement avec eux.

Turlough salue de la tête Aemonn en le déposant par terre. Sans s'arrêter ni parler, il se dirige immédiatement vers Taliesanic le saluant avec un infini respect. Du regard et d'un mouvement de la tête, il salue Quelf qui prestement apporte à boire à ce petit groupe essoufflé.

- Taliesanic, qui sont ces trois jeunes. Ils ne sont pas des environs ?
- Je t'expliquerai plus tard réponds Taliesanic. Pour le moment je crois qu'Aemonn s'impatiente.
- Que s'est-il passé ? Comment vont père, mes frères et grand-père ? Quelles sont les nouvelles ? Parle ! commande Aemonn, tendu.
- Hélas les nouvelles ne sont pas bonnes répond Turlough en transférant son regard d'Aemonn à Taliesanic.

- Ce fut très brutal, malgré les pertes causées à l'envahisseur, les géants n'arrêtaient pas d'arriver. Se tournant vers Aemonn il ajoute :
- Ton père espérait voir arriver les renforts qu'il a demandés à ton oncle.
- Le salaud ! interjette Aemonn furieux.
- Laisse-le parler, interrompt calmement Taliesanic plaçant sa main sur l'épaule gauche du fougueux jeune homme. Puis se tournant vers le guerrier : continue Turlough.

Turlough raconte rapidement la violence des combats.

- Aemonn, ton grand-père est tombé l'épée à la main ; tes deux frères et de nombreux guerriers sont disparus dans les combats. Shane, ton père, notre chef de clan, pressentant qu'il ne pouvait pas vaincre l'ennemi, m'a ordonné de prendre cinq compagnons et de me rendre le plus vite possible ici afin de te protéger, toi, tes sœurs et le druide.
- *Aemonn est le fils du chef de clan pensent Cédric et Sofia en même temps.*
- Quoi d'autre ? s'enquit Aemonn tendu.
- Malgré mes protestations, ton père insista pour que je continue à te préparer pour prendre sa relève dit Turlough en mettant un genou à terre devant Aemonn en signe d'allégeance.

De plus, il ajoute en regardant le jeune homme droit dans les yeux :

- Ton père demande que Taliesanic agisse comme ton conseiller avec toute sa sagesse. Il ne faut pas que tu commettes des actions irréparables. L'avenir du clan est prioritaire conclu Turlough.

Turlough maintenant le genou par terre regarde le druide à côté d'Aemonn.

- Père n'est pas mort ! Affirme Aemonn. Je le sais, je le sens !
- *Hum ! Il écoute et travaille avec son intuition lui aussi, pense William.*

- Ton père insiste pour que nous allions chez ton oncle et avec lui reprendre ce qui doit t'appartenir. Il m'a aussi mentionné qu'un jour tu seras un grand chef qui unira les clans. Ma mission est de pousser tes limites physiques. La mission de Taliesanic et ses successeurs est de développer ta sagesse. Tu apprendras à diriger avec lucidité la destinée de notre peuple, de notre clan et de ta famille.

Aemonn est en colère et frustré pense Sofia. Il veut aller sauver son père. Il est en colère contre son oncle qui ne s'est pas présenté pour soutenir le clan familial. En plus il veut combattre les envahisseurs. Bref Aemonn se sent seul et impuissant.

Taliesanic invite Turlough à se lever. Tous les deux s'affairent à calmer l'ardeur du jeune homme pendant que les triplés et les trois sœurs d'Aemonn écoutent et enregistrent.

- *Qu'est-ce qu'on fait ici ? Se questionne mentalement William. On n'est pas des guerriers, on est seulement des ados.*
- *Certes des ados, mais avec des connaissances et des habiletés qui peuvent faire une différence. On n'est pas venus ici pour rien. On a des choses à apprendre et à apporter. Faut pas s'énerver et faut s'faire confiance, répond Cédric avec aplomb.*
- *Faire confiance à qui, à quoi ? demande William impatient.*
- *Moi j'aime bien le druide intervient Sofia. Je trouve ce vieux guerrier, Turlough, très rassurant, pense-t-elle et demeurant attentive au comportement d'Aemonn.*
- *On sait bien toi la sœur j't'ai remarqué, c'est plutôt Aemonn qui t'intéresse.*

À peine la pensée formulée que déjà William est sur le dos.

- Sofia qu'est-ce qui te prend grommèle William à la fois surpris et agacé.

Sofia, les bras croisés regarde son frère. Dans le silence son regard dit tout.

Tous les regards sont sur elle.

- Ben quoi ! il n'avait pas à dire ça, dit Sofia hors d'elle.

- Dire quoi ? demande Aemonn et Turlough en même temps.

Seul Taliesanic sourit.

--- OOO ---

Le défi

Le comportement spontané de Sofia mit les triplés dans l'embarras. Sofia toujours en colère contre l'indiscrétion de William reste bouche bée. Cédric contrarié regarde Taliesanic qui l'observe avec un sourire. Aemonn et Turlough attendent impatients. Les sœurs, sans mots, regardent Sofia. Elles savent que seules les femmes guerrières des clans celtes osent bousculer le mâle.

Taliesanic maintient le suspense jusqu'à l'inconfort. Finalement il prend la parole :

- Aemonn, ces personnes viennent d'autres lieux pour nous venir en aide, à toi et à ton peuple. Ils sont le futur de ton héritage dit-il énigmatique. Depuis longtemps j'attends leur visite.

S'adressant principalement à Aemonn, Taliesanic rappelle que la tradition druidique au sein de la communauté celte est présentement sous pression. C'est pourquoi il vit à l'écart. Shane le père d'Aemonn a été son élève pendant plusieurs années.

- Depuis plus d'un siècle, avec la venue des nouveaux croyants en terre d'Irlande, les druides ont perdu beaucoup de leur influence. Ils se sont soit intégrés à la religion chrétienne ou retirés dans les monastères. La pression politique devenait trop forte ou dangereuse. Plusieurs se sont intégrés aux dirigeants en place. D'autres ont fait comme moi. Ils se sont retirés du monde pour y pratiquer notre art divinatoire ainsi que celui de la guérison. Nous étudions les herbes et les plantes. Parfois, lorsque le besoin s'impose, nous voyageons dans différends mondes : ceux que l'on voit et ceux que l'on ne voit pas. Dans ces mondes, nous travaillons avec de grands magiciens qui nous aident à conseiller le peuple et les personnes qui ont besoin de nos services.

Toutes les personnes autour de lui écoutent attentivement.

- Cédric, Sofia et William cherchent leurs ancêtres celtes. Eux aussi ont une grande mission à accomplir dans leur monde…
- Leur monde ? questionne Aemonn.
- Leur clan si tu veux. Mes guides à moi, poursuit Taliesanic, m'ont demandé de les accueillir avec toi et de vous aider à vous préparer à accomplir votre mission, votre devoir.
- *Qu'est-ce qu'il veut dire ? demande William en regardant Cédric.*
- Ces jeunes gens ont développé un don que nous possédons tous, mais que nous avons négligé et perdu avec le temps. Ils peuvent lire dans les pensées et s'en servir pour communiquer. Explique Taliesanic en regardant les triplés.
- *C'est donc ça qui se passait quand je les trouvais bizarres pense Aemonn.*
- Oui ! dit Sofia en le regardant.
- Tu as lu dans ma tête ? demande Aemonn surpris, gêné et révolté.
- Oui ! répond Taliesanic et moi aussi je le peux. Nous avons tous cette capacité. Ça demande de l'écoute, de l'observation, du discernement et surtout de la pratique. Tu l'apprendras Aemonn. Pour le moment, ils peuvent vraiment t'aider dans tes négociations avec ton oncle.
- Je n'en reviens pas insiste Aemonn, tout en fixant Sofia. Tous les deux rougissent, mal à l'aise.

Quelf, jusque-là silencieuse, à travers une communication mentale, invite Sofia à la rejoindre au fond de la caverne près d'une draperie de tissus noir et blanc sur laquelle se dessine un chêne stylisé. Toutes les deux quittent le petit groupe.

Sofia, en entrant dans la grotte, remarque sur une tenture accrochée au mur de pierre, le même chêne stylisé reproduit sur le médaillon que Quelf porte quotidiennement au cou. Questionnée sur la symbolique de l'arbre sur son médaillon et sur la tenture, Quelf souligne l'importance du Derve dans la tradition celte.

- Derve ? Questionne Sofia.
- Oui ce que toi et tes frères appelez chêne transmet Quelf.

Quelf explique comment les druides et les chamans celtes vénèrent cet arbre et le considère comme sacré. Elle continue en expliquant :

- De par ses racines il honore Danna[9] la mère Terre. Les anciens l'appellent aussi Gaia ; par ses branches il honore le « Père du Grand Tout » ; par ses feuilles il purifie l'air et par ses fruits il assure la continuité et nourrit l'homme. Les chênes sacrés se trouvent en différentes parties des forêts. Surtout dans des endroits discrets en raison des pressions exercées par les groupes religieux qui cherchent à occulter les pratiques ancestrales. Ces pratiques verront des jours très sombres au cours des siècles qui viennent.

--- OOO ---

Plusieurs heures de plaisir et de trouvailles se sont écoulées en compagnie de Sofia.

Quelf fait alors venir les sœurs d'Aemonn pour les instruire sur des herbes médicinales. Elle leur enseigne comment préparer des sachets pouvant servir à prodiguer des soins.

Pendant ce temps, Turlough veut vérifier la capacité des enfants à se battre. À titre de maître d'armes expérimenté, il voit rapidement les habiletés de Cédric à l'épée et au javelot. Cédric engage le combat contre trois de ses hommes et successivement les désarme. Aemonn rencontre un adversaire de taille : Cédric riposte coups pour coups. Cédric est très créatif dans ses assauts.

Turlough est très impressionné par les techniques d'archer de Sofia. Sofia, à trente pas d'une cible de la grosseur d'une main d'homme, décoche six flèches avec fluidité et précision. Les six

---

[9] Nom celte pour Gaia, Mère Terre.

flèches atteignent la cible. Sofia en présence d'une cible mouvante, une petite bûche pendue à une corde, l'atteint cinq fois sur six. Elle surpasse tous les archers en présence.

Turlough ne peut pas s'empêcher de rire en voyant les postures et les mouvements de William quand il lance ses couteaux. Il est encore plus impressionné de constater la rapidité et la précision du tir de ce gamin avec sa fronde. William frappe sa cible à chaque fois. La roche utilisée atteint la même bûche en mouvement accrochée à un arbre par une corde.

- *Ces nouveaux venus deviendraient d'excellents guerriers dans notre clan, pense Aemonn, impressionné. Cédric m'a presque battu à l'épée. Je dois demander à Turlough de m'enseigner de nouvelles techniques. Quant à Sofia, je pense qu'elle peut battre presque tous les archers de notre clan. Par Belennos[10] ! Quelle prouesse elle nous donne ! C'est sa rapidité et sa précision qui m'intimident. Qu'elle femme cette Sofia !*

Aemonn a oublié que Taliesanic et les trois nouveaux venus entendent tout. Sofia rougit, Cédric et William se regardent et se questionne :

- *Notre sœur une femme ? Il est complètement perdu ce mec.*

Quant à Taliesanic, il sait qu'une idylle se prépare entre ces deux-là.

Aemonn ne remarque pas le rougissement de Sofia ni l'échange de regard entre Cédric et William ; pas plus que le sourire de Taliesanic qui observe la scène.

Aemonn, toujours pensif:

- *Ce William est petit de stature, rapide et insaisissable. C'est très difficile de le projeter au sol. Hum ! Je l'aime bien. Il me fait rire ; surtout quand il se bagarre avec son frère et qu'il lui tire les cheveux pour se sortir de son emprise. Cédric devient en rogne. Peut-être que je devrais partir avec*

---

[10] Belennos, dieu solaire, le brillant, associé à Apollon.

eux, rencontrer leur clan et m'entraîner avec eux. Ouais ! C'est une bonne idée !

Turlough considère que les exercices de lutte de corps à corps sont concluants. Les combats prouvent la détermination, l'endurance et l'ingéniosité de ces nouvelles recrues. Turlough est satisfait. Il rassemble son groupe d'hommes et d'adolescents autour du feu afin de planifier la prochaine étape.

Aemonn insiste pour trouver le moyen de venir en aide à son père et à son clan. Sa fermeté et son assurance démontrent déjà son caractère de futur chef. C'est avec fierté que Turlough appuie ce jeune homme pour lequel il pressent un grand avenir.

La sagesse de Taliesanic ainsi que la patience de Turlough convainquent Aemonn d'accepter la démarche proposée par le chef guerrier.

--- OOO ---

- C'est le temps de partir commande Turlough.

Avant de partir Taliesanic, Turlough, Aemonn, Cédric, William, Sofia et les guerriers prennent leur position dans la colonne de marche. Ils ont discuté de quelle façon ils doivent se comporter si un incident survient. Ils ont également défini leur attitude à maintenir lorsqu'ils rencontreront l'oncle d'Aemonn reconnu pour ses manigances égotiques et ses fourberies. L'observation et la protection mutuelle sont primordiales pour leur sauvegarde à tous. À cet égard, Taliesanic et les triplés ont la tâche d'observer, de lire dans les pensées et d'informer discrètement Turlough des découvertes obtenues sur les intentions de leurs hôtes spécialement si le danger est apparent et imminent.

Turlough et Aemonn assurent la tête de la colonne en marche. Suit Taliesanic, flanqué de William et Cédric. Sinead et ses sœurs sont protégées par deux guerriers au milieu de la colonne. Quelf et Sofia suivent. Les trois gardes les plus aguerris assurent la sécurité arrière.

- Aemonn, nous nous devons de presser le pas si nous voulons être à Glenaw chez ton oncle avant la nuit insiste Turlough. Un des hommes portera Aisling. J'espère que ta tante acceptera de protéger tes sœurs Aemonn, sinon nous devrons improviser.
- Ouais ! La pluie n'aide pas du tout... Le sentier est glissant. Quant à mon oncle et à ma tante, on verra. Chose certaine, il nous faut trouver le moyen d'aider père le plus rapidement possible. J'espère que nous pourrons intervenir avant que tout le monde soit massacré.

Le petit groupe continue à progresser lentement sous une pluie d'été abondante. Personne n'échappe au dégoulinement des feuilles des arbres. Tout le monde est trempé aux os. Leurs mains sont froides et mouillées. Tenir leurs armes fermement est un défi.

Finalement le petit groupe pénètre dans le hameau de Glenaw.

Les triplés voient une cinquantaine de mansardes entourant une construction impressionnante. Cette construction est bâtie comme une forteresse afin de protéger le peuple.

C'est quoi cet endroit ? Questionne Sofia étonnée tout en s'approchant de Taliesanic. C'est bizarre, sombre et peu accueillant.

- Un peu d'histoire va vous aider à comprendre le contexte dit Taliesanic.
- Sachez que dans cette partie du territoire il y a beaucoup d'incursion provenant du peuple Robogdii. Le clan Crumlin a la mission de protéger la partie nord du territoire de la nation Darini. Les Robogdii et les Darini se battent depuis des décennies pour contrôler la pêche sur le lac Lough Neagh.
- Oui renchérit Turlough. Le clan Crumlin possède plus de 2000 membres. De ces derniers, 150 sont des guerriers en service. Si les besoins du chef sont imminents, il peut

mobiliser rapidement 100 autres guerriers additionnels venant des fermiers.

- Taliesanic poursuit : le chef de clan Finian Crumlin est le frère ainé de la mère défunte d'Aemonn. Finian n'a jamais accepté que sa sœur épouse Shane Bellinderry. Il a toujours considéré Shane comme son principal rival pour la chefferie du regroupement des clans de la région. Depuis la mort de sa sœur, les relations entre les Crumlin et les Bellinderry ne sont pas cordiales, elles sont polies tout au plus.

- *Wow ! On est vraiment dans un autre temps et un autre monde ! transmet Cédric.*

Ouais ! Qu'est-ce qui nous attend ? Pense William.

En ce moment, on observe que peu de personnes se promènent sous la pluie. À la porte de la forteresse, deux gardes observent le groupe qui s'avance. Turlough ordonne à ses guerriers :

- Soyez sur vos gardes. Soyez attentifs et scrutez les environs. Il ne faut surtout pas être surpris par un ennemi. Votre tâche est de parer à toute menace et de protéger la famille de notre chef, Taliesanic et ses invités.

Il se dirige rapidement vers le fortin.

- Ton oncle ne semble pas conscient du danger que représente l'envahisseur remarque Turlough.
- Oui, c'est vrai ! Répond Aemonn soucieux.

Taliesanic observe et garde son calme. Il porte une attention particulière à ses trois invités. Il note le sang-froid de Cédric et Sofia. Cependant il décèle une certaine tension nerveuse chez William.

Aemonn connaît peu son oncle et ses cousins. Lorsque les familles se rencontraient, les pères argumentaient. Les femmes se retiraient aux jardins. Ses cousins ne cherchaient qu'à démontrer leur force souvent brutale. Colin, légèrement plus vieux qu'Aemonn, aimait traiter le plus jeune des fils de

Bellinderry comme son souffre-douleur et ne se gênait pas pour le bousculer avec arrogance.

- *Cette fois, si Colin me cherche il va me trouver pense Aemonn. Je pourrai mettre en pratique tout l'entraînement au combat rapproché que Turlough et ses compagnons m'ont donné. Je ne me laisserai pas faire.*
- La colère est mauvaise conseillère chuchote Taliesanic captant la pensée d'Aemonn. Il est très avantageux de demeurer discret sur ses forces et de laisser l'adversaire se dévoiler en premier. Plus nous demeurons calmes et lucides plus nous obtiendrons de l'information.
- Maintenons notre plan d'action. Laisse Turlough faire la demande d'aide à Finian et toi soit attentif à la réponse et surtout à l'attitude de ton oncle.
- Cédric, Sofia, William et moi nous gardons silence, observons et écoutons. Toi Quelf, voit avec les femmes du clan si tu peux obtenir des informations sur les intentions de Finian.

L'accueil comme prévu est froid comme la pluie présentement. Quelf et les jeunes filles sont invitées à suivre la dame de compagnie de l'épouse du chef de clan.

Finian Crumlin, l'oncle d'Aemonn, ignore son neveu et Turlough. Il ne salue que Taliesanic sans regarder les membres du groupe que ses gardes surveillent. Colin, intrigué porte une attention particulière aux trois adolescents plus jeunes que lui-même.

- *Qui sont-ils ? Ce ne sont pas des Bellinderry ? Pourquoi sont-ils avec le druide ? Ce sont peut-être des espions. Je vais les surveiller pense Colin.*

Aemonn note l'affront de son oncle à l'égard de Turlough et le sien. Il serre les poings et sa mâchoire se tend. Il entend la voix de Taliesanic dans sa tête :

- *Doucement Aemonn, le plan, rappelle-toi le plan, contrôle ta colère, c'est toi le chef.*

Au même moment, Taliesanic, debout à côté d'Aemonn place sa main gauche sur l'épaule droite du jeune fougueux et dit :

- Je te remercie Finian de nous recevoir. Je crois que ton neveu a besoin de ton aide.

Lentement, Finian détache son regard du druide, se tourne d'abord vers Turlough qu'il salue d'un léger signe de tête avant de plisser les yeux et de fixer Aemonn, agacé et avec dédain. Ses pensées sont vilaines :

- *Qu'est-ce que Taliesanic fait avec ce jeune coq de Bellinderry ?*
- Que nous vaut ta visite, neveu ? Demande Finian.

Aemonn demande hospitalité et protection. Il invite Turlough à relater les évènements puis demande ouvertement à son oncle de venir en aide à son clan et de soutenir son père. Pendant ce temps, Colin la main sur sa nouvelle épée observe son cousin avec arrogance. Cédric, Sofia et William écoutent les non-dits et détectent beaucoup d'animosité.

- *Mais on est dans un véritable nid de guêpes. Ces gens-là ne s'aiment vraiment pas ! transmet William nerveux.*

Mentalement Taliesanic rappelle à tous de garder leur sang-froid et de capter le plus calmement possible les intentions qui se dévoilent.

- Je vais envoyer un groupe d'éclaireur pour voir si on vous a poursuivis interrompt Finian. Peut-être on obtiendra des nouvelles de ton clan. Pendant ce temps nous mangerons, on verra ce que l'on peut faire puis vous vous reposerez. Colin rend-toi au quartier des hommes et dit à Lehmann de venir avec son équipe d'éclaireur. J'ai à leur parler conclu le chef de clan Crumlin.

Comme Aemonn allait protester pour pousser son oncle à agir, la pensée de Taliesanic modifia sa requête en un remerciement poli. Pendant que l'on escorte le petit groupe vers la salle à manger, Aemonn rageait.

Tout au long du repas les conversations se font à deux niveaux. Malgré la civilité des échanges, il est évident que les membres du clan Bellinderry ne sont pas les bienvenues.

- *Ces trois adolescents silencieux m'intriguent, pense Finian. Ils semblent en savoir plus qu'ils ne le laissent voir : leur façon de regarder, leurs gestes, leurs mains. Est-ce que ces jeunes sont des démons que Taliesanic protège. Qu'est-ce qu'ils font avec Lui. Maudit druide pourquoi es-tu sorti de ta caverne. Tu n'as pas à te mêler de nos affaires.*
- *Il ne faut pas que la délégation de barbares arrive pendant qu'ils sont ici. J'espère que Lehmann les aura interceptés. Ce jeune coq aurait dû demeurer dans son village et se battre avec son clan plutôt que d'être ici. Ouais, une autre situation à régler.*

Pendant que les convives discutent poliment, les pensées du chef Crumlin vagabondent. Taliesanic, Quelf et les triplés captent les non-dits et constatent leur précarité en ces lieux. Taliesanic demande à tous de demeurer le plus discret et imperturbable possible. Il invite Aemonn à demander à son oncle la permission de se retirer.

- Oncle Finian, je vous remercie pour votre hospitalité ; mes sœurs et moi avons eu une journée très difficile. Avec votre permission nous aimerions aller nous reposer. Toutefois, je vous serais reconnaissant de m'appeler lorsque vos éclaireurs seront de retour.

Finian acquiesce d'un mouvement de la main tandis qu'il salue Taliesanic d'un signe courtois de la tête.

Dès que les membres du clan Bellinderry se retrouvent en privé dans une mansarde en dehors du fortin, chacun partage ses observations de la rencontre avec Finian. D'un commun accord, ils constatent qu'ils sont en danger et qu'il est pressant de s'éloigner de la traîtrise qui se prépare. Leur sécurité est compromise. Il faut quitter cet endroit maintenant.

--- OOO ---

La poursuite

La pluie torrentielle a cessé.

Discrètement le groupe planifie leur déplacement.

- Je veux savoir ce qui s'est passé insiste Aemonn. On doit aller à Bellinderry Cove et vérifier si on peut aider. C'est tout ! C'est tout ce qu'il y a à faire !
- Aemonn ménage ta fougue, je sais que tu connais les environs. Qui te dit que c'est clair de danger, as-tu compris ? demande Turlough.
- Hum ! Hum ! répond Aemonn en bougeant sa tête.
- Nous allons retourner au village de Bellinderry Cove. On va l'faire à ma façon. On doit rester sur nos gardes ; ne pas s'approcher du village à l'aveugle. J'envoie immédiatement deux éclaireurs en avant pour nous prévenir du danger.

Sans bruit, la petite troupe s'éloigne du clan des Crumlin., de Glenaw en direction de Bellinderry Cove. Tous sont conscients des dangers qui les entourent et demeurent aux aguets.

Pendant ce temps, à l'intérieur de la forteresse, Finian Crumlin discute longuement avec ses fils et principaux guerriers, tous très loyaux. Malgré l'insistance de son épouse de respecter les liens du sang, il donne l'ordre à son maître d'armes de capturer les visiteurs.

- Prenez une escorte fiable et jetez-moi ce jeune coq d'Aemonn et les trois étrangers au cachot puis maintenez-les sous bonne garde.
- Quant à Taliesanic et Quelf, je ne crois pas qu'ils résistent. Toutefois nous ne pouvons pas les relâcher, ce serait trop

193

gênant. Vous me les gardez sous bonne garde jusqu'au retour de Lehmann. À son retour, dites-lui de prendre une escorte de six hommes et de remettre le druide et la druidesse aux moines de l'évêché. L'évêque saura quoi en faire. D'ailleurs il pourchasse tous les druides et chamans celtes de la région depuis longtemps[11].

- Mes trois nièces pourront être vendues aux Barbares. Entre-temps, maintenez-les enfermées.
- Tuez tous les guerriers ordonne Finian. Nous montrerons leurs corps à la délégation barbare. Cela devrait aider à les convaincre que nous sommes leurs alliés.
- Attention à Turlough il est très coriace. C'est le grand champion de tous les tournois d'Eire depuis plusieurs années. Si possible tuez-le à distance. Lui, mort, les autres devraient tomber facilement.

--- OOO ---

Rapidement les consignes sont données et les troupes s'organisent.

Colin tout heureux accompagne le détachement responsable de mettre son cousin et les étrangers au cachot.

- Je jouis déjà de l'effet de surprise qu'on va leur infliger. Ça va me faire plaisir de bardasser Aemonn à nouveau.

Colin, l'épée à la main, suit prudemment le maître d'armes. Au signal de ce dernier, les gardes pénètrent rapidement la mansarde. Leur cri résonne dans une pièce vide. Leur recherche ne révèle aucune présence.

- *Par Badb[12] ! s'écrie Colin avec rage ; père va nous arracher la tête !...*
- *Sonnez l'alerte crie le maître d'armes.*
- *Alerte ! Alerte ! Hurle un garde pendant que son compagnon souffle dans son cor. Tout le village se réveille en sursaut.*

---

[11] En ce VIe Siècle, la chrétienté en Irlande est encore fragile. Le peuple se tourne trop souvent vers les rituels de la spiritualité archaïque.

[12] Badb, déesse irlandaise de la guerre, des batailles et des carnages.

Un des gardes court vers la forteresse pour informer Finian de la disparition du druide et des membres du clan Bellinderry.

Furieux, Finian lance son gobelet de bois lequel éclate sur la pierre du foyer. Seul son fils Colin finit par le calmer.

- Père, si j'étais à leur place j'essaierais de me rendre dans le secteur de Bellinderry pour savoir ce qui se passe et possiblement me joindre à des guerriers pour continuer la lutte…
- Lehmann, notre meilleur pisteur n'est pas encore de retour dit Finian en s'adressant à son fils.
- Demande au garde- chasse de venir. Il vous guidera dans la noirceur. Il connaît bien tous les bois de la région. Tu partiras avec lui et les deux sections de dix hommes prêtes à partir. Ramenez-moi c'te gang-là mort ou vif. As-tu compris ? C'est y assez clair Colin ?
- Oui Père ! répond le jeune homme heureux de pouvoir se battre réellement avec Aemonn. Cette fois ce n'est plus un jeu.

Colin s'impatiente. Le garde-chasse tarde à se présenter.

- *À ce rythme, Aemonn et son groupe prennent beaucoup d'avance. J'espère que les filles et le vieux ralentiront leur déplacement, pense Colin.*
- Vous deux, dit Colin en pointant deux de ses guerriers, faites le tour rapidement, du village et essayer d'identifier quelle piste ils ont pris.

--- OOO ---

La pluie recommence à tomber. Avec elle, la détection des bruits insolites est plus difficile et la vision devient très réduite. Le sous-bois est vraiment sombre.

Les sœurs d'Aemonn suivent difficilement et Sinead demande une halte pour permettre aux plus jeunes de reprendre leur souffle.

Rapidement un bosquet plus dense près d'un rocher fournit un espace défendable en cas de besoin. Un périmètre de sécurité est établi par Turlough et ses hommes. Tous sont attentifs au moindre bruit suspect. Pendant ce temps Taliesanic s'entretient avec Aemonn et les triplés. Il les prépare aux affres des champs de bataille. Que trouveront-ils sur les lieux des combats ?

- Penses-tu que nous sommes suivis ? Interroge William en regardant Turlough.
- Oui ! Il y a de grosses chances… C'est une question de temps pour qu'ils nous rattrapent. Je soupçonne que l'oncle d'Aemonn fasse une violente colère et dépêche des guerriers à notre poursuite.
- On peut peut-être ralentir nos poursuivants suggère Cédric.

William acquiesce de la tête et ajoute :

- On peut construire des traquenards là où ce sera possible suite à notre passage…

Turlough trouve l'idée intéressante toutefois elle a aussi le désavantage de confirmer leur direction. Il y réfléchit.

Pendant que Taliesanic et les filles se reposent, Aemonn, Cédric, William et Turlough identifient le passage obligé qu'ils viennent de traverser avec difficulté. Ils réalisent que c'est la place idéale pour mettre en place un traquenard. Les arbustes sont très denses, obligeant qui que ce soit à passer dans cette direction.

Suite à l'observation de l'environnement, Cédric pointe deux arbres de grosseur moyenne à la sortie du passage.

- Hey Turlough ! J'pense que j'ai un plan.
- On aiguise les branches les plus rigides ; on recouvre la pointe avec de la boue ; on les attache à une branche plus grosse, plus forte de sorte qu'en tirant dessus, la branche sera sous tension. Lorsque les guerriers franchiront le passage, ils déclencheront le traquenard avec leurs pieds. Ce qui fait que la pointe pénètre violemment et blesse ou tue la cible

dépendamment du point d'impact. Généralement pour neutraliser un guerrier, trois régions du corps sont ciblées : les jambes, le pubis et le haut de la poitrine.

Turlough est impressionné par la simplicité de la mise en place et la probabilité de l'efficacité. Si des guerriers les pourchassent, la surprise sera instantanée et incitera tout poursuivant à une prudence accrue. Conséquemment cette action ralentira leur cadence.

- Vraiment très simple et sûrement très efficace déclare Turlough. Faisons- les maintenant sans perdre de temps.
- Cédric, William, Turlough et trois de ses guerriers travaillent rapidement et aussi silencieusement que possible. Taliesanic continue sa vigilance auprès des filles. La pluie collabore et camoufle le bruit des travailleurs. Finalement, les pièges sont en place.
- À quelle place t'as appris à fabriquer des traquenards de la sorte demande Aemonn en regardant Cédric. On pourrait utiliser ces pièges pour attraper des sangliers !
- Bien sûr que oui répond Cédric. C'est ce que nous avons appris chez nous. Mon grand-père et mon oncle sont reconnus comme de grands chasseurs et de grands guerriers dans notre monde. Ils nous ont initiés à la survie en forêt. Ils nous ont enseigné à ne pas mourir de faim en capturant des animaux sauvages. Ce traquenard est très efficace pour piéger un ours.

Turlough observe les trois étrangers sous la protection de Taliesanic et se dit :

- *Hum ! J'ai confiance en ces triplés. J'ai énormément d'admiration pour ces jeunes gens. Ils sont jeunes et pourtant si bien entraînés. Aemonn va beaucoup apprendre en leur présence.*

Pendant ce temps, Sofia ne cesse de tisser des liens avec Quelf. Elle lui demande de lui enseigner comment communiquer avec les plantes.

Quelf la regarde doucement et lui dit :

- Je veux bien. C'est un plaisir pour moi de te montrer ce que j'ai appris de Taliesanic. Elle pense : *je n'ai pas beaucoup de temps…*
- Tu sais Sofia, les plantes ont un langage bien particulier. Tu peux demander à Taliesanic, il en sait quelque chose.
- Si tu te places dans un état de respect et d'écoute vibratoire, tu peux les sentir heureuses. Elles peuvent te le démontrer par un changement de couleur, ou tu les ressens dans ton cœur. Elles peuvent même te dire comment les utiliser pour apporter des guérisons à ceux qui t'entourent.
- Si je te disais que la plante grimpante que tu aperçois sur ce rocher a des pouvoirs sur les poumons ; elle aide la respiration en cas de difficulté respiratoire. C'est en mâchant les feuilles que le jus apporte le relâchement espéré. Tu peux également utiliser la pâte pour d'autres raisons ; pour guérir une plaie infectée qui ne veut pas se cicatriser et faire disparaitre un furoncle.
- Vraiment les plantes sont tellement vivantes qu'elles peuvent t'enseigner sans limites, dans la gratuité et l'amour pour nous les humains.

Ainsi Sofia apprend à utiliser son don de télépathie avec les plantes. Elle pose des questions et vibratoirement elle reçoit une réponse. Quelf explique qu'il est aussi possible de le faire avec des animaux. Sofia la croit. Elle raconte comment son grand-père avait montré à son frère Cédric à communiquer avec une couleuvre. Cédric l'avait même flatté avec sa main sans que la couleuvre ne se sauve. La couleuvre avait même laissé un cadeau. Le lendemain elle avait laissé toute sa peau bien en vue pour que Cédric la trouve au même endroit qu'il avait coutume d'aller lui parler. Grand-père et grand-mère, eux, ils parlent aux arbres.

- *Est-ce que tes grands parents sont des chamans demande Quelf télépathiquement.*
- *Je ne sais pas, répond Sofia. Cependant papi appelle souvent mamie sa Sorcière blanche.*
- *Papi, mamie, questionne Quelf.*

- *Oui c'est comme ça que nous appelons notre grand-père et notre grand-mère répond Sofia.*
- *Ah ! transmet Quelf en souriant.*

Le groupe est en déplacement depuis quelque temps. La pluie a cessé. Soudain, au loin, ils entendent un cri de détresse suivi d'un cri de rage.

Turlough reste à l'écoute et dit :

- Nous savons maintenant que l'on nous poursuit. Nous sommes encore loin de Bellinderry Cove. Ils doivent avoir un bon pisteur. Trouvons un endroit sécuritaire pour mettre les filles à l'abri et montons une embuscade.
- Le passage à gué de la rivière près des trois rochers me semble un endroit propice suggère un des jeunes guerriers qui l'accompagne.
- Combien loin Lian le Rouge ? demande Turlough.
- Pas tellement loin lui répond Lian, peut-être une dizaine de traits de flèches.
- Alors, prends les devants pour t'assurer que nous n'aurons pas de surprise et fais une reconnaissance des lieux. Nous n'avons pas de temps à perdre.

--- OOO ---

L'embuscade

Pendant que le pisteur discutait avec Colin, un de ses guerriers s'aventure dans le bosquet afin de reconnaitre le passage restreint devant lui. Il contourne le gros rocher et lorsqu'il déplace un arbuste qui bloque le passage, trois bruits secs le surprennent.

Touk ! Touk ! Touk !

Le temps de réaliser que son tibia est fracturé, que ses deux cuisses percées pissent le sang alors qu'un piquet lui traverse le côté gauche du cou glissant près de la carotide. Il ne se rend pas compte de l'arrivée de ses compagnons alertés par son cri. Il a perdu connaissance.

Colin et le pisteur réalisent que leur adversaire est de taille et ne se laisseront pas surprendre.

Un guerrier est détaché du groupe pour prendre soin de son compagnon alors que les autres poursuivent les fuyards toutefois avec plus de prudence.

--- OOO ---

Turlough est conscient qu'après avoir causé les premières blessures, leurs poursuivants seront plus déterminés à les capturer.

Il rejoint Lian le Rouge et a tôt fait de réaliser que l'endroit est difficile d'accès et peut offrir une opportunité d'embuscade. Cependant la position peut être contournée.

- *Il faut réduire la menace et en conséquence les effectifs de nos poursuivants ! pense Turlough.*
- Il ne faut surtout pas se retrouver coincés entre nos poursuivants et ceux qui ont attaqué notre village mentionne Turlough.

Rapidement, les instructions sont données. Il n'y a pas suffisamment de temps pour placer des traquenards. Par contre, le terrain offre quelques avantages aux défenseurs du site, notamment celui des hauteurs. L'attaquant doit gravir une pente jusqu'à son objectif. De plus la position offre de la protection aux défenseurs et peu de protection contre des armes de jet pour les attaquants.

--- OOO ---

Le pisteur du groupe s'arrête et demande à son chef Colin de le rejoindre.

La blessure très grave subie par un membre de son groupe incite à la prudence. Cette prudence a permis de déjouer un deuxième traquenard. De fait, ce second traquenard, un gros billot suspendu à l'aide d'une lanière ressemble étrangement aux pièges à gros sangliers qu'il a lui-même appris de son père lorsqu'il était adolescent.

- Colin, je n'aime pas la traversée du gué et surtout sa sortie en pente ascendante dit le pisteur inconfortable. Le coin est trop tranquille.

Colin partage l'avis du pisteur. L'endroit se prête bien à une embuscade. Afin de sauver du temps, ils se préparent au pire. Ensemble, ils décident de partager leur troupe en deux groupes.

- La tactique est d'attaquer les fuyards sur deux fronts en même temps explique Colin. Nous avons l'avantage du nombre. Une section traversera la rivière en amont afin de surprendre l'adversaire ou du moins faire une diversion suffisamment importante pour affaiblir les défenseurs qui pourraient nous attendre en haut de la bute.

Colin s'entend avec le chef de section d'un temps pour lui permettre de traverser la rivière, de se positionner et de reconnaitre les lieux.

- Ce serait parfait si tu peux déterminer où et comment les fugitifs sont organisés. Je vais attendre ton signal avec ma section pour traverser le ruisseau. Le signal est le cri de guerre de notre clan. Dès le début de l'attaque, terrorise- les avec le cri de guerre des Crumlin. Au son du cri, j'attaque avec le reste de la troupe. Tuez les guerriers, capturez le druide et les enfants.
- S'il n'y a pas d'embuscade, envoie un de tes hommes sur le sentier pour nous le dire. On attaque dès qu'on entend ton cri de guerre ou on se déplace à l'arrivée d'un de tes gars.
- Tu prendras une position pour nous protéger en montant la butte. Il ne faut surtout pas s'entretuer.

Colin rappelle la consigne de son père :

- Ne faites aucun mal aux enfants. Ma mère ne nous le pardonnerait pas. Nous savons tous que c'est mon père le chef de clan cependant ma mère lui impose son caractère !

--- OOO ---

Turlough observe le groupe sur l'autre rive et se demande ce qui les retient. Il y a un bon bout de temps qu'ils sont là. Si la poursuite attend le lever du jour, ils auront perdu l'avantage de la nuit. Soudain une clameur s'élève derrière lui à environ deux traits de flèche, dans le secteur où les attend Taliesanic, Quelf et les filles protégées par deux gardes.

Deux cris de mort lui font comprendre que l'on se bat à l'arrière. Au même moment ceux d'en face déclenchent leur attaque. Rapidement la situation tourne vite au corps à corps et malgré leur courage Aemonn, Cédric et William sont finalement désarmés.

Turlough et ses deux derniers hommes, blessés, sont encerclés par six guerriers. Ces guerriers restent aux aguets et se tiennent à une distance prudente de Turlough. Six autres guerriers rejoignent Colin près d'Aemonn. Ils sont accompagnés des sœurs d'Aemonn qui sont saines et sauves. Colin ligote Aemonn avec arrogance et brutalité. Deux guerriers attachent respectivement Cédric et William.

William cherche son air. Sa respiration est haletante. Cédric immédiatement conseille son frère en lui parlant doucement :

- *Calme-toi… respire plus lentement… Respecte ton rythme… Inspire… expire… retrouve ta confiance. Excellent… continu… ça va beaucoup mieux… souviens-toi LYKA nous a dit de ne pas nous inquiéter.*

Turlough et ses deux hommes blessés sont désarmés et immédiatement ligotés

Colin a également subi des pertes ; six hommes sont morts et deux autres sont blessés. Taliesanic, Quelf et Sofia manquent. Ils ont réagi rapidement en s'enfuyant dans les environs. Cédric et William ressentent la présence de Sofia. Elle leur transmet de rester calme.

- *Taliesanic et Quelf vous protègent répète-t-elle sans arrêt.*

Cédric et William entendent le message de leur sœur.

- *Je t'entends Sofia. Je continue de rassurer William qui a un peu paniqué vu la tournure des évènements. Nous resterons le plus calme possible. Ils sont très gros ces guerriers et ils veulent notre peau. Aemonn, Turlough et ceux qui restent sont brutalisés sans pitié. Colin bouscule sauvagement Sinead alors que Ciara et Aisling pleurent. Faites quelque chose au plus vite. Je ne suis pas sûr que nous allons tenir le coup.*

L'échange de coups continue de plus belle. Aemonn défie alors Colin qui l'ignore.

- Espèce de lâche ! Crie Aemonn. Détache-moi et prends donc quelqu'un de ta force au lieu de t'attaquer à des femmes rage Aemonn.

Colin continue d'ignorer Aemonn. William, revenu de ses émotions, peste de voir Sinead ainsi traitée. Sinead ne dit rien. Elle se contente de braver Colin en le toisant du regard sans cacher son dédain pour son petit cousin. Cette attitude suscite l'admiration de William. L'agressivité de Colin monte en flèche.

--- OOO ---

Taliesanic, Quelf et Sofia, en état de perception, suivent attentivement les évènements.

- *Cédric, William, transmet Sofia, soyez prêts on s'occupe de vous sortir de là.*

Cédric et William ont entendu le message. Ils ne savent pas ce que ça veut dire exactement. Sinon qu'ils font confiance à leur sœur. Elle ne leur a jamais fait faux bond. Elle a sûrement transmis ce message avec une raison de délivrance.

- *Taliesanic, Quelf et Sofia ont entendu notre cri de détresse pense William.*
- *Pour le moment il faut que j'agisse comme nous l'a enseigné papi : comme ancien militaire, il avait appris que dans des situations difficiles il est payant de demeurer discret. Il ne faut pas attirer l'attention et surtout ne pas provoquer, même lorsque l'on est bousculé. Une occasion se présente toujours et il importe que je demeure attentif afin de bien la saisir.*

L'occasion se présenta.

Taliesanic prononce un sortilège d'immobilisation temporaire et le groupe de Colin se fige le temps nécessaire pour libérer les prisonniers et disparaitre sans que le groupe de Colin ne s'en rende compte. Tout se fait si vite qu'Aemonn, Turlough, ses deux hommes, Cédric, William et les trois filles courent à toute allure ayant été libérés de leurs liens magiquement. Ils se dirigent vers les buissons environnants, guidés par les paroles de Taliesanic, de Quelf et de Sofia.

--- OOO ---

Les hommes de Colin mirent un bon moment à retrouver leur esprit et à se souvenir de ce qu'ils faisaient dans le bois, sous la pluie. Le pisteur ne put déceler aucune trace lui indiquant la direction à prendre. Ça prend un certain temps au groupe à retrouver leur esprit. Ils se rappellent la bataille et les pertes.

- Où sont les prisonniers ? Que s'est-il passé ? demande Colin abasourdi. Ils ne peuvent pas s'être envolés ? C'est impossible ? Je rêve. Quelqu'un, réveillez-moi.

Il n'y a personne qui peut répondre. Le mystère tourne autour de leur tête.

Impossible de les poursuivre. Ils ne savent pas dans quelle direction aller. Ils sont encore sous le choc de l'emprise magique de Taliesanic.

Au lever du jour, la frustration est à son paroxysme. Colin, choqué, perd patience. Il se tourne vers quatre de ses guerriers et ordonne :

- Vous allez faire le tour du périmètre attentivement. C'est impossible à neuf personnes de se déplacer sans laisser de trace. Allez, dépêchez-vous.

Taliesanic maintient son sortilège. Aucun indice n'est détectable. Il garde contact avec les pensées du pisteur et de Colin. Il les inonde d'informations non pertinentes, semant le désarroi.

Pendant ce temps, Aemonn se dirige toujours vers Bellinderry Cove par un sentier plus discret sous la protection rapprochée de Turlough et deux guerriers. Malgré leur blessure, ces guerriers peuvent se défendre. Sofia, Cédric, William et Sinead sont aussi prêts à se battre si nécessaire.

Les compagnons d'Aemonn sont reconnaissants envers Taliesanic, une autorité magique indéniable pour eux.

Colin convainc son pisteur d'identifier une piste probable et sécuritaire que le groupe d'Aemonn pourrait suivre pour atteindre le hameau de Bellinderry Cove. Colin et ses acolytes se remettent à la recherche des fugitifs, cette fois-ci avec des intentions beaucoup plus belliqueuses.

--- OOO ---

L'épreuve de courage

- Je veux savoir ce qui est arrivé à mon père, à ma famille insiste Aemonn. J'irai seul s'il le faut.
- On le fera en temps et lieu, répond Turlough avec autorité. Pour le moment, nous sommes aveugles et nous devons obtenir des informations pour faire un plan. Pense un peu Aemonn, ce n'est pas une partie de chasse ! Les dangers sont réels et nous avons besoin de savoir ce qui se passe au village avant d'agir. Tes amis et Taliesanic vont nous aider.

Taliesanic observe en silence pendant que s'organise la recherche d'information. Les deux guerriers blessés demeureront avec les trois sœurs. Quelf et Taliesanic, les deux en posture méditative guident Sofia. Aemonn sera guidé par les informations de Sofia. Turlough accompagné de Cédric et William contournent les environs du hameau par la direction opposée à Aemonn. La capacité télépathique des triplés permettra de partager les informations entre les deux groupes de reconnaissances. Un plan d'action suivra la mise en commun des informations.

Sous le couvert des feuillages et avec prudence, Turlough et les garçons progressent rapidement jusqu'aux abords du village. Ils notent et transmettent à leur sœur leurs observations sur la destruction. Ils communiquent également les activités des guerriers envahisseurs qu'ils aperçoivent.

Au site du moulin, près de la rivière de nombreux guerriers discutent.

- *Près du moulin plusieurs guerriers semblent se reposer transmet Cédric. Turlough croit que les membres de son clan se sont bien défendus, car il y a de nombreux blessés, ce n'est pas beau à voir. Tout le monde semble fatigué.*
- *Ils sont soit négligents ou très confiants d'après ce que nous voyons. Nous observons une seule sentinelle près du moulin. Ils ont tous des armes à portée de main. Ils sont impressionnants, ajoute Cédric.*

Sofia transmet à son tour ses observations et celles d'Aemonn.

- *Ils ont mis les femmes et les enfants dans un enclos avec les chèvres. Six guerriers les surveillent. On ne voit pas le centre du Hameau par contre il semble y avoir beaucoup d'activités. Aemonn veut s'approcher pour voir.*
- *Sofia, je n'aime pas cela, transmet William d'un ton inquiet. Tu prends trop de risques.*
- *Ne t'inquiète pas, répond Sofia. Je suis avec Aemonn. Il est très habile. Il sait ce qu'il fait. Nous sommes déjà dans le village.*

Pendant que chaque groupe progresse et obtient de l'information, Taliesanic maintient son attitude méditative. Quelf rassure les sœurs d'Aemonn et les deux gardiens demeurent aux aguets, silencieux.

Quelf est aussi attentive aux transmissions entre les triplés.

- Il est là, chuchote Aemonn pointant de la main un groupe d'hommes fatigués, assis par terre les mains dans le dos, observant deux brasiers où sont entassés des corps. Il ajoute inquiet, je ne vois pas mes frères.

Ces deux brasiers brulent des corps de guerriers morts au combat. Des guerriers, vainqueurs et vaincus, observent en silence, respectueux malgré cette odeur de chair brulée qui se repend et tourmente les estomacs.

Sofia perçoit la colère qui monte en son compagnon.

Une seule idée occupe l'esprit du jeune guerrier : libérer son père. Elle lit dans sa pensée et constate qu'Aemonn est sur le point de commettre une action risquée. Par la pensée, elle sollicite l'aide de Taliesanic.

Taliesanic réussit à calmer le caractère bouillant d'Aemonn. Il incite les éclaireurs à compléter leur mission et à revenir à la cache. Tous retournent vers la position de Taliesanic.

--- OOO ---

Turlough, Cédric, William, Aemonn, Sofia et les deux gardes notent les observations de chacun et font le point. Aemonn insiste pour retourner et libérer son père et le plus de guerriers possibles. Son père a été déplacé dans le bâtiment attenant à la vieille forge. Deux gardes seulement les surveillent. La plupart des guerriers sont sur la place du marché avec tout le butin qu'ils ont pillé.

- Il faut faire vite, si on veut les libérer. Demain, à l'aube, ils risquent d'être partis. C'est maintenant qu'il faut agir, insiste Aemonn
- Attendons encore un peu, bientôt ce sera la nuit, ce sera plus facile. De plus on ne sait pas où sont nos poursuivants. Recommande Turlough avec respect et la confiance qu'apporte l'expérience des combats.

Les triplés, dans un mouvement commun, de leurs mains tendues, paumes vers le sol, font signe à tous de se taire.

- Taliesanic nous transmet, grâce à sa vision périphérique qu'un détachement de trois guerriers éclaireurs s'avance vers nous, chuchote Cédric.
- Ils arrivent du hameau et ne peuvent nous voir grâce au dôme de protection que maintient Taliesanic, ajoute Sofia.

William, tout comme Aemonn, met sa main sur son couteau. Turlough rapidement prend la tête du groupe. Ensemble, ils s'organisent pour surprendre et capturer les trois guerriers.

Turlough, ses deux guerriers et les trois garçons sont en position et attendent le signal. Turlough donnera le signal afin de profiter le plus possible de l'effet de surprise. Tous sont tendus, aux aguets.

--- OOO ---

La surprise est totale. En quelques instants les trois éclaireurs sont désarmés, ficelés et bâillonnés. Les prisonniers demeurent taciturnes. Ils fixent leurs ravisseurs avec arrogance, sans peur.

Turlough hésite et dit :

- Avoir trois prisonniers ça change le plan. Les prisonniers doivent être gardés, on n'a pas de monde et les éliminer ce n'est pas une option acceptable.
- Maintenez le plan intervient Taliesanic. Ne vous occupez pas des prisonniers, on n'a pas besoin de gardiens. Maintenant, allez.

De fait, Quelf fit boire aux prisonniers un breuvage aux herbes et ce breuvage plaça les prisonniers dans un profond sommeil.

-- - OOO -- -

Le hameau est relativement tranquille. Les femmes et les enfants sont toujours dans le même enclos. Sur la place, des feux brillent et éclairent le butin surveillé par les guerriers. Le partage n'a pas encore été fait. Toute personne qui oserait s'en approcher sans autorisation sera exécutée sur-le-champ par les gardiens. Pour le moment il appartient au chef et c'est lui qui détermine qui reçoit quelle part.

Aemonn s'est infiltré dans la vieille forge en retirant doucement, délicatement une vieille planche pourrie. Un bosquet sert de protection au regard indiscret. Pendant ce temps Turlough et ses deux guerriers se positionnent pour protéger si besoin Shane, Aemonn et les autres lors de leur évasion. Cédric et William observent un regroupement d'envahisseurs au repos.

Ils transmettent toute activité à Sofia. Elle est accroupie dans des talus à l'extérieur du point d'entrée de la forge. Elle observe les deux gardes à l'entrée ; ils semblent endormis. Elle reste attentive au bruit.

Rapidement et en silence, Aemonn a tôt fait de libérer son père et quelques autres prisonniers. Il fait circuler son couteau et celui de Sofia. Les guerriers libèrent leur voisin de sorte que bientôt vingt guerriers, membres du clan Bellinderry, s'évadent silencieusement. Turlough et ses hommes les protègent et s'assurent que personne ne les poursuit.

Sofia, revenue de sa position initiale, accompagne Aemonn. Elle admire la détermination, la fougue et le sang-froid de ce jeune guerrier. Aemonn est heureux de retrouver son père et triste de ne pas retrouver ses frères.

- Père où sont mes frères ? demande Aemonn inquiet de la réponse à venir.
- Aemonn tes frères sont dans le brasier funeste. Ils se sont battus avec courage et comme plusieurs autres ont fait le sacrifice de leurs vies pour permettre à plusieurs de s'échapper dans les bois. Tu peux être fier d'eux comme je le suis.

Shane demeure un instant silencieux et mélancolique. Puis il ajoute en plaçant ses deux mains épaisses sur les épaules de son fils en le regardant dans les yeux :

- Je suis aussi très fier de toi, de ton courage, de ta force de caractère. Un jour tu seras un excellent chef pour notre clan.

Aemonn pleure ses frères. La vengeance gronde en lui.

--- OOO ---

Shane et ses hommes fabriquent des armes. Ils se contenteront de ces armes avant de récupérer les leurs. Aemonn et Taliesanic informent Shane, le chef de clan Bellinderry, des évènements et notamment de la réaction de son beau-frère, Finian Crumlin et son fils Colin.

- Nous nous occuperons d'eux en temps et lieu, pour le moment voyons ce que peuvent nous apprendre ces trois-là dit Shane en pointant les trois prisonniers qui se sont réveillés, surpris de voir la troupe autour d'eux.

Sofia et Quelf s'entretiennent en privé. Sofia est attentive à tout ce que lui dit Quelf. Les deux femmes sont conscientes de vivre un moment magique, lequel marquera leur avenir. Sofia s'attache à cette femme. Elle ne peut expliquer ce lien particulier qu'elle ressent pour cette femme. Le regard de Quelf la pénètre au plus profond d'elle-même. C'est comme si cette femme pouvait lire dans toutes ses cellules. Et pourtant elle ne se sent pas envahie. Bien au contraire, elle perçoit un immense respect. Sofia ne peut définir la joie, le bonheur d'être en présence de cette druidesse. Son énergie la nourrit.

Taliesanic ignore la question de Shane au sujet de ces adolescents étranges qui parlent leur langue. Les explications de son fils et de Turlough ne suffisent pas. Il questionne directement celui qui fut son mentor et son guide pendant sa jeunesse. Il a pleine confiance en Taliesanic, en son jugement.

Avant de répondre, Taliesanic regroupe Quelf, Sofia, Cédric, William, Shane et son fils Aemonn. Turlough rejoint ses hommes afin d'organiser la défense du périmètre du campement improvisé.

- J'attends ces enfants depuis longtemps dévoile Taliesanic. Ma rencontre avec les Dieux de la tradition celte m'a montré plus d'un millénaire de batailles, de souffrances pour les enfants d'Eire. Shane tu les connais tous : Danu la Déesse Mère ; Lugh le Dieu héros, guerrier poète et magicien ; Dagda le prodige « le Dieu bon » ; Balor le Dieu de la mort et roi des magiciens ; Mider le Dieu chef des enfers ; Morrigane la Déesse celte des batailles et Mannanan Mac Lir, l'homme de l'île de Man, fils des océans et le Dieu de la mer et de la fertilité.[13]

- Ils me montrèrent comment les enfants de nos enfants se répandront sur des terres d'exil et peupleront la terre le plus souvent dans la souffrance. Ils dévoilèrent la chevauchée des anges de lumières qui libèreront l'homme de ses chaines, des ténèbres où l'ont placé son orgueil, sa cupidité son manque d'amour. Ils m'ont raconté comment ces trois enfants, nés d'une même conception, libèreront le Dieu Mannanan Mac Lir, monté sur son char de lumière tiré par des chevaux blancs, parcourir l'océan déchainé et l'apaiser à son passage et laissant Lugh rayonner son amour et la paix.

- Ces enfants sont des messagers, à l'école des Dieux pour ultimement accomplir leur mission le jour venu. Ils sont nos hôtes et nos guides, conclu d'un ton solennel Taliesanic. Ils regardent affectueusement les triplés fascinés par ce qu'ils viennent d'entendre.

- *Ouf ! émet Sofia impressionnée.*

- *École des Dieux ! Moi je veux retourner chez papi et manie reflète William.*

- *Ce n'est pas terminé répond Cédric. Les dragons nous ont parlé d'un enseignement que le druide doit nous transmettre, il ne faut pas l'oublier. De toute façon nous sommes protégés.*

- *En effet, vous avez d'autres situations à vivre avant votre retour, transmet mentalement Taliesanic aux trois Corribus.*

Cédric. William et Sofia observent attentivement le druide.

Shane demeure songeur. Aemonn regarde intensément Sofia. Elle ne parvient pas à déceler la pensée du jeune guerrier. Elle ressent cependant un frisson à la nuque. Elle se sent rougir. Elle détourne le regard, inconfortable.

--- OOO ---

Quelf raconte au Druide et à Shane la vision qu'elle a eue en songe. Ce songe complète la vision de Taliesanic. Elle sait

---

[13] Dieux celtes, Wikipédia

maintenant. Elle sait ce qu'elle doit accomplir. Elle connaît sa destinée.

Calme, sereine, avec l'appui de Taliesanic, son mentor, elle convainc Shane, le chef de clan, de se rendre auprès de l'envahisseur afin de présenter sa vision à leur chef. Pour elle les astres ne mentent pas.

Les éclaireurs prisonniers accompagneront Shane le chef de clan, le druide Taliesanic, la druidesse et guérisseuse Quelf, trois gardes du corps et les triplés. Aemonn proteste avec véhémence.

- Père je veux être avec toi. C'est mon droit ! affirme Aemonn refusant tout argument de son père.
- Aemonn, ça suffit ! coupe Shane avec autorité. Tu es la continuité de notre clan et la sagesse commande que tu ne sois pas avec moi pour cette rencontre.

Shane inébranlable, ordonne à son fils devant ses hommes de demeurer hors du village jusqu'à ce qu'il y soit invité à y pénétrer. Il y va de la survie du clan, de la sécurité des femmes et des enfants prisonniers. Il ajoute :

- Turlough, je t'ordonne de veiller à ce que mon fils ne fasse pas la bêtise de me désobéir. Je vous appellerai avec trois sons prolongés de corne si nous avons besoin de votre présence. Et s'il m'arrivait malheur, tu sais quoi faire pour aider Aemonn.
- La protection du clan est ce qui m'importe le plus. Protégez notre clan contre l'envahisseur et contre le clan des Crumlin ou tout autre clan. Est-ce clair !

Shane regarde tour à tour son fils, Turlough et ses guerriers qui de la tête confirment avoir compris. Confiant, il se met en route avec son petit groupe et les éclaireurs libérés.

--- OOO ---

L'entente

Au lever du jour l'alerte sonne avec grand fracas. Orlaf le chef des envahisseurs, un géant aux bras musclés, bouscule ses guerriers encore endormis. Son torse nu est orné de nombreuses cicatrices, témoins de son ardeur aux combats.

Douze personnes se présentent devant lui. Il scrute le visage impassible de ses éclaireurs désarmés. Il s'attarde principalement sur quatre guerriers armés, se tenant fièrement en face de lui dont un ressemble étrangement au chef de clan, son prisonnier. Un druide, une druidesse et trois enfants se tiennent derrière les guerriers.

- *Par Odin ! gueule Orlaf. D'où sort tout ce monde-là !*

Un ordre, la course d'une estafette, un brouhaha, un garde penaud lui confirme que le prisonnier et l'homme libre et armé devant lui sont le même personnage. Son œil est brûlant de rage. Il pogne le garde penaud par le cou, le secoue et de son poignard le marque au visage.

Shane, ses hommes, le druide, la druidesse et les enfants demeurent dignes et impassibles face à la colère du grand chef. Les guerriers les cernent rapidement.

Le chef des éclaireurs d'Orlaf, genoux droit fléchi en signe de soumission devant son chef, lui explique que ce chef de clan veut lui parler sous la protection des Dieux.

Sa grande hache à la main, Orlaf s'avance menaçant. Les deux chefs se toisent. Le silence est cruel.

Les triplés captent les pensées déconcertées et belliqueuses des guerriers présents. Ils voient Taliesanic, Shane et ses gardes, fiers et confiants, aucun geste provocateur, simplement attentifs et imperturbables.

- *Par Odin ! Qu'est-ce qui se passe ? Ce puceron de chef était mon prisonnier. Il s'est évadé je ne sais comment. Les gardiens auront à s'expliquer... et puis ce vieil homme avec son bâton qui me regarde... et cette femme et son sac, elle me parait plus forte qu'elle en a l'air... et ces trois jeunes sans armes, qui sont-ils ? Ils ne sont pas d'ici... Ce n'est pas normal... pense Orlaf.* Puis à voix haute s'adressant à Shane :
- Tu es soit un brave inconscient ou un fou de revenir ici, surtout avec un vieillard, une femme et des enfants, lance Orlaf menaçant.
- Cet homme s'appelle Taliesanic, il est notre druide. Répond Shane calmement et avec assurance. Dans notre tradition, ce druide est un sage parmi les sages, c'est un messager de nos Dieux et un conseiller des rois. Cette femme s'appelle Quelf. Elle est une prêtresse guérisseuse selon nos traditions. Tous les deux connaissaient ta venue et ont demandé à te parler. Ils ont un message à te communiquer. Il est de ton intérêt de l'entendre.

Toujours sous la protection de Taliesanic, Cédric, William et Sofia observent, écoutent, attendent et se font le plus discrets possible. Ils captent les émotions des envahisseurs.

Orlaf recule d'un pas. La tension s'est apaisée un peu.

Les guerriers envahisseurs sont nerveux. Dans leur pays, ils craignent les sorciers et les prêtres qui communiquent avec leurs Dieux. Aucun roi ne les ignore. Souvent on se demande si ce ne sont pas eux qui dirigent le peuple tellement ils sont craints et écoutés. Les chefs les consultent avant de partir en expédition. Et ces deux-là, ici présent, portent une assurance qu'ils n'ont jamais vue auparavant.

Orlaf hésite, toise Taliesanic de haut en bas. Il le regarde finalement dans les yeux. Les deux demeurent impassibles...

Finalement, la tension d'Orlaf s'estompe. Personne ne bouge. Le silence est impressionnant.

Orlaf recule à nouveau de trois pas tout en soutenant le regard de Taliesanic. Il ordonne à ses hommes, d'un geste de la main, de reculer et de relâcher la garde.

Orlaf s'adresse à Shane :

-   Je t'invite toi et ta délégation à suivre mon escorte dans ma hutte.

Calmement, Shane d'un signe de tête, accepte l'invitation du chef des envahisseurs. La délégation se dirige vers la hutte du conseil. Celle-ci est une grande pièce où Shane tient normalement ses rencontres, où il exécute entre autres sa justice. Arrogant, Orlaf prend la place usuelle de Shane.

Shane ne relève pas l'affront. Il invite simplement Taliesanic à prendre la parole.

Taliesanic entre dans un état second. Il dévoile à Orlaf des informations personnelles que très peu de personnes connaissent. Des informations d'avant le départ de son Ile de glace qu'il est impossible à cet homme de connaître.

-   *Par Odin ! Que Thor m'emporte ! Comment cet homme peut-il avoir ces informations ? Par quel sortilège ? Est-ce que les Dieux parlent vraiment à cet homme ? S'interroge Orlaf.*

Taliesanic poursuit la description de sa vision des épreuves passées d'Orlaf. Puis, il relate les épreuves à venir que les deux peuples, le sien et celui d'Orlaf, auront à vivre.

-   Comment puis-je croire tout ce que tu racontes, demande Orlaf.
-   Dis-lui ! signale Taliesanic en se tournant vers Quelf.

À son tour Quelf relate sa vision. Elle décrit les périodes de guerres et de paix. Elle décrit comment au fil des ans le sang de son peuple se mêlera à celui des peuples du Nord, dans les combats et dans la famille. Comment des colonies entières de peuples du Nord viendront s'établir en Irlande afin d'y vivre leur tradition adaptée aux us et coutumes de l'Eire.

- Bref, conclut Quelf, les ancêtres me demandent de partir avec toi et tes hommes dans ton pays qui deviendra le mien. Je partirai avec un groupe que notre chef choisira et toi tu choisiras un groupe pour demeurer avec mon peuple. Ainsi nous apprendrons chacun l'un de l'autre. Bon nombre de tes guerriers viendront s'établir en ce pays pour s'y battre, mais aussi pour développer le commerce. Votre culture se joindra à celle de notre pays et la nôtre à la vôtre.
- Ton peuple, poursuit Quelf, et mon peuple connaîtront de grandes périodes de paix et de prospérité. Je soignerai tes guerriers, j'enseignerai le pouvoir médicinal des plantes à tes femmes. Je serai un membre actif de ton clan.
- *Elle part vivre dans les îles du nord pense Sofia, surprise de ce qu'elle entend.*
- *Je ne sais pas ce que l'on fait ici, émet William les yeux grands ouverts, fasciné par le geste qu'elle pose. Elle demeurera et vivra avec l'ennemie, ces guerriers qui ont attaqué son peuple !*
- *On en parlera avec Taliesanic, pour le moment observons et écoutons, communique Cédric, aussi sidéré que son frère et sa sœur.*

De questions en réponses, la discussion se poursuit longtemps. Une entente prend forme et se conclue.

--- OOO ---

Pendant ce temps, Aemonn attend en compagnie de Turlough. Ce dernier avait organisé un périmètre de défense en cas d'attaque. Afin de prévenir une attaque-surprise, il avait aussi placé des sentinelles pour protéger l'accès à leur site d'attente. La consigne générale est de demeurer silencieux et d'attendre les ordres de Shane, leur chef de clan.

- *Ah ! J'en ai marre d'attendre, observe Aemonn. Qu'est-ce qui peut bien se dire ou se passer dans le village. Pourquoi ne pas les avoir attaqués ? Après tout, ces hommes ont tué mes frères et plusieurs membres de notre clan. Et mon père qui ordonne mon exclusion. Comment vais-je apprendre à devenir chef en demeurant à l'écart ? Et Turlough qui ne me quitte pas d'une semelle…*

Les pensées belliqueuses tourmentent le futur chef lorsqu'une des sentinelles prévient Turlough de la venue d'un groupe d'une douzaine d'hommes du clan des Crumlin qui approche prudemment, armes au poing.

Turlough anticipait cette éventualité. C'est pourquoi il avait choisi cet espace discret et facilement défendable pour reposer son monde et attendre les évènements. La position permet de réagir à la menace des Crumlin venant du sous-bois, ou des envahisseurs venant du village. Pendant que le fils du chef boudait, tout à ses pensées, discrètement il préparait son monde à cette éventualité.

Soucieux de ne pas créer une situation où il serait pris dans un combat sur deux fronts, l'envahisseur et les Crumlin, il opte pour la Sagesse et décide de bluffer et d'impressionner leurs poursuivants. Turlough informe Aemonn de la situation ce qui a pour effet de clore sa bouderie. Rapidement, Turlough choisit dix hommes pour faire face à l'ennemie. Les autres feront beaucoup de bruit en se déplaçant pour simuler qu'ils sont beaucoup plus nombreux.

Colin et son groupe viennent de traverser un bosquet et se retrouve dans un espace plus dégagé lorsque devant lui surgit Aemonn, Turlough et plusieurs guerriers Bellinderry. À sa droite et à sa gauche, il entend et perçoit du mouvement.

- Les Crumlin ne sont pas les bienvenus sur notre territoire, surtout l'arme à la main, menace fermement Turlough. Retournez chez vous, debout, de votre plein gré ou bien couché, les pieds devant quand nous en aurons terminé avec vous. Quel est votre choix ?
- *D'où vient leur renfort ? pense Colin. Déjà ceux que je vois sont aussi nombreux que nous… Combien sont dans les fourrés qui nous*

entourent ? Ont-ils des lances et des flèches ? Par Balor,[14] le risque est trop grand pour nous. Je risque d'y laisser ma peau !

Colin se redresse, il hésite puis il remet son épée au fourreau. Ses hommes en font autant. Son regard rageur ne quitte pas son cousin Aemonn qui le défi, l'épée à la main.

Aemonn, Turlough et leurs hommes regardent les Crumlin s'éloigner vers leur territoire.

- Je crois que nous allons vivre une autre période de batailles avec nos chers voisins murmure Turlough entre ses dents.
- Ouais ! cette prochaine fois ce ne sera pas nous les fuyards, répond Aemonn, le torse bombé, fier de sa réponse.

Trois sons graves et prolongés leur parviennent du village.

--- OOO ---

Les guerriers du nord et ceux du clan Bellinderry sont rassemblés au centre de la grande place du village. La tension est forte entre les deux camps. Chacun respecte la consigne de leur chef. Il garde leurs armes au repos. Toute querelle ou mauvaise conduite verra les coupables exécutés par leur chef respectif.

Les deux chefs s'entendent. Ils discutent maintenant comment se dessinera leur relation dans l'avenir : quel traitement donner aux guerriers respectifs qui vivront avec l'autre camp ; quelle tribu sera remise au vainqueur du nord ; quel rôle sera donné à la druidesse Quelf ; quelles relations commerciales et de protection réciproque mettre en place.

Bref, déjà s'amorce l'histoire des rapports de force entre deux peuples. Une histoire d'échanges, de guerres, de domination, de tourmentes qui ne prendra fin qu'au XIe siècle.

--- OOO ---

---

[14] Balor, Dieu celte de la mort et le roi des magiciens, Wikipédia

Pendant que les chefs délibèrent, Taliesanic, Quelf, Sofia, William et Cédric se retirent dans la forêt. Ils sont dans la clairière du grand Derve sacré près de la jonction des deux rivières. Ils y passeront la nuit. Le lendemain, lorsque le soleil sera à son zénith, Quelf quittera Bellinderry-Cove avec les guerriers du Nord.

--- OOO ---

L'initiation celtique

Le feu éclaire et réchauffe Taliesanic et son groupe. La lune, toute ronde, observe, témoin silencieux d'un moment solennel. Tous sont assis sur du feuillage, à même le sol. Taliesanic a le dos appuyé sur le vieux chêne : son bâton à sa droite et une peau de mouton usagée devant lui. Sur la peau deux serpes dorées sont déposées, des herbages et une pierre blanche en quartz, une aile de faucon, et de la poudre de sauge.

Quelf est assise à la droite de Taliesanic. Devant elle, sur une peau de mouton plus neuve repose une plume de cygne toute blanche plusieurs herbes médicinales ficelées en petits paquets, trois sachets de poudre de sauge ainsi qu'une pierre de calcédoine bleue. Taliesanic a invité Sofia à prendre place à sa gauche. Cédric s'installe à la droite de Quelf. Quant à William, il s'assoit entre Cédric et sa sœur. Tous regardent et écoutent attentivement Taliesanic. Le druide, en transe, transmet en silence :

- *La terre est comme une forteresse. Même les armées du ciel ne peuvent pas installer l'ordre, la justice et la paix sur la Terre, parce que ces entités ne sont pas faites de matières physiques. Pour qu'ils soient capables d'agir, il faut que ce soit les humains eux-mêmes qui leur en donnent la possibilité.*
- *Sur la terre, les humains ont une autre puissance du fait qu'ils ont le pouvoir de choisir. Ils ont le choix entre les ténèbres ou la lumière. Si les humains résistent à la lumière alors les ténèbres vont envahir l'espace. Pour que les armées de Lumière puissent pénétrer dans cette forteresse, il faut qu'à l'intérieur, quelqu'un leur ouvre au moins une porte.*
- *Jusqu'ici, est-ce que vous me comprenez ?*

Les triplés font signe que oui de leur tête. Taliesanic poursuit.

- *Jamais la terre ne sera investie de l'extérieur par l'armée céleste. Il faut que de l'intérieur, des êtres ouvrent des brèches dans les remparts avec l'amour et la lumière pour que l'armée céleste puisse pénétrer.*
- *Depuis très… très longtemps… les messagers du ciel nous annoncent le retour de la Lumière. Cette lumière sera présente à partir du moment où les humains auront choisi et demandé aux armées du ciel de venir apporter la paix, l'ordre et la justice.*
- *Vous quatre ; Quelf, Sofia, Cédric et William, vous faites partie du plan des Dieux.*
- *Plan des Dieux ? Questionne William étonné.*
- *Oui plan des Dieux, répond Taliesanic tout en se tournant vers William. Et ce plan va s'échelonner sur plus d'un millénaire. Toi et ton frère aurez à protéger votre sœur. Elle ouvrira un des portails pour permettre aux armées du ciel de venir nous aider.*
- *Me protéger de quoi ? interroge Sofia, inquiète.*
- *Dans le monde il y a des gens généreux et bons. Cependant il y a aussi des gens cupides, malicieux et cruels. Ceux-ci vivent dans l'ombre. Plus il y a de l'ombre, plus ils en profitent. Ces gens-là causeront des guerres et de grandes destructions, beaucoup de souffrances. Plusieurs massacres se feront au nom des Dieux, mais ce sera toujours au profit d'hommes cruels et cupides.*
- *Vous venez d'un monde du futur… vous connaissez la vérité sur ce que je vous mentionne.*
- *Cédric revoit ses cours d'histoire : croisade, inquisition, invasions, génocides, guerres mondiales…*
- *Et nous ont fait quoi dans tout cela ? Questionne William inquiet.*
- *N'ayez crainte… vous serez prêts et forts en temps et lieu, poursuit Taliesanic.*
- *Votre passage en cette terre de vos ancêtres est très important pour vous, pour nous, pour Quelf et sa descendance. De nombreux passages vous attendent et vous préparent. Vous vivrez dans différends mondes des épreuves et des moments de grâce. À travers eux vous découvrirez vos racines, renforcerez votre sang et purifierez votre esprit.*
- *Qu'est-ce qu'il veut dire demande William à sa sœur.*

- *Nous sommes tous des artisans, des bâtisseurs, poursuit Taliesanic tout en regardant William, et à notre façon nous préparons le retour de la Lumière et de la paix.*
- *Vous êtes avec moi parce que les messagers du ciel m'ont demandé de vous préparer, vous apprendre à vous protéger, à ressentir les énergies autour de vous. Plus vous serez capables de ressentir les énergies, plus vous serez en mesure d'entendre et d'interpréter les pensées des autres. Il vous faut aussi apprendre à vous protéger des intrusions des autres dans votre pensée.*

Taliesanic, silencieux, demeure dans un état méditatif. Quelf, attentive, perçoit les émotions des triplés. Elle les regarde et leur dit :

- Ayez confiance. Vous êtes entourés d'êtres magiques ; vos dragons. Vous serez guidés, soutenus par des êtres exceptionnels à travers chacune des étapes de votre évolution.

La tension baisse de quelques crans chez les triplés.

--- OOO ---

Taliesanic et Quelf exploitent le reste du jour et de la nuit pour compléter la formation des triplés. Cédric, Sofia et William sont attentifs. Ainsi d'explications en exercices ils renforcissent leur don de télépathie et leur ressenti. Quelf leur enseigne aussi à communiquer avec les plantes, à poser la bonne question et ressentir la réponse.

Les enfants sont impressionnés. En dansant autour du feu, ils perçoivent tout ; dans leur corps, dans leur main et sur leur visage l'énergie de l'air qui les nourrit au niveau des chakras. Leurs mouvements exécutés dans l'air donnent l'impression d'être dans l'eau. Ils ressentent la pression, le déplacement, la chaleur et la fraicheur causée par le mouvement.

C'est magique. Ils apprennent, immobiles, à écouter et ressentir les énergies autour d'eux. Ils expérimentent comment ressentir leur énergie réciproque, leurs émotions réelles ou simulées, dans le noir de la forêt qui les entoure. Ils devinent leur position.

Les enfants sont enthousiastes et avides de connaissances.

- *Coucou ! où suis-je transmet Taliesanic ?*

Aucun contact visuel ni énergétique. Les enfants ont beau scanner les environs et même les branches des arbres, rien. Ils ne perçoivent rien. Ils ne voient rien. Quelf qui les accompagne sourit de bon cœur. Elle connaît son mentor. Il aime jouer des tours tout en enseignant.

- *Venez me rejoindre souffle Taliesanic permettant aux enfants de le détecter.*

Les enfants s'orientent et perçoivent l'énergie du druide à moins de cinquante pas. Il est assis sur une grosse branche de chêne et observe avec délice ces enfants qui progressent rapidement vers lui.

- *Comment vous avez fait pour nous bloquer, pour nous empêcher de vous lire ? demande Sofia à la fois épatée et curieuse.*
- *Je vais vous l'enseigner, répond Taliesanic tout en riant.*

--- OOO ---

Minuit, Taliesanic invite les enfants près du grand Derve. Les triplés observent. Le clair de lune est impressionnant. Des lucioles dansent dans la clairière et parmi les arbres.

- *On dirait des fées… pense Sofia.*
- *C'est magique ! transmet William*

Taliesanic, parle un langage inconnu entrecoupé de sons rauques et de mouvements délibérés. Son attention est centrée sur Quelf agenouillée devant lui. Plusieurs bûches se sont consumées pendant que les enfants regardent, fascinés. Taliesanic impose ses mains sur la tête de Quelf. Puis il l'aide à se relever debout tout en souriant. Elle se tient devant lui. Il lui fait une accolade très cérémoniale. D'un geste sacré, avec ses deux mains Taliesanic présente à Quelf une serpe dorée prononçant une formule magique. Quelf est radieuse. Les enfants maintiennent un silence respectueux et admiratif.

--- OOO ---

Pendant que les garçons se reposent et que l'aube s'étire à l'horizon, Quelf et Sofia discutent auprès du feu qui les fascine.

- Sofia, il y a une partie de ma vision qui te concerne personnellement : mes voix m'ont dit de garder une partie de cette vision pour toi seulement. Je te demande de bloquer ton canal télépathique sur moi.

Sofia détourne ses yeux du feu et regarde Quelf avec respect et attention. Quelf dépose son regard sur Sofia dignement. D'un hochement de tête lent et respectueux, Sofia signale son écoute. Quelf raconte, solennelle :

- *Je t'ai vu libérer Mannanan Mac Lir, le fils des Océans et son armée d'Anges de Lumière. Je t'ai vu, toi, avec l'aide de tes frères, ouvrir le portail. Oui je t'ai vu réussir, non sans peine cependant. Tu vivras des souffrances dans ton cœur et ce sont ces souffrances qui te donneront le courage dont tu auras besoin pour vaincre l'ombre. Tu es née des étoiles et tu es guidée par les Dieux.*

Puisant dans son sac, Quelf en ressort un gland, poli comme un bijou :

- *Tu vois ce Derve qui nous abrite, il a pris naissance dans un grain semblable à celui-ci. Je te le remets et demande aux Astres de faire grandir en toi le Derve sacré, avec la droiture, le courage et la générosité. Le jour viendra où tu sauras accueillir et protéger les êtres qui viendront à toi.*

Ne sachant que dire, Sofia demeure dans un étonnement total. Elle ne comprend pas toute la portée de ce que Quelf vient de lui annoncer. Dans un flash elle revoit ses trois années d'entraînement avec sa mamie, son papi, son oncle Patrick et sa tante Ming. Elle a entendu énoncer la prophétie la concernant, elle et ses frères par ses grands-parents.

Là, dans cet espace-temps, elle entend la confirmation de la prophétie de la bouche de cette druidesse en qui sa confiance est sans borne. Elle prend conscience de sa mission toutefois de nombreux éléments demeurent inconnus.

Sofia accepte avec déférence ce cadeau. Elle le sert dans sa main gauche et le porte à son cœur. Dans un mouvement de tendresse, elle se blottit dans les bras de Quelf qui l'accueille tendrement. Des larmes coulent sur les joues de Sofia.

--- OOO ---

Taliesanic salue le soleil levant puis médite.

Les triplés partagent les fruits secs de leur besace avec Taliesanic et Quelf. Après ce repas frugal, Taliesanic étend près du feu la peau souple de la nuit dernière. Il sort un petit sac de cuir de la besace qu'il porte à sa ceinture près de la serpe d'or. Cette serpe d'or ne le quitte jamais. D'un geste rapide Taliesanic répand des pierres sur la peau, son plateau improvisé. Surpris, William constate que les pierres plates de son sac magique ressemblent étrangement à celles étalées devant lui sur la peau de Taliesanic. Le druide le regarde avec affection.

- Ces pierres que les anciens appellent runes sont porteuses de la tradition des peuples du pays des glaces. Elles me furent données par un sage. Il y a quelque temps, mes messagers m'ont demandé d'en enterrer trois au pied du Derve sacré. Ces pierres me seront rendues le moment venu. Cette nuit mes messagers m'ont fait voir toutes les runes rassemblées.

Taliesanic observe William qui porte timidement la main à sa besace. Il sort les trois pierres manquantes. Tous sont fascinés. Comment ces pierres enterrées se retrouvent-elles dans la besace de William.

- C'est de la magie ! s'exclame Sofia

- C'est aussi un enseignement des Dieux, déclare Taliesanic.
- C'est un signe pour nous faire croire que nous ne rêvons pas, dit Cédric impressionné.
- Ouf! comment est-ce possible ? dit William décontenancé.

Taliesanic explique longuement aux enfants et à Quelf l'importance de ces pierres dans la croyance quotidienne des peuples du Nord. Il faut noter que le secret des runes ne se dévoile qu'à ceux et celles qui exercent l'art divinatoire. Seul un initié peut les utiliser avec sagesse. Taliesanic conclut en mettant toutes les runes dans le sac. Taliesanic se tourne vers Quelf et lui remet le petit sac de peau en prononçant ces paroles :

- Ces pierres sont maintenant prêtes à retourner servir le peuple de glace. Quelf, ces pierres sont à toi maintenant. Elles reconnaissent ta vibration et tu sauras entendre et comprendre leurs messages. Elles portent leur sagesse d'origine enrichie de notre sagesse celtique. Ces deux sagesses t'accompagneront toujours ainsi que ta descendance.

--- OOO ---

La libellule

La reconstruction du village de Bellinderry se poursuit depuis le départ des guerriers du Nord. Il y a maintenant trois jours. Orlaf a bien choisi les hommes qui doivent s'intégrer à la communauté de Bellinderry. Ces derniers collaborent activement avec énergie et robustesse. Ils sont forts et ne craignent pas le labeur. Shane, le chef celte, tout comme Orlaf, chef des hommes du Nord se sont engagés à traiter leurs hôtes avec respect et à bien les intégrer au sein de leur clan respectif.

Depuis le départ de Quelf avec la délégation d'hommes vers le pays des glaces, Sofia ressent une peine énorme. Elle ne peut retenir ses larmes. Elle sanglote et vie difficilement cette séparation.

- *Encore une autre perte ! pense-t-elle en suffoquant de douleur. Une de plus dans ma vie. Je n'ai que douze ans et me voilà le cœur meurtri comme une femme de cinquante ans.*
- Pourquoi l'univers s'acharne sur mon dos ? demande-t-elle à Taliesanic, pleine d'amertume et de désolation.

Ce dernier s'approche doucement et tel un grand-papa aimant, l'entoure de ses bras fermes et souples.

Sofia désire revoir ses grands-parents. Ils sauraient quoi faire et quoi dire en pareille occasion. Ils sont si bons pour elle et ses frères depuis le départ de leurs parents.

Sofia, n'en pouvant plus, se blottit dans les bras de Taliesanic.

- Ça me fait tellement mal Taliesanic que j'ai l'impression que le cœur va m'éclater dans la poitrine.
- Prends ton temps pour passer à travers ta douleur. Elle est présente comme un fer blanc qui brule dans ta poitrine. Elle s'estompera avec le temps. Pour le moment reste collé contre moi et respire doucement dit Taliesanic avec compassion.

Taliesanic garde Sofia collée contre lui. Il respire en même temps qu'elle pour lui permettre une détente autant corporelle qu'émotionnelle. Après quelques moments, Sofia se décolle doucement des bras de Taliesanic. Elle réalise que sa douleur est moins grande. Elle lève les yeux vers le druide en guise de gracias. Taliesanic la regarde tendrement, lui prend les deux mains sachant qu'il peut maintenant lui parler. Il lui dit :

- Ma chère enfant, je comprends ta peine. Elle part de ton cœur. Elle ne pourra se cicatriser qu'avec le temps. Toutes les pertes et les séparations que la Vie déposera sur ton chemin seront des roses de douleurs et de peines. Ces roses feront grandir cette grande force que ton cœur porte. C'est dans le sacrifice que la Terre portera de nouveaux fruits d'amour et de paix. Tu es celle qui marchera sur cette terre afin d'apporter un baume de soulagement aux souffrances de tes frères les humains.

Sofia entend ses paroles. Elle ne saisit pas la portée du message de Taliesanic, car elle est assaillie par le départ de Quelf, la druidesse amie, la conseillère et l'enseignante. Quelque part au sein d'elle-même Sofia se sent liée par le sang à Quelf. C'est inexplicable. Son intuition, cette petite voix l'incite à croire à ce lien du sang.

- Taliesanic, je ne comprends pas. Je vis quelque chose d'intense avec Quelf. J'ai l'impression que son sang coule dans mes veines. C'est mon intuition qui me dit ça. Et maintenant elle est partie... S.V.P. Taliesanic aidez-moi à comprendre.

- Oui ce lien existe. Il y en a un. Tu sauras le comprendre un jour. Pour le moment continu à croire à ton intuition c'est ton meilleur allié.

Sofia expire profondément. Son thorax si contracté depuis le départ de Quelf se détend.

--- OOO ---

Les trois gais lurons arrivent en courant auprès de Sofia et Taliesanic.

- Bonjour Taliesanic ! Bonjour la sœur ! Qu'est-ce que t'as ? T'as donc ben la mine défaite ? Qu'est-ce qui t'arrive ? As-tu perdu quelque chose ? William et moi, on ne t'as jamais vu comme ça… sauf à la mort de maman et papa.

Cédric, William et Aemonn sont étonnés de voir Sofia dans un tel état. Ils la connaissent comme une jeune fille forte avec une attitude de guerrière. Ils ne savent pas quoi faire, quoi dire, quoi penser…

Aemonn se tenant en retrait s'approche de Cédric et William.

- Qu'est-ce qui se passe avec Sofia ? Chuchote Aemonn intrigué par l'état émotionnel de la jeune femme devant lui.
- Est-ce que tu pourrais l'approcher et lui parler ? Toi le guerrier qui la fascine ! lui demande William. Après tout, à ses yeux, tu es un champion.

Aemonn rougit en entendant le commentaire de William.

- Vous pensez que je peux faire quelque chose pour elle ? Surpris de la demande de William. Moi en fait, je ne sais pas beaucoup parler aux femmes.
- *Femme ! Il la nomme déjà « femme » pensent simultanément Cédric et William.*
- *Wow ! Ajoute William, ma sœur une femme ! Elle a encore des croutes à manger.*

Le temps passe.

Sofia cherche sa broche en forme de libellule. Elle ne la trouve pas sur elle ou dans sa besace. Elle ne veut surtout pas réveiller les soupçons chez ses deux frères. Elle ne se souvient pas à quel moment elle l'aurait perdu. Elle ne veut pas vivre, sous aucun prétexte, dans cet environnement celtique. Même si son cœur bat la chamade pour Aemonn, elle n'accepte pas d'être coincée dans le temps. C'est très difficile pour Sofia de se sentir coincée. C'est comme si on lui enlevait toute sa liberté d'action, de penser et d'agir.

- *Où est-ce que je pourrais avoir perdu ma broche ?*

Taliesanic, entend sa question. Il sait à qui s'adresser pour que s'arrête l'inquiétude de Sofia.

Il lui dit :

- Rends-toi au bord de la rivière, près du moulin. Quelqu'un te rendra ton bijou perdu ou emprunté.
- *Je ne l'aurais pas perdu ? S'interroge Sofia en serrant les poings. Qui m'a fait ça pense Sofia. William est capable de faire ça pour me provoquer. Si c'est lui…*

Elle se dirige, rageuse, en courant vers la rivière et prépare sa revanche contre William.

Sofia est assise sur la roche près du moulin. Elle observe l'eau qui coule et songe comme sa vie lui ressemble. Les mouvements de l'eau lui rappellent ses soubresauts. Elle pleure doucement. Elle se penche pour ramasser un caillou lorsqu'elle entend Aemonn derrière elle lui dire :

- Sofia… Sofia… Sofia… ça va ? Il s'approche avec précaution.

Sofia se retourne prestement et lui lance :

- Où est ma broche ? C'est toi le voleur ? C'est toi qui m'as piqué ma broche en forme de libellule ? Moi qui pensais que c'était William qui me jouait encore un tour !
- Non, mais tu te prends pour qui lui crie-t-elle. Elle s'approche d'Aemonn avec les deux poings levés, prête à le frapper.
- Allez, réponds-moi ! lui crie Sofia en le saisissant par la tunique.

Tout en reculant de deux pas, surpris, Aemonn pense :

- *Les femmes de notre clan ne parlent pas comme ça aux hommes !*
- Eh bien, si les femmes de ton clan ne disent pas ce qu'elles pensent, c'est complètement l'inverse chez mon peuple à moi. Tu connais ma pensée, je n'aime pas les tricheurs, ni les voleurs dit Sofia avec rage.
- *C'est vrai elle lit dans les pensées ! Oh ! Là ! Là ! s'exclame le guerrier celte.*
- J'ai besoin de cette broche pour retourner chez mon peuple, continue Sofia en le frappant sur la poitrine.
- Est-ce que tu comprends ajoute-t-elle en le foudroyant du regard.
- Est-ce que tu m'as volé cette broche pour me garder auprès de toi ? Demande Sofia en le ramenant fermement sur elle, les deux mains tenant solidement sa tunique.

Intimidé par la proximité et le regard intense de Sofia, Aemonn avoue d'un léger signe affirmatif de la tête, bouche bée et les yeux grands ouverts. Sofia se sent rougir tout à coup. Elle éclate de rire après un long silence. Elle réalise le comique de la situation. Aemonn, ce grand gaillard, reste étonné et inconfortable.

Aemonn, délicatement, prend les mains de Sofia et se dégage. Il la regarde dans les yeux avec beaucoup d'affection. Sofia détend ses muscles. Sa colère s'atténue.

- Oui ! Dit Aemonn avec désolation, Oui ! Je veux te garder avec moi et faire de toi ma compagne de vie. C'est ce que mon cœur me dicte, ajoute Aemonn avec conviction et fermeté.

- Aemonn, répond Sofia le regardant dans les yeux avec tendresse. J'ai les mêmes sentiments à ton égard. Je te regarde et je ressens toute ta vigueur, ta force et ta dignité. Tu seras un chef d'une grande bravoure. Tu seras un grand chef pour ton peuple. Je ne peux pas rester auprès de toi et auprès de ton peuple.
- Je t'aime Sofia, princesse d'un autre monde dit Aemonn avec intensité et tristesse.
- Je t'admire Aemonn, guerrier pacifique et chef du clan des Bellinderry. C'est un honneur pour moi de t'avoir rencontré et côtoyé avec les tiens.

Les deux adolescents intemporels se rapprochent doucement. Aemonn la serre dans ses bras déjà musclés et protecteurs. Elle se blottit, câline et confiante. Un baiser scelle leur affection dans le temps.

Le moment magique passé, Aemonn remet la broche à Sofia qui la récupère avec soulagement.

- Ouf ! Merci, dit-elle avec un sourire radieux.
- Je sais que tu dois retourner chez ton peuple. Je désire te remettre un cadeau. Est-ce que tu acceptes ?
- J'en serais honorée, toutefois je ne peux apporter quoi que ce soit avec moi souffle Sofia.
- Je désire te donner ce petit bracelet de cuir que m'a remis ma mère avant de nous quitter. Il porte en son centre le sigle de notre clan : la triskèle. Je sais que tu le porteras à ton poignet avec autant de respect que j'en ai en te l'offrant.
- Aemonn, je ne peux accepter, car ou je vais, ces objets ne peuvent pas suivre. Par contre je note tous les détails de ce bracelet et lorsque je serai de retour dans mon monde je m'en fabriquerai un semblable avec une triskèle en son centre. Ainsi, ce sera plus qu'un souvenir dit-elle avec émotion. Ce sera mes « moments cadeau » au-delà du temps et de l'espace

Sofia regarde Aemonn intensément. Elle fixe dans son cœur, son âme et son cerveau tous les traits de ce grand gaillard celte. Il est scanné comme elle sait si bien le faire.

- Avant de partir, Quelf m'a remis un gland de votre arbre sacré. Je ne peux apporter ce gland avec moi pour les mêmes raisons que je ne peux accepter le bracelet de ta mère. J'espérais le mettre en terre avec toi, dans un endroit propice pour que tu puisses le voir grandir. Lorsqu'il aura grandi et que tu seras le chef de ton clan, tu viendras te reposer sous son ombre.

Aemonn la regarde, puis brusquement se lève, la prend par la main et court à la rivière.

- Plantons le gland sur ce monticule près du moulin. J'aime venir ici et regarder la rivière et y pêcher le poisson.

Sofia grave en sa mémoire cet espace et les environs. Aemonn dépose le gland dans un trou creusé avec leurs mains, en silence et dans le recueillement.

--- OOO ---

Tous les deux retournent, complices, vers le centre du village. Cédric et William sont au comble de la joie lorsqu'ils voient revenir leur sœur avec Aemonn.

- Aemonn a réussi mentionne Cédric à son frère. Il a su quoi dire à notre sœur Sofia.
- Ça me soulage, répond William, car il avait entendu la réflexion à son égard l'accusant d'avoir volé sa broche en forme de libellule.

Taliesanic, assis près de la hutte du chef de clan, se contente de demeurer immobile. Il observe et garde dans son cœur d'homme sage, cette démonstration d'amour juvénile et pur entre Sofia et Aemonn. C'est un baume rafraichissant après tant d'émoi, de batailles et d'intrigues.

--- OOO ---

Cédric et William observent l'activité fébrile dans le village. La vie se réorganise. Il faut compléter la reconstruction, reprendre confiance, s'ajuster à ce qui est réel, conscient que l'inconnue nous guette toujours. Le passé n'est plus. Tout comme la flèche dans la cible a donné son résultat lequel ne peut être changé. Demain, n'existe pas, par contre tout est possible. Seul compte véritablement, la réalité du moment, avec ses possibilités, ses ressources, ses contraintes. Les choix du moment sauront préparer l'avenir.

Et notre avenir, que nous réserve-t-il ? Demande William à son frère.

Les deux frères essaient d'établir le lien entre ce qu'ils ont appris et la prophétie. Ils savent que leur préparation ne fait que débuter. Sofia aura un rôle particulier, encore imprécis. Il faudra voir avec papi et mamie.

- *Tu sais William, intervient Cédric, tu sais comment Sofia peut être imprévisible ?*
- *Ouais ! des fois cela devient même très compliqué, mentionne William. Surtout quand elle n'est pas d'accord avec nous ou bien qu'on résiste à ses idées quétaines…*
- *Je pense que tous les deux on devra la surveiller sans qu'elle s'en rende compte et sans commettre d'indiscrétions. Tu sais je la trouve vite pour deviner et sauter aux conclusions, dit Cédric*
- *Ouais ! et en plus son intuition est très forte, ajoute William.*

Cédric et William poursuivent leurs réflexions. Ils valident leur compréhension réciproque des enseignements reçus de Taliesanic. Ils sont aussi très fiers de leur contribution aux évènements. Taliesanic observe les deux gars avec un sourire affectueux.

--- OOO ---

Le vol de retour

Le jour est déjà très avancé lorsque, tous les trois, Cédric William et Sofia entendent LYKA :

- *Il est temps de repartir. Accompagnez Taliesanic, il vous guidera vers la clairière où nous vous avons laissés.*
- *Les enfants, transmet Taliesanic, venez me joindre à la hutte de Shane. Je vous y attends.*

Les triplés arrivent à la hutte. Taliesanic est en conversation privée avec Shane. Turlough, Aemonn et ses trois sœurs sont également présents. En voyant les triplés dans l'entrée de la hutte, ils les saluent. L'atmosphère est plutôt à la tristesse. Chacun sait que le départ est imminent.

- Je suis triste de te voir partir dit Sinead en s'approchant de William et l'embrasse avec affection.

    William rougit et accueille son geste en silence.

- Nous sommes également tristes de te voir quitter notre clan dit Turlough à Cédric en lui tendant l'avant-bras droit pour le saluer comme le font les guerriers : les poignets et les mains se touchent simultanément.
- Est-ce que je peux te parler seul dit Aemonn à Sofia en l'amenant dans le coin de la hutte.
- Oui ! bien sûr ! répond Sofia en le suivant.
- Je te garderai toujours dans mon cœur de chef et de guerrier souffle Aemonn aux oreilles de Sofia.

- Je fabriquerai le bracelet en cuir en souvenir de ton nom et de ta grande force. Je vais toujours le porter, je te le promets.

Les deux adolescents s'enlacent tendrement à la vue de tout le monde présent dans la hutte.

Taliesanic et Shane observent et apprécient la démonstration d'amitié entre ces jeunes gens.

William vérifie sa libellule en la touchant, voit celle de son frère et demande à Sofia :

- *Sofia, je ne vois pas ta libellule, où est-elle ?*

Sofia fouille dans sa besace, la sort et la fixe à son sayon.

- *Voilà dit-elle. Ne t'inquiète pas, je l'ai.*

Après les salutations d'usage, les invités se regardent intensément en fixant tous les détails de ces Celtes. Ils s'éloignent respectueusement. Cédric, William et Sofia remercient Shane le chef de clan, Turlough le maître d'armes, Aemonn le fils courageux et Sinead la grande protectrice ainsi que ses sœurs Aisling et Ciara. Les trois sœurs enregistrent le souvenir du passage de ces triplés : leur courage, leur volonté et leur grande force.

Taliesanic heureux, réclame d'être suivi par les triplés. Ils restent silencieux. Ils se dirigent vers la clairière du Derve Sacré. La brume se répand dans cette nuit qui débute. Taliesanic regarde la nature qu'il honore et dit à voix basse :

- *Mission accomplie, je peux partir quand tu voudras Danna !*

--- OOO ---

Malgré la brume ambiante, la clairière arbore une luminosité particulière,

- La piste d'atterrissage est illuminée, émet William, avec un sens de l'humour particulier à lui-même.

- Piste d'atterrissage ? questionne Taliesanic, intrigué par ce terme.

Les triplés s'éclatent de rire en même temps.

- En notre temps nous avons de gros oiseaux de métal qui déplacent les humains sur de grandes distances, dit Cédric. Ils ont besoin d'espace pour se déposer sur la terre. Et la nuit ils ont besoin que ces espaces soient éclairés.
- Ah ! Je vois, dit Taliesanic souriant peu convaincu…

Les enfants ressentent la présence des dragons à proximité. Tous prennent Taliesanic dans leurs bras avec affection.

- C'est l'heure de votre départ. Je vais m'asseoir près du Grand Derve et me reposer. Soyez bénis et que les Dieux vous protègent. Awen…

Par magie, Taliesanic s'endort éternellement auprès du Grand Derve. Les triplés d'un geste simultané tapent leur libellule par trois fois :

- Dragonfly ! Dragonfly ! Dragonfly !

LYKA, MARA et DYRA apparaissent à l'instant même.

Cédric, William et Sofia jubilent de joie et vivement sautent à califourchon sur leur monture. Ils serrent le cou de leur dragon respectif. Ils ressentent l'affection de ces compagnons ailés. Ils sont complices de leur aventure.

- *Nous retournons chez vos grands-parents ? questionnent les dragons en rigolant.*
- *Yes… Répondent les enfants en chœur, émus.*
- *Bravo à chacun de vous déclare LYKA. Vous avez franchi votre première épreuve avec brio. Vous êtes toujours en vie...*

--- OOO ---

Le voyage de retour se passa sans incident. Ils sont heureux de retrouver leur environnement. Ils reconnaissent les monts Stokes et le jardin de leurs grands-parents.

- *Enfin ! respirent les aventuriers avec soulagement.*

Les dragons remarquent que les enfants ont amorcé leur aventure, anxieux et perturbés, et maintenant, ils reviennent confiants, enthousiastes et prêts pour d'autres aventures.

--- OOO ---

- Vite Thomas ! les voilà ! lance Louise tout en se précipitant vers le jardin.

Cédric, William et Sofia ont l'impression d'avoir vécu un rêve. C'est magique, en l'espace de deux heures en temps réel auprès de Louise et Thomas, ils ont vécu près de dix jours en terre celtique.

--- OOO ---

Nostalgie : Vie à la campagne

Les jours s'écoulent rapidement autour de tous les travaux à exécuter sur la fermette estrienne de Thomas et Louise. Les enfants profitent de toutes les opportunités pour pratiquer leur don de télépathie avec plus d'intérêt et d'acharnement. L'expérience avec leur dragon a mis en évidence la nécessité de développer cette capacité de communication entre eux. Ils ont beaucoup appris, toutefois il leur faut maintenant devenir inconsciemment compétents. Thomas et Louise sont conscients de leur mission. Ils endossent leur responsabilité et demeurent vigilants. Ils profitent de toutes les occasions pour développer les dons de leurs trois petits-enfants.

À cet égard, tous les défis sont mis à contribution. Depuis quelques semaines les enfants sont invités à entrer en contact avec tous les animaux de la fermette : les cochons, les poules, les chevaux, les chats, les oiseaux et lorsque l'occasion se présente les renards ou les chevreuils qui daignent se reposer à l'abri des arbres et arbustes du terrain.

Ce matin, Sofia cherche à saisir le langage des poules. Elle entend des caquètements venant de la fermette du voisin, face à la propriété de papi. Elle porte une attention particulière à ce caquetage qui n'arrête pas. Elle tend l'oreille et décide de s'y rendre.

- *Mais ce sont des poules qui s'égosillent. Qu'est-ce qu'elles ont à crier ? Est-ce que quelqu'un est en train de les égorger ?*

Descendant la pente de l'entrée de cour de ses grands-parents, elle arrive sur les lieux. Personne dans les environs. Ils sont tous au travail.

Sofia se dirige vers la grange dont les portes sont grandes ouvertes. Une poule se faufile entre ses jambes en s'épivardant. Un coq la poursuit intensément. Elle semble infirme. Une patte glisse sous son poids de plumes blanches.

- Oust ! Oust ! laisse-la, disparait espèce de coq de bassecour, arrête de pourchasser cette pauvre p'tite poule blanche. Lâche-là. Laisse-là tranquille crie Sofia en chassant le coq brun à la queue verdâtre.

Sofia s'approche de la poule doucement tout en essayant de la prendre par le corps. La poule tente de fuir du mieux qu'elle peut.

- *Oh lala !... C'est donc ça !... Tu as une petite patte blessée. Pauvre cocote. Laisse-moi t'aider. Tu sais je suis capable de te remettre en forme. Je l'ai déjà fait avec notre chatte Mimi. Elle s'était battue avec un chat jaune et sa patte était en très mauvais état. Ma grand-mère m'a dit de me faire confiance et de déposer mes mains sur la blessure. Tu sais cocote, ça marché après quelques minutes passées auprès d'elle. Mimi s'est léchée la patte et est repartie en ronronnant. Laisse-moi faire. Je sais comment déposer mes mains. Je ne sais pas comment ça marche, mais ça fonctionne.*

La poule blanche se laisse approcher. Sofia se penche et la prend doucement. Puis, s'assoyant par terre elle pose ses deux mains sur la patte gauche recourbée sous le plumage. Durant plusieurs minutes la poule demeure sans bouger hormis sa tête qui tourne de gauche à droite. Tout à coup elle bat des ailes signifiant qu'elle veut partir. Sofia la dépose et rapidement la poule s'éloigne. Elle allait déjà beaucoup mieux.

Pendant qu'elle revenait vers la maison, Sofia pense :

- *Décidément, moi et les poules, ce n'est pas mon dada, je n'arrive pas à saisir leur caquètement. Tout de même, je suis en mesure de deviner leur prochaine pondaison. Cela me plaît beaucoup... J'aime les bons œufs frais, hum...*

Un flash traverse son esprit, elle se souvient tout à coup de son papa Marc. Elle le revoit au poêle, cuisinant des crêpes succulentes, servies avec du sirop d'érable délicieux. Quelle nostalgie, des larmes brouillent son regard un instant, des pensées se bousculent dans son esprit et lui serrent le cœur :

- *Déjà presque quatre ans que tu es parti papa. Tu me manques. C'est incroyable comme le temps passe vite. Quand maman est partie après toi, j'ai pensé que je ne passerais pas à travers. Je voulais mourir sur place, à l'hôpital, tellement le cœur voulait m'éclater toi et maman vous me manquez tellement.*

Sofia demeure songeuse. Elle affiche une moue de tristesse alors qu'une larme coule sur sa joue gauche.

- Sofia ? Crient les garçons, où es-tu ? Qu'est-ce que tu fais ? Nous avons besoin de toi pour solutionner un problème ?

Les garçons cherchent partout. Tout à coup ils aperçoivent leur sœur remonter le chemin en gesticulant les bras en l'air.

- J'ai deviné votre question plus vite que je le faisais lorsque nous étions avec les Celtes lance-t-elle excitée. Wow ! C'est cool ! Je suis enfin arrivée à de l'instantanéité. Je suis cool ! s'exclame-t-elle en arrivant à la hauteur de ses frères.
- Ne capote pas la sœur ! répliquent les deux garçons. Nous aussi on a augmenté notre capacité et notre puissance télépathique. On est beaucoup plus forts que lorsque nous étions tous les trois chez les Celtes. C'est incroyable ce que ce séjour-là nous a apporté. Je commence à croire ce que nos dragons nous ont dit avant de nous laisser dans cette forêt hostile, réplique Cédric pensif tout à coup.
- Nous nous sommes attardés aux chevaux. Ce sont des animaux extraordinaires. Ils collaborent très facilement. Ils ont un langage des plus amicaux. Par contre, ils sont hésitants vis-à-vis nous les humains. Ils disent qu'ils nous voient beaucoup plus gros que nous le sommes.
- La réponse à votre question, selon moi, c'est papi qui a l'information. Il a tellement de livres sur le sujet qui vous

intéresse que je suis persuadée qu'il illuminera votre pensée, dit-elle narquoisement, le nez en l'air.

- Tu continues à lire dans nos pensées ? questionnent les deux garçons. Attention à l'indiscrétion la sœur. Nous ne sommes plus en terrain hostile souligne William qui se sent toujours épié par sa sœur.
- Ça suffit, ça m'est venu automatiquement, réplique Sofia avec fermeté. Je n'y peux rien, moi, si je suis plus vite que vous deux. Ç'a donné des résultats lorsque nous étions avec Aemonn, son père, le druide Taliesanic et Quelf, surtout en devinant ce que leurs ennemis pensaient. On a tellement été aidant rajoute Sofia avec ses yeux enjôleurs.
- Oui ! c'est vrai, répondent Cédric et William, les yeux dans les airs comme pour dire que c'est tannant les filles... Ça veut toujours avoir raison...

Les trois se précipitent vers la maison.

- Papi, mamie, où êtes-vous ?
- Où es-tu mamie Louise ? Crie Cédric suivi de son frère en franchissant le seuil de la porte de derrière.

Ils ne sont pas dans l'entre-deux. Cet endroit où l'on retrouve les vêtements de travail pour les champs et les deux congélateurs pour recevoir de la nourriture provenant des récoltes d'automne. C'est à cet endroit que mamie garde les conserves qu'elle cuisine : confitures, ketchup vert et rouge, petits cornichons sucrés et amers ainsi que les betteraves dans le vinaigre que papi Thomas affectionne particulièrement. Il les déguste en mangeant les tourtières traditionnelles de Louise.

- Nous sommes ici lancent les deux grands-parents, dans la bibliothèque des mystères comme vous avez l'habitude de l'appeler.
- William et moi, nous avons une question pour vous deux ?

Sofia bouscule ses frères en entrant dans la pièce :

- Moi aussi je veux savoir.

- Attention, ma belle-fille dit mamie gentiment en retenant sa petite fille par le bras. On se calme le « pon-pon » il y en a pour tout le monde…

Sofia s'excuse auprès de ses frères à la demande expresse de papi Thomas.

- Qu'elle est votre question ? Demande papi en les regardant dans les yeux. Que voulez-vous savoir exactement ? Je sais que ça concerne la télépathie. Si je veux vous donner la réponse exacte, je me dois d'être attentif à tous vos mots, à votre gestuelle, à vos intonations de voix.
- Papi, la dernière fois que j'ai regardé les livres dans ta bibliothèque, je me suis attardé sur un qui parlait de la transmission de la pensée, poursuit Cédric.
- Un vieux livre tout usé avec des fiches collées à l'intérieur ? Questionne papi, en essayant de visualiser ce dont Cédric veut parler.
- Euh ! Je ne sais pas s'il a des fiches à l'intérieur sauf que j'ai retenu le titre et le nom de son auteur : Émile Hureau : *De la Télépathie Étude sur la Transmission de la Pensée, 1920*.
- Oui ! Oui ! Oui ! Je sais lequel dont tu veux parler. Attends je le retrouve sans trop de difficulté je crois !

Ses doigts longent tous les livres, un par un, il les touche avec tellement d'affection comme s'ils étaient faits de soie. Sa délicatesse envers tous les complices de ses pensées émeut les enfants qui le regardent les passer en revue comme un général face à ses soldats enlignés pour une inspection importante.

- Voilà ! Je l'ai ! s'exclame-t-il avec joie. J'aime ce livre, c'est un trésor, c'est un coffre à outil merveilleux ! Je l'utilise régulièrement lors de mes rencontres avec les étudiants en communication, à l'Université.
- Qu'est-ce que vous voulez savoir ?
- Je veux savoir comment fonctionne la télépathie, répond Cédric. Comme tu dis Papi, c'est plus facile de retenir ce que l'on comprend.
- Êtes-vous prêt à entendre ce qu'il a à vous dire sur le sujet ?

Les enfants s'installent par terre, les jambes croisées à la manière des Amérindiens. Ils sont attentifs et désirent surtout comprendre la mécanique du phénomène de la communication non verbale ; même s'ils l'ont expérimenté d'emblée en terre celte, ils veulent en comprendre le fonctionnement.

Papi lit ce qui suit :

- Le cerveau émet des ondes particulières plus complexes, qui constituent une pensée qu'un autre cerveau en harmonie avec le premier peut recevoir. Aussi des exemples de télépathie se produisent le plus souvent entre des êtres liés par la sympathie, entre une mère et son enfant, des frères et des sœurs, entre jumeaux surtout.
- Encore plus si c'est des triplés comme nous intervient Sofia avec assurance et conviction. Ce que nous vivons le prouve.
- Bien sûr, ajoute mamie.

Papi poursuit :

- Les vibrations de la pensée se propagent dans l'éther ce fluide subtil, expansif, idéal, qui remplit les espaces. C'est le milieu, le moyen de transport de toutes les vibrations : de la chaleur, de la lumière comme de la pensée.[15]
- Jusqu'ici, ça va ?
- On a tout compris même le mot éther disent les enfants avec fierté.
- Je sais que vous êtes des enfants érudits pour votre âge. Je suis vraiment impressionné par votre curiosité intellectuelle. Je sais aussi que les ordinateurs sont très efficaces et utiles dans vos recherches.

Papi résume sa lecture en quelques phrases.

- Ce que vous devez retenir c'est que chaque son possède une vibration. De même, les pensées ont aussi une vibration et lorsqu'elles sont projetées avec intensité, elles peuvent être transmises sur une très longue distance. En Australie et en

---

[15] Hureau page 5

Afrique du Sud, les autochtones sont connus pour leur capacité de communiquer sans instrument sur une très longue distance. Par la pratique une personne peut développer l'habilité de transmettre une image avec beaucoup d'efficacité. L'expérience en laboratoire nous a démontré qu'une personne a transmis par la pensée une image à une autre personne située dans un autre lieu.

- Je veux faire le test ! dit William.
- En temps voulu vous vivrez tous cette expérience, ça fait partie de votre programme d'entraînement annonce papi.
- Hureau nous dit : que dans notre orgueil, nous les humains, nous nous attribuons les pensées, nous voulons nous croire les créateurs, les propriétaires. Cependant nous les avons prises au vol, dans l'océan infini des connaissances où règne le plus parfait communisme, tout le monde y puisant gratuitement.[16]

De nouveau il demande à ses petits-enfants de quel océan il est question dans le texte. Sofia, plus rapide que ses frères pour donner des réponses dit :

- C'est vrai tu nous en avais déjà parlé, je crois qu'on a eu une petite fuite d'attention à ce moment-là. Nous étions en satellite comme tu le dis si bien…
- Vous me faites vraiment rire. C'est vraiment agréable de vous avoir à nos côtés ricane papi.

Thomas s'arrête un moment, regarde Louise avec affection et gratitude, il ajoute :

- Avec la perte de vos chers parents, l'Univers nous a donné un cadeau inestimable, votre venue chez nous. Je vous le dis de tout mon cœur. Vous êtes un véritable cadeau pour nous.

Thomas demeure pensif.

Les enfants et mamie Louise le laissent vivre ses émotions. C'est plutôt rare d'entendre papi communiquer ses émotions,

---

[16] Hureau page 6

notamment sur le sujet de la perte de sa fille Marion et de son gendre qu'il affectionnait comme son deuxième fils... Les enfants ne l'ont jamais vu pleurer ni se mettre en colère contre la vie, contre les intervenants médicaux ou le Créateur de toute chose... Il a donné l'image d'un homme fort, prêt à relever n'importe lequel défi incluant la charge de l'éducation de ses trois petits-enfants. Machinalement, il essuie ses yeux avec le revers de sa manche. Il regarde ces enfants avec amour et les remercie de lui avoir donné le temps de respirer.

Depuis qu'il médite quotidiennement, papi apprend à maîtriser ses émotions pensent les enfants en respectant son silence. Cependant il y a des boules au niveau de la gorge qu'on ne peut dissimuler indéfiniment. Elles doivent se crever et libérer tout le stress emmagasiné à son intérieur. Papi vient de le faire et tous sont contents pour lui.

Louise, Cédric, William et Sofia se regardent et constatent qu'ils ont pensé la même chose en même temps. Ils se sourient, les yeux plissés de plaisir et le pouce de la main droite en évidence, en signe de connivence.

- *Comme leur aventure avec les dragons les a tellement propulsés dans le monde des pensées pense Thomas avec beaucoup de respect pour ses trois petits-enfants. Ils intègrent les enseignements à la vitesse de l'éclair !*

Mamie, témoin de leur joie subtile, les enveloppe de ses bras avec tendresse. Papi reprend ses énoncés sur la télépathie avec un rythme différent.

- Avez-vous besoin de plus d'explications sur les termes employés ici dans le texte ? Demande papi avec des yeux de professeur averti quand les élèves semblent perdus dans le champ.
- Écoute papi, répond Cédric nous chercherons plus tard la signification du terme « glande pinéale » ou peut-être que mamie nous fournira la réponse, elle qui a professé dans le milieu médical pendant plusieurs années.

- O.K., ajoute William et Sofia empressés d'en savoir plus sur le mécanisme que sur les termes du texte.
- D'accord, répond papi, vous demanderez cela à Louise ou à votre ordinateur !
- Une fois l'organe télépathique suffisamment développée, comme dans certaines cultures anciennes, nous recevrons les ondes de pensées par la glande pinéale comme nous recevons les ondes sonores par le tympan.
- Pour pratiquer la télépathie, deux conditions sont nécessaires : la concentration et l'extériorisation de la pensée chez l'émetteur lequel dirige sa pensée avec persistance vers le but choisi ; ainsi qu'un récepteur avec un degré suffisant de sensibilité. Le succès dépend de la persévérance de la personne, de son énergie, de sa conviction et de sa capacité d'effort mental ou d'une complicité sans faille.
- Si j'ai bien compris, parce que nous sommes des triplés, ça nous avantage fortement ! insiste William. Si tu savais jusqu'à quel point ça nous a été utile pendant notre dernière aventure avec les dragons… Il regarde son frère et sa sœur avec des yeux de complicité et de fierté.
- Tu as absolument raison Will soutient papi. Vous êtes bénis des Dieux !... Ne l'oubliez pas ! On raconte, dans les livres anciens tels les livres sacrés de l'Inde, que les dons que vous possédez présentement étaient présents chez les premiers humains. Ils les avaient tous. Nous devons les redécouvrir à nouveau. C'est pour cela que vos dragons vous font vivre tous ces voyages. De fait, c'est pour que vous mettiez en pratique votre don de télépathie ; peu importe les circonstances.

Papi pense qu'ils en ont assez pour aujourd'hui. En conclusion :

- Comme vous voyez, vous avez appris à utiliser efficacement la télépathie. Vous êtes capable de mieux vous protéger contre tous les dangers. Vos dragons et Taliesanic le druide vous ont sûrement initié à plusieurs de ses formules de protection.

- *Ils ont le regard nostalgique, note mamie. À quoi songent-ils présentement. Je peux atteindre une partie de leur pensée, cependant, il semble y avoir un mur infranchissable présentement.*

Les trois triplés sourient à leur mamie et se précipitent vers la cuisine où les attend un délicieux goûter.

L'année scolaire avance à grands pas, ils ne sont plus qu'à deux semaines du début.

--- OOO ---

Histoire de famille

- Mamie, tu devrais prendre du temps pour nous raconter l'histoire de ta famille. Tu nous as dit que c'est très important de savoir d'où l'on vient, de connaître notre généalogie, surtout pour moi insiste Sofia.
- C'est vrai, je te l'avais promis, c'est un bon moment, surtout que l'année scolaire recommence dans quelques jours. Allons dans la bibliothèque des mystères nous y serons beaucoup plus à l'aise. D'ailleurs, j'ai besoin de mon livre pour accéder aux détails de mon histoire.

Sofia, William et Cédric s'installent confortablement sur le divan en cuir noir.

- Cette histoire relate mon histoire et celle de mes ancêtres. Elle te concerne Sofia, elle concerne votre mère Marion, me concerne moi aussi ainsi que ma mère, ma grand-mère et toute une lignée de femmes extraordinaires qui les a précédées. Elles étaient, tout comme toi et moi le sommes, des sorcières blanches.
- Quoi ! Des sorcières blanches ! Et nous alors ? Questionne William fixant sa mamie avec des yeux pointus.

Mamie sourit à Cédric et William et dit :

- Vous allez connaître qui vous êtes réellement le moment venu.
- Laissez-moi vous raconter plus spécifiquement l'histoire de la famille d'une femme venue des Pays du Nord : les Vikings, les Nord Mans.

Les enfants se regardent d'un air surpris. Ils froncent les sourcils, ils émettent un son en commun : hum !...

Louise se dirige vers une section de la bibliothèque des mystères. Elle retire de l'étagère du milieu un grand livre rouge. La dorure indique une fatigue à l'usage du temps. Plusieurs mains ont touché ce livre. Les enfants remarquent que mamie manipule le livre avec beaucoup d'attention et de respect. En ouvrant le livre Cédric, William et Sofia notent les feuilles jaunies par l'âge. C'est le livre de ses ancêtres. Ce livre est très précieux. Sur la couverture de cuir, nous retrouvons des armoiries : celle de sa famille, les Mans. Les armoiries consistent en un chêne ayant cinq branches importantes, beaucoup de feuilles et cinq glands qui pendent. Les racines sont elles aussi au nombre de cinq, très largement enracinées dans la terre. Les armoiries d'origine étaient en bronze massif. Elle feuillette délicatement les pages et trouve enfin la section concernant l'histoire d'Islanda.

L'émotion est palpable.

- C'est un livre magnifique ! J'aime « l'écusson » sur le dessus du livre ! s'exclame Sofia.

Puis coupant la vibration afin que Louise ne puisse la deviner elle se dit :

- *Est-ce le même symbole que j'ai aperçu chez Quelf ?*

Elle entend mamie qui la ramène à la réalité *:*

- Voilà ! Commence- telle. Je vous la raconte telle qu'elle est écrite et comme me l'a racontée ma grand-mère maternelle. Elle était une Irlandaise de souche.

Mamie entame le récit épique de ses ancêtres avec beaucoup de respect, de fierté et de joie.

Le roi est mort. Kandar le Preux, grand guerrier et explorateur est décédé. Ses blessures graves obtenues lors de la dernière expédition sur le littoral de la mer du Nord l'ont vaincu. Son épouse, prêtresse et mère complète le rituel.

- Algard dit la Brute est choisi pour lui succéder. Il rêve de conquêtes et de richesses. Il est rusé, parfois perfide et n'abandonne jamais. Il pulvérise tout obstacle à ses ambitions.
- La discussion est terminée, Islanda part avec nous.
- C'est qui Islanda demande Sofia, attentive et curieuse de connaître l'importance de ce personnage.
- Attendez, dit mamie laissez-moi continuer.
- J'en étais où déjà ? Ah oui ! Islanda…

C'est ainsi que le nouveau chef de clan clôt la discussion très animée qui se déroule au lendemain des cérémonies funèbres. Islanda, la veuve et prêtresse du clan attend le verdict implacable du nouveau chef.

Algard dirige maintenant son peuple guerrier. Il ne supporte pas la contradiction et encore moins celle provenant d'une femme fut-elle prêtresse. Il attend depuis longtemps l'occasion de conquérir et de s'enrichir. Il est doté d'une force physique hors du commun et son orgueil n'a d'égal que l'ardeur à châtier et faire souffrir ses ennemies ou quiconque résiste à ses désirs. Kandar, le seul qui pouvait l'arrêter physiquement n'est plus et Islanda, qui sait comment influencer le clan doit être écartée. Elle doit être éloignée du clan. Elle doit disparaitre. C'est au tour d'Algard la Brute de régner sur le clan, sur la Côte, sur les mers.

- Nous partons à l'aube demain matin.
- Ah non ! ils ne vont pas l'abandonner quelque part s'écrit Sofia, le souffle court, indignée du manque de respect envers son ancêtre.
- Du calme ma belle, c'est l'histoire de notre ancêtre, en tant que femme de la lignée des sorcières blanches. Elle est courageuse, tu verras ce qu'elle va faire. C'est une grande leçon de foi, de détermination et de volonté de se battre. Je la considère comme un de mes mentors. Je lis souvent ce passage. Fréquemment, j'interroge Islanda avant de prendre une décision.
- Je peux continuer Sofia ?

- Oui mamie, c'est plus fort que moi, ma colère monte toute seule.
- Je comprends ta fougue et ta réaction cependant laisse-moi continuer :

Islanda, la nuit venue s'en remet à la loi des Vikings et prie les Dieux de protéger le peuple et sa fille Yolanda. Algard l'a remis sous la responsabilité de la princesse Awan, sa mère. Yolanda doit être préparée à son travail de guérisseuse du corps et de l'âme selon la tradition qu'impose Algard.

Algard, en réunion avec sa garde personnelle, partage ses intentions. Il leur dit :

- Nous sommes des Vikings ! Notre destiné est de conquérir, d'être les plus forts et pour cela nous devons être craints. Islanda parle depuis trop longtemps d'amour et de paix à notre peuple de guerriers. Nous ne devons pas cesser nos combats. Vaincre ou mourir. Voilà ma loi. Les peuples doivent nous respecter et seule la force mérite le respect. Kandar le Preux faiblissait sous l'influence d'Islanda. Il voulait cesser nos expéditions, non ! Nous sommes Vikings et Odin est avec nous. Pour survivre, c'est à nous d'être les plus forts, les plus craints, les plus riches. Islanda doit disparaitre… Elle empoisonne l'esprit de nos guerriers avec ses messages de paix. Nous sommes faits pour nous battre et conquérir. Si pour cela il faut massacrer et piller, alors soit, c'est notre destin. Islanda doit disparaitre et, par Odin, nous trouverons le moment propice.

Les enfants écoutent attentivement, les poings serrés. Mamie observe leur tension. Elle poursuit sa lecture.

Le ciel étoilé, tel la voute d'un temple majestueux accompagne de sa lumière les pensées d'Islanda ; cette femme aux talents et aux dons extraordinaires. Islanda veille. Les aurores boréales se métamorphosent dans un ciel émeraude. Soudain, le jeu de lumière dessine l'avenir. Islanda attentive est transportée dans l'univers des dieux. Elle entend. Elle comprend sa mission.

Elle accepte d'être le messager et de vivre l'exil qui lui sera imposé.

Le peuple craint la force brutale d'Algard. Islanda sait que ses prédictions, ses conseils, ses présages sont maintenant proscrits auprès du peuple. Il lui est défendu de parler au peuple, de parler à sa fille Yolanda, une adolescente de douze ans. Son déchirement est palpable. Elle sait ce qui l'attend. Vibratoirement, elle transmet à sa fille Yolanda courage et détermination. Elle sait que sa fille, issue d'une longue lignée de femmes de sagesse, est porteuse d'une succession de femmes aux pouvoirs universels et avec des capacités d'esprit sans limites.

Les triplés s'essuient le nez, les yeux embués.

- Attends mamie avant de continuer, s'il te plait. Renifle Sofia.
- Je suis tellement déçue du choc brutal que doit subir cette prêtresse à cause de cet Algard, la brute !

Cédric, William et Sofia respirent un bon coup. Ils regardent mamie qui avec un signe de tête lui indique de continuer le récit. Alors mamie reprend son livre qu'elle avait déposé sur la table et continue la lecture.

L'aube venue, les équipages des trois drakkars se sont embarqués. Dans le drakkar de tête, sans un mot Islanda transmet du regard tout son amour à sa fille Yolanda qui observe l'appareillage sous la surveillance d'Awan. Elle est retenue de force, car celle-ci ne peut retenir ses larmes, sa rage et son désir secret de rejoindre sa mère. Un jour c'est certain… Elle n'aura qu'à trouver le moment, la personne et le moyen pour arriver à ses fins. Elle doit atteindre les côtes de la Grande Ile, l'Eire, celle que son peuple a conquise.

La côte disparait lentement.

Les drakkars voguent sur une mer de plus en plus mouvementée. Ils se dirigent vers les territoires du Groenland, la destination imprécise.

Depuis des jours, les marins-guerriers s'affairent sans relâche face aux combats des vagues qui se projettent avec fracas sur leur vaisseau. Plusieurs s'inquiètent et craignent tout autant la puissance de la prêtresse que celle des flots. Islanda observe et son silence dérange. Huit jours durant elle ne dit mot. La tension est palpable.

- Terre! Terre! Terre! Lance la vigie.

Le chef et capitaine de cette expédition donne des ordres, brefs et fermes. Chacun s'affaire et agit avec force et adresse, insensible à la morsure de l'eau glacée. Ils connaissent l'importance de leur tâche de matelots. Ils connaissent les intentions de leur chef. Plusieurs craignent les conséquences de sa décision. On n'écarte pas impunément le messager du divin. Odin n'aime pas que l'on joue avec les Dieux...

- Enfin! Quelqu'un qui va intervenir! lance William content que ce personnage qu'est ODIN soit du côté de la prêtresse!
- Elle sera supportée par les Dieux cependant non pas comme vous le pensez les enfants. Attendez la suite.

Mamie poursuit son récit.

Seule la vague brise le silence. Elle tambourine sur les roches du rivage son cri d'alarme. Souhaite-t-elle la bienvenue à cette grande dame, ou bien prévient-elle les guerriers des conséquences de leur acte?

Aucun mot, pas même un regard n'est transmis. Un sac, quelques vêtements, quelques victuailles, des pierres à étincelles et un coutelas sont déposés, puis Algard la brute, le chef et capitaine de cette expédition et ses guerriers regagnent leur vaisseau. Rapidement les drakkars disparaissent à l'horizon. La prêtresse observe... Elle est exilée, isolée, bannie de son clan. Son cœur est en peine. Elle est craintive face à l'inconnu. Elle a toujours eu le support de tous les siens, elle n'a jamais eu le souci de s'occuper de son quotidien. D'après son statut de prêtresse, elle n'avait pas à se soucier de sa bouffe, de sa défense contre tout envahisseur, etc. l'incertitude l'habite et gagne du terrain.

Elle voit des images d'animaux sauvages, de peuples, sûrement guerriers, qui la questionnent au plus haut point. *Qu'est-ce que je vais faire toute seule dans un pays inconnu et sauvage comme sa végétation ?*

Son peuple n'a pas écouté l'appel du ciel, n'a pas écouté le message que lui a dicté la Sagesse infinie des dieux. *Le prix de son échec*, pense-t-elle, *c'est cette Terre nouvelle, inconnue, où le vent et les vagues compétitionnent pour se faire entendre, où l'horizon présente la dentelle des glaciers qui fondent et disparaissent.*

- Odin ! Es-tu toujours à mes côtés ? Aurai-je le courage et la force de vivre en exilée ? Qu'est-ce qui m'attend dans ce pays inconnu ?

Puis soudain elle entend une réponse à sa prière. Elle lève les yeux vers le ciel et reconnait le signe visuel de sa connexion avec le vrai, le grand Dieu Odin.

À voix haute, elle s'exclame :

- Dieu d'amour et de paix que ta volonté s'accomplisse.

Intérieurement elle se reconnecte avec sa Force :

- *Terre-Neuve je te salue. Que me réserves-tu ? Qu'elle sera mon sort et ma vie ? Tout est si étrange autour de moi. Je suis prête à rencontrer ma destinée. Je te remercie de m'accueillir.*

De tous ces guerriers aucun ne sait que cet exil prépare l'accomplissement d'une prophétie qui se réalisera un millénaire plus tard. Nous sommes alors en juin de l'an 1000.

--- OOO ---

Il règne dans la pièce un silence sépulcral… Les enfants restent estomaqués par la révélation de cette lecture… Ils font immédiatement des liens avec leur propre histoire en pays celtique…

- Ouf ! là je comprends la grande place qu'occupe la prêtresse guerrière que nous avons rencontrée lors de notre voyage, en pays celtes, sur notre dragon, dit Cédric.

William et Sofia approuvent d'un signe de tête, comme s'ils étaient encore là-bas, en cette terre celtique !

- Qu'est-ce que tu dis ? Cédric. Est-ce que j'ai bien compris ? Vous avez rencontré une prêtresse guerrière celtique ? Mais vous étiez où avec vos dragons pendant qu'on vous attendait patiemment papi et moi questionne-t-elle ?

Mamie attend une réponse.

- Hum ! Je n'étais pas au courant de ce « petit » détail soupire-t-elle. Ah ! Les Dragons Mages ! Y'en ont des tours dans leur « sac magique » ajoute mamie en pinçant son nez avec son pouce et son index de la main gauche, un réflexe d'interrogation.
- Oups ! On n'avait pas tout dit, chuchote William...
- Euh ! Oui ! renchérit Cédric. Nous avons traversé des centaines et des centaines d'espaces-temps avec nos amis les dragons. Ils ont la capacité de nous transporter à travers toutes les dimensions en un clin d'œil. Ce fut magique mamie. C'est incroyable ce qu'ils peuvent faire. Ils nous transmettent l'information télépathiquement à la vitesse de l'éclair. D'ailleurs ce fut fort aidant par moment, car nous t'avouons que des fois c'était assez dangereux. Pour mieux comprendre la langue de ces peuples celtiques... Heureusement qu'ils étaient présents pour nous traduire simultanément leur discours... tu sais mamie ce qui est cool c'est que personne ne pouvait les voir... Ils ont cette possibilité de transparence, s'il y a lieu, pour les besoins de la cause... complète Cédric fébrilement. William et Sofia supportent l'histoire de leur frère, il sait si bien le faire... pensent-ils.

Papi s'est rapproché en entendant ses trois petits-enfants. Il n'en revient tout simplement pas...

- *Ai-je bien compris, les Celtes ? Ils ont délibérément omis de nous raconter les passages tumultueux de leur périple avec leur dragon.* Pense-t-il.
- Oh là ! je crois important que vous nous mettiez au parfum, qu'est-ce qui s'est passé avec vos dragons chez les Celtes.
- *Hum… J'aurais aimé être là moi aussi pense papi avec un brin de nostalgie dans l'âme… Je me rappelle mes aventures d'autrefois lorsque j'avais leur âge : des aventures créées de toute pièce par mon imaginaire. J'étais le chef et le héros de toute une bande de guerriers amérindiens, je franchissais des obstacles à travers les monts et les vallées de différents pays, je faisais face à des monstres gigantesques venus d'autres planètes. …*

Thomas marmonne des paroles inintelligibles pour les enfants et pour mamie qui le regardent.

- Où es-tu papi ? demande Sofia. Qu'est-ce que tu marmonnes entre les dents ? On ne comprend pas ton langage ?
- Excusez-moi les enfants, interromps papi, j'étais parti dans mes souvenirs d'enfance.
- J'aurais aimé faire partie de votre aventure moi aussi. Je vous suggère de nous raconter toutes les parties importantes de votre voyage interdimensionnel c'est bien ce dont il s'agit ici n'est-ce pas ? Interroge papi. Je suis curieux d'en savoir plus sur ces gens du pays des druides, des combats meurtriers entre les autres peuples conquérants, de leur pouvoir magique…

Les enfants se regardent avec complicité. Ils acceptent de dévoiler à leurs grands-parents leur aventure rocambolesque vécue avec leur dragon et les amis qu'ils se sont faits pendant cette aventure.

Tous y vont de leurs perceptions et de leurs descriptions selon leur propre vision des choses et selon leurs émotions véhiculées à chaque moment.

Thomas et Louise sont obligés, fréquemment, de ralentir leur discours. Les enfants s'emballent comme un charriot au grand galop tiré par huit chevaux. Ils racontent leurs péripéties individuelles et collectives jusque tard dans la soirée.

Vraiment, Louise et Thomas sont heureux de constater que leur initiation a porté fruit. Cédric, William et Sofia sont courageux, généreux et démontrent beaucoup de créativité. Leur don de télépathie semble bien acquis. Toutes les épreuves racontées par leurs petits-enfants démontrent que leur apprentissage progresse et que cela vaut la peine de poursuivre le programme qu'ils ont mis en place avec Ming et Patrick, sans oublier l'apport des dragons respectifs.

Avant d'aller se coucher, Sofia prend sa grand-mère par le cou et lui chuchote à l'oreille :

-   Mamie, j'ai vu le même écusson que tu as sur ton livre. Je l'ai vue sur le médaillon au cou de la druidesse Quelf.

Louise, réjouie, regarde Sofia intensément et lui murmure :

-   C'est vraiment extraordinaire, je suis heureuse de constater que rien ne s'est perdu avec le temps.

--- OOO ---

La confidence

Cédric, William et Sofia évitent de penser à la situation du début de la semaine dans leur nouvelle école. Le druide Taliesanic les a initiés à cette capacité de bloquer l'info au niveau du cerveau.

Ils connaissent les dons de leurs grands-parents. Ils ne veulent surtout pas être obligés de donner des explications sur l'appel de leur dragon respectif. Toute la semaine qui a suivi cet évènement, les triplés se pressent, après le repas du soir, de descendre dans leur chambre respective.

- Nous avons déjà beaucoup de travail scolaire signalent les triplés à leurs grands-parents.

La première semaine dans leur nouvel environnement scolaire se passe relativement bien. Cédric, William et Sofia ont hâte de partager leur weekend de plaisir avec les Wangtan,

Thomas et Louise attendent la visite de Pierre et Jocelyn pour les deux jours du weekend.

Samedi matin, le réveil s'installe doucement dans la maison même si le coq de la bassecour s'égosille à chanter son grégorien matinal.

--- OOO ---

Sofia ouvre un œil. Le soleil est déjà au rendez-vous. Elle se lève, complète sa toilette, s'engage dans l'escalier où elle rencontre ses grands-parents dans la cuisine.

- Bon matin ma belle petite princesse, dit Thomas en souriant

Papi prépare le petit-déjeuner pour toute sa marmaille du weekend. En semaine, chacun prépare son lunch et son petit-déjeuner. C'est plus facile et chacun est content.

- Mimi ! Lance mamie en gesticulant pour la faire descendre de son perchoir.
- Qu'est-ce que tu fais là sur le comptoir de la cuisine ?
- *Les chats,* pense-t-elle, *sont toujours perchés le plus haut possible. Ce sont des tours d'observation pour eux. Pourtant elle sait que je n'aime pas ça et que c'est défendu.*
- Papi, tu te souviens que Pierre et Jocelyn passent le weekend avec nous ? interroge Sofia. Nous te l'avons demandé en début de semaine.
- Oui, oui, répond papi tout en préparant son gruau populaire. C'est déjà à l'agenda.

Tous aiment la façon dont il s'exécute pour le rendre aussi onctueux et velouté qu'une barre de chocolat au lait.

- Sofia, vos amis s'installeront dans la chambre bleue au fond du couloir près de la chambre froide. J'ai refait le lit avec des draps respirant l'air frais de la fin de l'été. Ça sent bon les hydrangées en cette saison de déclin de la période estivale. Les rosiers sont encore en fleurs et nous gratifient d'un effluve de senteurs et de couleurs à nous couper le souffle. Tous mes sens sont excités et participent au bal des ondes vibratoires olfactives et visuelles.
- Wow, mamie tu es en verve ce matin ! s'exclament Cédric et William. Ils arrivent tout souriants.
- Ton jardin est un vrai paradis, ajoute Sofia.
- Ah ! quand je me sens dans cet état, je ne peux pas m'empêcher de déclamer, comme vous le dîtes si bien, sur tout ce qui m'entoure. Je me sens faisant partie de toute la création en un seul instant.
- Je crois que t'es un peu chamanique ma belle mamie en ce moment. En fait, tu l'es tout le temps reprend Cédric entourant sa grand-mère de ses bras affectueux. Tu parles aux plantes, aux oiseaux, les Bambi viennent te voir, les renards viennent dans tes plantes jouer avec leurs petits, les

mésanges viennent grignoter dans tes mains. Si tu n'es pas chamane, tu n'es pas loin.

- Hum ! J'aime ça répond mamie serrant elle aussi son petit-fils.

- Vous savez les enfants, quand nous vieillissons et que la peau commence à donner des signes de plissements de terrain, on se demande si vous les jeunes vous allez continuer à nous donner des signes d'affection tangible ajoute mamie, pensive et lointaine.

- Crée belle mamie ricanent William et Sofia, se levant de table pour lui donner un bisou sur ses joues roses, toujours bonne à croquer.

- Alors ma belle Princesse, tu te sens nostalgique ce matin dit papi en respirant profondément.

- Tu sais que moi j'te trouve toujours aussi séduisante que le tout premier jour que je t'ai rencontré. La peau qui plisse, c'est un signe de grande sagesse et d'expérience. Je pense que tu n'as pas fini de ramasser des « pliures », car d'après ce que je vois tu en as pour plusieurs années.

- S'esclaffant, papi la serre tendrement et dit :
- Comme tu es chouchou ! Ma belle Louise.

Les enfants rigolent de l'entendre parler à leur mamie comme ça.

- Thomas, merci à l'univers, car autant ma peau plisse autant ta vue baisse s'exclame mamie en riant.
- *Ce doit être ça la présence amoureuse* pense Sofia.
- *Oui ! ma belle princesse,* transmettent Thomas et Louise en souriant.
- Wow ! Ça commence bien le weekend disent Cédric et William tout en dégustant avec appétit leur gruau du samedi.

--- OOO ---

Un secret dévoilé

- Pierre et Jocelyn soyez les bienvenus chez nous. Nous sommes heureux de vous revoir. J'ai su que vous avez fait un beau voyage au Mali en famille. Mamie poursuit : déposez vos bagages près de la garde-robe d'entrée.
- Oui madame, cependant on a trouvé la température très chaude et humide. Il fait toujours soleil au pays de mes ancêtres.
- Venez prendre un breuvage chaud si le cœur vous en dit. C'est samedi et on relaxe tout en jasant, dit mamie tout en saluant de la main les parents de Pierre et Jocelyn qui les quittent en voiture.
- Mes parents viendront nous chercher vers 16 h dimanche, mentionne Jocelyn.

Sofia apporte deux autres tasses sur la table. En passant près de Jocelyn, ce dernier, lui adresse un sourire en coin, cachant un léger gène juvénile en sa présence. Elle lui répond avec des yeux rieurs…

Mamie remarque le manège de Jocelyn envers Sofia. Il est un an son ainé… Quant à Pierre, un an plus jeune que les triplés, il s'empresse de donner l'accolade à William, son confrère de récréation et de fin de semaine. Ensemble ils bavardent et dégustent leur chocolat chaud à la guimauve préparé par mamie et Sofia.

Papi note l'impatience des jeunes qui désirent se retrouver entre eux.

- Allez, ouste, mamie et moi avons des choses à faire. On se revoit plus tard pour le lunch. Nous vous appellerons. Ayez du plaisir.

Pierre et Jocelyn sont des enfants initiés aux énergies des Élémentaux. Leur mère, chamane africaine leur a transmis la connaissance et la capacité de communiquer avec les gnomes, les fées, les lutins, les trolls, les djinns, et tous ces êtres habitant les jardins de Mère Nature.

Les triplés anticipent déjà des moments magiques avec leurs amis.

- *C'est fascinant de voir Pierre et Jocelyn entrer en relation avec ces êtres magiques*, pense William.
- *Ouais !* acquiesce Cédric. *C'est merveilleux d'avoir des amis comme eux.*
- Bonjour Épona ! Salue Jocelyn en se penchant vers le bosquet d'hémérocalles orangées près de l'étable rouge où logent trois chevaux.

Pierre et Jocelyn expliquent aux triplés :

- Notre mère nous a enseigné et montré comment communiquer avec la Déesse Épona. Elle est aussi la reine des Fées. Elle veille et règne sur le royaume des chevaux. Les Romains et les Celtes lui ont érigé des temples à une époque où les chevaux faisaient partie de la vie de tous les jours. Elle est responsable du bien-être et de la santé des chevaux. De plus, sur tous les continents, les peuples considèrent Épona comme la protectrice de l'environnement et des esprits de la nature.
- Bonjour Épona, saluent en chœur et avec respect les Triplés. Merci de protéger nos chevaux.
- *Ah ! Bon ! Les Celtes lui ont érigé des temples !... C'est donc cela qu'on observait là-bas, oui ! C'est vrai ! On l'a vu ! Songe Sofia…*

Cédric, William et Sofia revoient l'acquisition de leurs trois chevaux. À la mort de leur mère Marion, papi et mamie ont offert à leurs petits-enfants ces animaux reconnus pour leur grande disponibilité affective et leur capacité de guérison et réconciliation. Les chevaux ne sont pas là pour nous faire plaisir comme les chiens vont le faire. Ils sont capables de pénétrer le cœur des humains et d'épancher leurs douleurs, leurs souffrances, gratuitement. Ces chevaux ont développé une complicité exceptionnelle avec leurs cavaliers. Le cheval de Cédric est l'étalon tout noir avec un triangle blanc inversé entre les deux yeux. La jument grise et tachetée de noir appartient à William. Sofia monte fièrement et avec tendresse la jument à la robe blanche éclatante.

L'acquisition de ces animaux nobles a accéléré la guérison du deuil des enfants. Leur attitude face à la vie a pris de l'ampleur. Les soins apportés à ces animaux ont canalisé les émotions tout en développant le sens des responsabilités des orphelins. Avec le temps ils sont devenus de fiers cavaliers. Leur joie de vivre se traduit par leur rire communicatif. Leurs ébats dans la maison et dans la campagne avoisinante, leurs courses folles avec Rocky le chien, les jeux de cache-cache avec la chatte Mimi, leurs randonnées à bicyclettes dans le village, l'ardeur qu'ils apportent à l'entraînement des arts martiaux, toutes ces activités témoignent de l'évolution saine de ces enfants. Ils se préparent à leur mission de vie.

--- OOO ---

Papi et mamie s'affairent à la besogne hebdomadaire du samedi pendant que les enfants poursuivent leurs activités dans la nature.

- Chérie, interpelle Thomas, que dirais-tu que je passe une heure avec les enfants pour leur donner un entraînement de lutte gréco-romaine ? Les jeunes semblent tous en pleine forme. Qu'en penses-tu toi ? J'ai besoin d'exercices moi aussi.
- C'est une bonne idée ; demande à Sofia si elle veut participer.
- D'accord, après l'entraînement nous irons au cinéma pour la représentation de 16 : 00 heure.

Ça me va. Je prépare le goûter en conséquence, ajoute mamie, heureuse que les enfants s'amusent bien ensemble.

--- OOO ---

Les cinq amis reviennent de leurs jeux et de leur entraînement à la lutte, tous affamés excepté Sofia. La table est mise : spaghetti, sauce à la viande et sauce blanche au menu, accompagnée d'une salade césar attirante.

- Hum ! Ça sent bon disent les garçons.

Sofia, quant à elle, n'a pas beaucoup faim. Autre chose la tenaille.

- *Probablement ses menstruations*, pense mamie. *On n'a pas faim 48 heures avant et on se sent « moche ». On ne veut pas être bousculée et surtout pas être contrariée… Surtout qu'elle a accepté de vivre l'expérience de lutte gréco-romaine.*
- Veux-tu te reposer un peu Sofia ? demande mamie. Tu reviendras quand tu auras vraiment faim. Chacun doit respecter son rythme dans la vie, surtout nous les femmes parce que nous sommes plus cycliques que les hommes. Tu sais, Sofia, nous suivons le cycle de la Lune.
- Oui Louise, je vais aller m'étendre une petite demi-heure., répond Sofia.

Sofia sent les crampes abdominales l'envahir. Elle a de la difficulté à respirer tellement la douleur est intense. Louise la suit jusqu'à sa chambre et propose :

- Veux-tu recevoir un petit massage abdominal léger, le temps d'aider au passage des caillots de sang collés à la paroi utérine ?
- D'accord mamie, accepte Sofia. S'il te plaît, utilise le drainage lymphatique manuel comme tu me le fais d'habitude.

En douceur, avec tendresse et amour, Louise débute son massage. Sofia se détend et s'endort. Louise la recouvre de sa « doudou » préférée. Elle laisse le massage poursuivre son action en profondeur. Sa « doudou » la recontacte avec sa mère Marion. C'est elle qui la lui avait remise pour ses huit ans… quatre ans déjà…

--- OOO ---

Les hommes dans la salle à manger se bidonnent tout en dégustant leur repas.

- Bon ! Interromps Cédric soudainement très sérieux. Il faut vous donner des réponses aux questions que vous vous posez sur notre famille.
- Quelles questions ? Quelles réponses ? demandent Pierre et Jocelyn, intrigués par le ton professoral de leur copain.
- Écoutez les amis, s'empresse de dire papi Thomas. Nous avons un secret à vous partager. Nous croyons que vous êtes capables de l'entendre.

Cédric et William se regardent, surpris de l'attitude de leur grand-père.

- *Racontez votre histoire depuis votre arrivée chez nous,* communiquent à l'unisson papi et mamie, revenue de la chambre de Sofia.

Cédric appuie ses deux bras sur la table comme pour se donner de l'assurance.

- Vous savez que nous sommes orphelins de père et de mère. Prenant une pause, il regarde son frère William et dévoile avec émotion :
- Sofia, William et moi, nous avons promis à notre mère Marion, avant qu'elle meure, de suivre un entraînement rigoureux qui nous prépare pour l'avenir. Depuis trois ans, papi et mamie nous préparent à vivre différentes expériences.
- Le frère de maman, Patrick, ainsi que son épouse Ming, tous deux sont des spécialistes des arts martiaux. Ils nous enseignent le maniement des armes blanches, le tir à l'arc et

surtout quand et comment utiliser la force musculaire pour nous défendre.

- Mamie nous enseigne comment communiquer avec les plantes. Papi nous apprend à méditer et développer nos talents. Surtout il nous prépare à des rituels initiatiques que des maîtres nous feront vivre chaque année jusqu'à ce que nous soyons prêts.

Pierre et Jocelyn ont les yeux en points d'interrogation. Leurs sourcils noirs jais sont haussés par la surprise.

- C'est quoi cette histoire d'initiation ? interroge Jocelyn, l'aîné de leur fratrie.

Sofia, de retour dans la pièce, poursuit l'explication :

- Nous avons eu notre première grande épreuve en juin dernier lors du solstice d'été ce qui correspond à la date de notre naissance.
- On est content que tu sois de retour dit Jocelyn en lui tirant une chaise, l'invitant à s'asseoir près de lui pour poursuivre les explications.
- Tout cela pour vous dire poursuit Cédric, qu'au fur et à mesure que nous allons vous côtoyer, vous allez remarquer que nous serons de plus en plus différents. On nous a raconté que nous faisons partie d'une prophétie. Il y a plusieurs enfants comme nous dans le monde qui sont initiés pour supporter le mouvement énergétique universel. Eux aussi vivent la même chose que nous, mais dans d'autres pays. Nous sommes les triplés de la prophétie !
- Cédric s'arrête pour prendre une pause et jeter un coup d'œil vers ses amis…

Pierre et Jocelyn écoutent attentivement et la surprise monte de plusieurs crans… Ils percevaient depuis longtemps que les Corribus étaient différents des autres camarades. Ils se regardent et constatent que leurs perceptions étaient justes ! Cependant, qu'ils décident de partager ce secret avec eux, c'est incroyable ! En ce moment, ils ont l'impression de participer à une intrigue étonnante. Ça se passe autour d'eux. Et leurs amis partagent leur secret avec eux.

- Wow ! C'est cool. Quelle chance nous avons de vivre ça… disent-ils avec enthousiasme.

Leurs pensées s'envolent à toute allure. Ils sont déjà dans des scénarios de film !!!

Les triplés se consultent du regard et savent maintenant qu'ils peuvent poursuivre leur récit. Ils ont entendu leurs pensées, leurs réflexions. Ils savent que Pierre et Jocelyn sauront garder le secret sur les révélations qu'ils s'apprêtent à leur livrer.

L'après-midi passe rapidement. La curiosité, l'enthousiasme attisent les échanges. Tous les sujets sont abordés : le rituel avec Taliesanic, l'aventure chez le peuple celte du VIe Siècle, l'expérience et la complicité avec les dragons, les expériences douloureuses des activités physiques et martiales. Bref, Pierre et Jocelyn sont au paroxysme de l'excitation. Ils n'en peuvent plus. Ils veulent vivre l'expérience sur les dragons de leurs amis.

- Est-ce que nous pourrons rencontrer vos dragons demandent timidement Pierre et Jocelyn ?
- Avant tout, annoncent à l'unisson papi Thomas et mamie Louise, vous devez savoir une chose, seules des personnes initiées ou préparées ont la possibilité de voir les dragons célestes. Peut-être que ces maîtres magiciens peuvent faire une exception. Nous devons le leur demander. Comme on dit, il y a toujours une exception à la règle.
- Vous avez vos épinglettes les enfants ? Demande Thomas avec un regard complice.
- Elles sont dans notre coffre à trésor lance William tout en s'élançant vers sa chambre suivie de Cédric et Sofia.

Les deux garçons Wongtan attendent avec impatience ce moment de vérité et d'émerveillement.

Cédric revient en courant de sa chambre suivie de William et Sofia. Ils s'arrêtent, regardent leurs grands-parents et d'un mouvement rapide, ils sortent dehors tout en tapant trois fois leur épinglette respective. Et voilà qu'apparaissent LYKA, MARA et DYRA prêts à aider les triplés. Par la pensée, chacun consulte son dragon simultanément.

- *Oui, intervient LYKA, nous avons ce privilège de dégager le champ magnétique qui nous entoure afin de permettre à d'autres humains de nous voir. Toutefois nous nous devons de le faire avec discernement. Avec vos amis, les Dieux semblent d'accord, ils viennent de nous le communiquer.*
- Youppie s'exclament Cédric, William et Sofia.
- Super, Gracias ! Jocelyn et Pierre vont être aux oiseaux s'écrie William.
- *Pardon ? questionne MARA. Plutôt « aux Dragons ».*

Un grand rire de dragon se fait entendre. Jocelyn et Pierre devinent de plus en plus des formes gigantesques qui apparaissent dans le jardin pendant que Cédric, William et Sofia se bidonnent. Le nuage qui entourait les dragons se dissipe et voilà qu'ils en ont plein la vue. C'est la surprise totale.

Le choc est brutal. Jocelyn et Pierre tombent à la renverse, les quatre fers en l'air. Ils n'en croient pas leurs yeux. Ils sont devant d'énormes dragons sortis d'un film hollywoodien. La peur s'installe. Ils tremblent de tous leurs membres.

Voyant ce spectacle déchirant, mamie et papi accourent les ramasser et leur porter secours.

- N'ayez pas peur, ils sont tellement gentils et serviables. C'est la grosseur qui impressionne. Leur bonté de cœur est aussi volumineuse que leur stature. Laissez-vous apprivoiser. Faites confiance à vos cavaliers Cédric, William et Sofia. Ils sauront vous guider. Vous serez incapables d'entendre leur langage. Ils communiquent par télépathie entre eux et avec les enfants. Cédric, William et Sofia traduiront leur conversation.

Les triplés, à la vue de ce spectacle, éclatent de rire et se roulent par terre. Ils laissent leurs grands-parents s'occuper de leurs amis.

Les présentations faites, les cinq amis se dirigent vers leur dragon respectif.

- Deux femelles et un mâle. C'est cool dit Jocelyn qui venait de recevoir l'info de Cédric.

Revenant difficilement de leurs émotions, Jocelyn et Pierre acceptent, avec hésitation de monter à califourchon juste derrière Cédric et William.

- Je suis tellement heureux dit Wil de partager ces moments d'envol avec toi Pierre. Ce sera fantastique. Je te guiderai. Cramponne-toi derrière moi. Tiens- toi bien. Tiens-moi par la taille au niveau de ma ceinture. Ça te va ?
- J'hésite un peu réponds Pierre, mais ça me tente tellement. Ah ! Je monte malgré ma peur des hauteurs. Au pire, je me fermerai les yeux et je vivrai les sensations de l'aventure par l'intérieur.
- Ouais ! C'est ça, tu l'as. On y va s'écrie Wil en accrochant sa monture et son coéquipier.

Cédric fait de même avec Jocelyn qui vit présentement une honte face à Sofia. Cédric s'en ai aperçu. Il aurait tellement voulu l'impressionner par son courage et sa détermination. Il laisse sa sœur régler ce petit malaise.

Sofia entend son verbiage cérébral. Elle lui fait signe de la main et lui crie :

- Allez hop ! Monte, je vous suis de près. Tu es bon Jocelyn, tu as su vaincre ta grande frayeur face à cet animal gigantesque. Fais-toi confiance. Ouvre grand tes immenses yeux noirs pour capter toute la beauté du paysage et vivre cet instant magique.
- Tu as raison Sofia, je vais faire confiance à Cédric et à son dragon.

Il hésite un moment et ajoute entre ses lèvres pulpeuses :

- J'aurais tellement voulu monter avec toi. Pour une autre fois peut-être lance-t-il à Sofia en la dévisageant des yeux l'invitant à vivre une complicité du moment.

Sofia sait qu'il n'y aura pas de prochaine fois. C'est la seule et unique expérience qu'il vivra avec les dragons célestes. Elle lui sourit quand même avant le départ. Elle pense trop encore à Aemonn pour accéder à son chantage émotif.

Le départ se fait tout en douceur. Les dragons ont entendu les messages simultanés des triplés disant que leurs amis étaient effrayés.

L'envol est magnifique. Mamie et papi sont émerveillés à nouveau devant tant de grâce et de force de la part de ces animaux mythiques et magiques.

Les acrobaties aériennes font suite à des voltiges dans un sens et dans l'autre. Les dragons restent sensibles aux différentes émotions de leur nouveau cavalier.

Tout se passe en douceur.

- Il est vraiment gentil ton dragon, crie Jocelyn dans les oreilles de Cédric.
- Ça fait du bien de t'entendre crier répond fortement Cédric. Depuis tantôt je me demandais si tu avais perdu l'usage de la langue ! Bravo ! Tu es beaucoup plus détendue. D'ailleurs MARA me l'a confié il y a quelques minutes. Elle te sent plus à l'aise. Ne l'oublie pas elle saisit toutes tes émotions. Nous avons vécu tous les trois le même stress que toi lors de notre première envolée. Ça va passer.
- Merci de me dire ça, je me doutais un peu que vous aviez passé par le même chemin, mais je n'osais pas te le demander. Heureusement que t'es là. Ça me rassure vraiment, j'te l'crie.

Quant à DYRA, elle respecte le rythme d'apprivoisement de ce nouveau cavalier. Pierre commence à détendre ses jambes.

- Dis-lui que s'il avait continué à me serrer ainsi j'aurais eu des bleus sur mes écailles étincelantes rigole fortement DYRA en lançant ce message à William qui part à rire lui aussi.
- Qu'est-ce qu'elle t'a dit demande Pierre sachant qu'ils se contactent par la pensée ces deux-là.
- Elle m'a confié que si tu n'avais pas desserré tes jambes elle aurait eu des bleus sur ses écailles. C'est pour ça qu'on a ri tous les deux. Tu sais ce sont des farceurs ces dragons-là.
- C'est très drôle! Marmonne Pierre entre ses dents. Tu es habitué toi à le monter. Ça fait quand même quelque temps que tu côtoies ton dragon. Moi ça fait seulement quelques moments.
- Quand même c'était très drôle, tu ne trouves pas? Sans rancune tu veux? Amusons-nous. Laisse-toi bercer par le mouvement des ailes.
- C'est vrai. Je me ferme les yeux et je me laisse flotter dans les airs.

Ce fut des moments magiques. Les enfants ne voulaient plus revenir.

Quel voyage fantastique. Le retour est exécuté en douceur comme celui du départ. L'atterrissage est d'une simplicité pour ces grands dragons célestes. Ils déposent les enfants dans un geste de tendresse qui impressionne les deux Africains. Ils croyaient qu'ils seraient bousculés et brassés comme ils l'ont vécu lors de leur dernier voyage vers l'Afrique.

- *Ces dragons donneraient de grandes leçons de conduite à tous les pilotes de ligne pensent Jocelyn et Pierre.*
- Ils ont raison reflètent Cédric, William et Sofia en souriant.

Jocelyn et Pierre rassurés, remercient leurs amis de ce cadeau : monter et voler sur un dragon, c'est incroyable.

- Dites-leur vous-même. Ils vous entendent cérébralement et aussi vocalement informent mamie et papi présents à leur atterrissage.

- Allez ! Vous pouvez les approcher de plus près. Collez-vous sur eux. Ils sont tellement chaleureux. Ça fait du bien de les toucher. Ça augmente notre confiance en nous. Ils vous laisseront glisser vos mains sur leurs écailles ruisselantes. C'est un baume pour le cœur.
- Jocelyn et Pierre s'exécutent. Gracias de tout cœur. Ça restera gravé dans notre mémoire à jamais.
- La sensation de leurs écailles est toute douce et réconfortante reflète Pierre.
- C'est la vie magique et mythique que vous touchez-là dit mamie affectueusement autant pour les deux garçons que pour les dragons.
- C'est merveilleux tout ça, mais toute bonne chose a une fin. Les dragons doivent repartir dit Cédric en souriant à ses amis. Ils nous ont mentionné qu'ils ont été heureux et choyés de partager ces moments avec vous.
- Un petit mot pour toi Jocelyn, de la part de mon dragon dit Sofia.

Sofia s'approche de l'oreille droite de Jocelyn et lui souffle gentiment trois mots :

- Vigilance ! Vigilance ! Vigilance !

Jocelyn se tourne vers Sofia et lui demande discrètement :

- Pourquoi seulement moi, pourquoi suis-je le seul à recevoir un message de ton dragon demande-t-il à Sofia, étonné.
- Ben, je ne le sais pas lui répond Sofia. Je ne fais que transmettre son message de bonté, de sollicitude et de prévoyance. Souvent il parle par énigme. Tu sais ce que ça veut dire questionne-t-elle.
- Oui ! Bien sûr que je le sais lui répond Jocelyn. Bon je verrai bien quoi faire avec cela !
- Ça va les enfants demande Louise qui a entendu la conversation entre ces deux-là.
- Oui ! Oui ! LYKA avait juste un petit message personnel pour Jocelyn. C'est tout.

Louise a entendu le message de LYKA. C'est le même message que Phéas, son guide lui avait laissé un jour.

- *Hum ! Qu'est-ce que ça laisse présager, pense Louise.*
- *Qu'est-ce que tu veux dire par un présage ? Demande Sofia à sa grand-mère.*
- *J'ai entendu le même avertissement de la part de mon guide Phéas, un jour. Je pense que nous devons redoubler de vigilance.*

Papi, s'approchant des amis de leurs petits-enfants, il leur fait une demande expresse.

- Aucune allusion, aucun mot, à qui que ce soit sur votre aventure avec les dragons. Vous nous le promettez. C'est essentiel pour la suite des choses.

Jocelyn et Pierre se regardent et d'une même voix sincère promettent :

- Oui ! Nous le promettons ! Une promesse de scout, ça n'a pas de prix dit Jocelyn en regardant papi dans les yeux profondément.

Pierre s'approche de mamie et ose la prendre par la taille.

- Comme c'est réconfortant de te sentir en confiance Pierre. Tu es toujours le bienvenu chez nous ajoute mamie chaleureusement en le serrant contre elle.
- Aucun mot à vos parents, recommandent Cédric, William et Sofia.
- Même si vous en mourez d'envie ajoute Sofia.
- D'accord c'est promis.

--- OOO ---

Les parents de Jocelyn et Pierre sont là comme prévu vers 16 : 00 dimanche après-midi. Des étincelles allument leurs grands yeux noirs. Les parents constatent ces étincelles dans les yeux de leurs deux enfants. Ils repartent heureux.

Songeur, Jocelyn demeure troublé par les trois mots soufflés dans son oreille droite par Sofia.

- *Que veut vraiment dire ce message. Pourquoi moi ? Vigilance, vigilance, vigilance, ces mots se bousculent dans ma tête.*

--- OOO ---

Le combat des dragons

L'entraînement se poursuit toujours aussi intense sur le sol que dans les airs. Sofia, Cédric et William comprennent le bien-fondé des exigences physiques et mentales que leurs instructeurs leur imposent. Pas un jour ne succède à l'autre sans qu'une leçon ne soit retenue. La joie se mêle au travail et le travail apporte la réussite. Comme le dit si bien grand-père Thomas :

- Le seul endroit où le succès se présente avant le travail, c'est dans le dictionnaire.

--- OOO ---

Sofia, Cédric et William aiment à la folie chevaucher leur dragon. Le temps arrête. Le temps n'existe pas quand ils sont en cavale avec leur dragon. La pratique a permis de développer l'aisance et la confiance nécessaire à la complicité entre le cavalier et sa monture.

Aujourd'hui, le vol vise à peaufiner la communication et les réactions aux dangers. LYKA en tête, les trois dragons complètent différentes voltiges. Les acrobaties aériennes se succèdent de plus en plus surprenantes. Les dragons virevoltent à droite, puis à gauche, piquent en douceur vers le sol suivi d'accélérations vertigineuses vers les nuages ou chacun joue à cache-cache.

Soudain, les trois dragons se raidissent et demeurent cachés chacun dans un nuage opaque. Ils perçoivent une énergie hostile dans les environs, un certain danger. [17]

Un énorme dragon noir de plus de quinze mètres de long et au volume impressionnant s'approche dangereusement de nuage en nuage.

LYKA transmet à ses compagnes :

- *Les enfants ne sont pas prêts à vivre un combat aérien avec un dragon aussi puissant que Taurarok se transmettent les trois dragons.*
- *Nous savions qu'il allait apparaître un jour ou l'autre toutefois c'est un peu tôt et vraiment pas le moment !...*
- *D'accord avec toi, renchérit MARA. Déposons vite les enfants puis revenons pour éloigner ce monstre. Il ne doit pas s'en prendre aux enfants. Il ne doit pas voir où ils demeurent, surtout Sofia.*

Les enfants, surpris, sont saisis d'épouvante. Alors que MARA, DYRA et LYKA plongent à vive allure vers la maison de papi et mamie, Cédric demande :

- Taurarok ! C'est qui ?
- Taurarok, c'est le dragon noir que nous connaissons depuis des millénaires. Nous l'avons combattu à plusieurs reprises. C'est un être cruel, brutal, très combatif et destructif.

Les dragons pressentent le combat inévitable. Les trois montures atteignent prestement le jardin, déposent leurs cavaliers et repartent en formation tactique à la rencontre du géant menaçant. Ils sont là pour protéger les triplés et les aider à poursuivre leur destinée, quelles que soient les embuches.

---

[17] Les dragons ressentent les énergies à des dizaines de kilomètres à la ronde tout comme l'ours polaire, grâce à cet odorat très développé, décèle la présence d'un phoque à une dizaine de kilomètres, et l'odeur d'une baleine échouée à plus de 30 km à la ronde. Wikipédia

- *En aucun temps, Taurarok ou ses comparses ne doivent s'approcher des triplés.* Transmet LYKA.

--- OOO ---

Thomas et Louise sont consternés. Ils se doutaient bien qu'un jour des êtres vivant dans l'ombre se montreraient le bout du nez et interviendraient dans la vie de leurs petits-enfants.

Louise perçoit la fébrilité émotionnelle de Cédric, William et Sofia. Elle s'approche d'eux. Elle invite ses trois petits-enfants à se joindre à elle et leur grand-père. Précipitamment, Cédric, William et Sofia se rangent près de leurs grands-parents.

- Que va-t-il arriver à nos dragons demande Sofia inquiète ?
- Ils sont en mesure de repousser l'adversaire même si celui-ci est gigantesque répond papi. Ils sont aussi très entourés par l'énergie ne l'oubliez pas les enfants.
- Oui c'est vrai répond William. Je voudrais tellement être avec le mien pour vivre une expérience de combat lance-t-il tout haut avec la fougue qu'on lui connaît.
- Voyons Will, tu n'es pas sérieux… Aie ! Ça déménage ces bêtes-là quand elles sont confrontées. Tu n'y penses pas ! Ben voyons donc ! tu risques d'y laisser ta peau, renchérit Cédric étonné.
- Je ne suis pas surpris de ta réaction William, même au risque de ta vie tu voudrais prendre les armes. T'es vraiment un combattant ! Ajoute papi.
- Laissons-les se confronter à trois contre un et nous verrons bien ! Vos dragons connaissent leur mission. Attendons le résultat à l'intérieur souligne mamie en invitant les enfants à entrer dans la maison.
- Respirez un bon coup. Ressaisissez-vous. On ne peut rien faire pour eux. Vos dragons savent combattre. Dit Louise.

Le temps passe. Les enfants attendent toujours le retour de leur dragon avec inquiétude et impatience.

Soudain, les triplés aperçoivent MARA et DYRA approcher de la maison. Ils sortent immédiatement sur la pelouse et Sofia se lance vers ces immenses créatures et leur crie :

- Où est LYKA, angoissée à la seule idée qu'un malheur peut lui arriver.

Elle se précipite auprès de MARA et DYRA qui ne bougent pas.

- Que lui est-il arrivé ? Vous l'avez laissé se battre seul avec ce monstre ? Vous ne l'avez pas défendu au risque de votre vie ? lance-t-elle bouleversée et choquée à la seule pensée de perdre son compagnon aérien.

Les garçons la rejoignent, l'entourent et essaient de la calmer.

Rien à faire, Sofia est dans tous ses états.

Elle est déchirée par la possible perte de son compagnon magique, elle pleure de colère.

- *Ce n'est pas vrai, pas lui, pas un autre être qui m'est cher. Elle sanglote à torrent.*

Mamie se rapproche et calmement pose sa main droite à l'arrière de la tête de Sofia et sa main gauche sur son plexus solaire.

Quelques instants suffisent. Déjà Sofia respire plus calmement et regarde sa mamie les yeux pleins de larmes, désespérée.

- Attends ! Oui c'est pénible. Oui c'est difficile de passer à travers de tel moment. Attends, on ne sait pas ce qui est arrivé pendant le combat aérien. Peut-être que nous aurions des explications si on écoutait MYRA et DYRA. Qu'en penses-tu ma grande ?

Louise regarde calmement et doucement Sofia.

- Tu sais ma belle, nous les femmes, nous sommes beaucoup plus vulnérables dans nos périodes menstruelles. Ça prend des années pour comprendre et gérer ce trop-plein d'énergie.
- J'ai peur mamie. J'ai peur qu'il lui soit arrivé quelque chose.
- Je comprends ce que tu ressens. Peut-être que tu te trompes. Que dirais-tu de demander des explications à MARA ?
- D'accord avec toi mamie. Écoutons MYRA et DYRA nous dire ce qui s'est passé interjette Cédric.

Comme les deux dragons femelles s'apprêtent à raconter ce qu'elles savent, une bourrasque bouscule les deux dragons, les enfants ainsi que mamie et papi. C'est LYKA qui atterrit sur une patte, en déséquilibre et un peu amoché.

Sofia exulte de joie. Elle saute dessus et se précipite au cou de son dragon et lui dit :

- Oh, LYKA, tu es revenu ! J'ai eu tellement peur que tu ne reviennes pas. Je ne veux pas te perdre.
- Hum ! Souffle LYKA. Tu es très démonstrative. C'est ton amour qui m'a permis de combattre ce monstre au risque de ma vie. C'est pour ça que je me suis détaché de mes deux compagnes et que j'ai pu surprendre Taurarok en le dardant sur son flanc gauche, tout près de son centre cardiaque... Ce fut une charge surprise et il me l'a fait savoir. Il a répliqué en me lançant des fléchettes de feu avec son souffle puissant. J'en ai perdu l'orientation et l'équilibre. J'ai failli m'écraser dans la forêt des monts Stokes. C'est grâce à ma pochette de survie située juste au-dessous de mes deux petites oreilles que j'ai récupéré rapidement et ai pu reprendre le combat. MARA et DYRA ont attaqué Taurarok qui me poursuivait. Cette diversion m'a permis de récupérer et de contre-attaquer. En peu de temps j'ai repris le contrôle et ai demandé à MARA et DYRA de me laisser m'en occuper.
- Je savais qu'il me cherche depuis plusieurs centaines d'années, enfin si je calcule selon votre temps linéaire à vous les terriens. Ce n'est pas la première fois qu'il s'attaque à moi. Je ne lui donne aucune chance. Tu ne donnes aucun répit à

un être comme celui-là. Sa vigueur et son agilité sont incroyables et peuvent te surprendre.

- Je peux vous dire que mes deux compagnes sont de magnifiques guerrières, en formation d'attaque, elles fonçaient à toute vitesse butant, tête première sur ce monstre noir. Une charge pareille équivaut à deux fois le poids de Taurarok. Alors, imaginez la force de frappe de MARA et DYRA qui arrive à pleine vitesse sur Taurarok. Ça l'a assommé tellement fort qu'il a tombé en piqué et a eu de la difficulté à reprendre son vol. C'est à ce moment-là que j'ai repris le combat avec lui. Il s'est très bien défendu. Force est de constater que le combat était inégal. Il a choisi de disparaitre. Cette fois-ci, il a encore cédé. Nous savons que ce n'est qu'une partie remise.

- C'est pour ça que MARA et DYRA sont arrivées avant moi ma belle Sofia. Je suis touché de ta sollicitude envers moi. Rassure-toi, j'ai plus d'un tour dans mon sac. Rigole LYKA d'un son guttural impressionnant.

- Je crois que maintenant il nous faudra considérer cette menace lors de nos sorties, mentionne MARA.

- Et nous préparer en conséquence, surtout si les enfants sont avec nous, ajoute DYRA.

- Oui nous ajusterons l'entraînement conclu LYKA.

--- OOO ---

Taurarok

Thomas, Louise et les enfants reviennent de leurs émotions, ils sont rassurés. Tous sont sains et saufs. Un programme d'entraînement au combat est prévu. Cependant Sofia demeure songeuse.

- LYKA, comment se fait-il que ce soit toi que Taurarok cherchait à combattre. Qui est ce Taurarok pour toi ? Pourquoi veut-il te battre ?

Les trois dragons se regardent. MARA prend la parole :

- Je crois que tu devrais leur raconter notre histoire avec Taurarok.
- Ah bon ! s'exclame papi, il y a une histoire entre vous quatre.
- C'est intéressant nous sommes tout ouïe, dit mamie avec intérêt. Nous vous écoutons. Notre cerveau est ajusté à vos fréquences vibratoires. Il y a sûrement une explication pour que ce dragon vous traque.

Papi, mamie, Cédric, William et Sofia s'installent devant les trois dragons. Chacun ressent le contact télépathique de LYKA

- *Voilà ! Au départ, sachez que Taurarok n'a pas toujours été du côté de l'ombre. Il a été un magnifique et grand combattant, adulé et respecté par tous les dragons.*
- *Pour ce récit, pensez au fait que nous ne comptabilisons pas le temps comme vous les terriens. Donc je vous parle de ces moments immémoriaux et hors de l'horloge temporelle. Cette histoire débute par une envolée exécutée par Taurarok et son fidèle compagnon Drago. Vous me suivez, demande LYKA ?*

- Plus que jamais répond Sofia anxieuse de connaître la vérité au sujet de ce monstre aérien.

--- OOO ---

- Ce jour-là, c'était le jour d'une grande compétition organisée par les Dieux. Ils voulaient évaluer et comparer les prouesses des différents groupes de dragons. Les équipes de dragons proviennent de différentes dimensions et de toutes les régions connues des Dieux.
- Cette activité procure des instants de réjouissances pour les dragons. Comme vous le savez, les dragons interviennent beaucoup auprès des humains sans que ceux-ci s'en aperçoivent. Ils travaillent discrètement, sans être perçus et vus par les terriens.
- Auparavant, les humains les voyaient avec leur troisième œil. Toutefois, à partir du moment où le troisième œil a intégré le crâne et que les deux autres yeux sont apparus à sa place, les humains ont eu peur du gigantisme de ces êtres magnifiques. Présentement, seuls les initiés peuvent voir et contacter les dragons.
- Généralement, cette compétition organisée par les Dieux consiste en une véritable course à obstacles. Chaque équipe présente deux dragons qui travaillent ensemble. La course fait appel entre autres à l'intelligence, l'endurance et différentes habiletés de vols et techniques de combat, notamment lorsqu'un trophée doit être capturé. Il existe plusieurs types de compétition.
- Imaginez entendre Drago parlé à son coéquipier Taurarok :
- « Allez, vole plus haut, encore plus haut, vite, dépêche-toi, je veux que l'on gagne la course contre les autres ». Ces deux-là ont toujours gagné depuis qu'ils volent ensemble. Ils vivent une complicité remarquable. Chaque année, tous les autres dragons mettent tout en œuvre afin de les battre.
- Plusieurs autres défis ont été relevés par ce duo d'enfer. Ils ont toujours été couronnés de gloire et de reconnaissance. Plus ils recevaient de félicitations, plus ils devenaient imbus d'eux-mêmes. On aurait dit que toute cette gloire qui déferlait sur les deux dragons les rendait inaccessibles. Ils se complaisaient dans leur réussite commune jusqu'au jour, lors d'une autre course organisée par leurs Dieux, un grand dragon jaune du nom de LYKA, ici présent, venant des territoires asiatiques,

releva le défi et gagna la course en compagnie de sa partenaire MARA, aussi ici présente.

- *Taurarok a très mal vécu la défaite. Quant à Drago, il a pris cette défaite comme un autre défi à relever. Sa remarque connue disait : « Tant mieux on n'avait plus de plaisir à faire ces courses. Personne n'était à la hauteur. Personne n'avait la puissance et la force de nous tenir tête. Voilà une équipe qui nous pousse à nous surpasser. Ça j'aime ça. Pas toi Taurarok ? ».*

- *Il semble qu'à ce moment-là, Taurarok se soit rallié à son compagnon en disant : « T'as peut-être raison. En fait ! C'est vrai je m'ennuyais à la fin. Je vais être préparé pour la prochaine course, tu verras, ils vont en avoir plein les yeux. Je ne nous laisserai pas nous surpasser ainsi. Nous serons de nouveau les champions du monde inter dimensionnel. Entre nous ils n'y verront que du FEU. »*

- *À ce moment nous avons entendu un grondement sourd venant de Taurarok et Drago. Ils projetaient des flammes bleues de joie. C'est une de nos façons, à nous les dragons, de démontrer notre plaisir et notre satisfaction.*

- *Tel que promis, Taurarok et Drago participèrent à la course organisée dans un autre contexte de plan inter dimensionnel. Il y avait des centaines de dragons de toutes les couleurs, de toutes les formes, de toutes les dimensions. C'était à l'occasion de la fête d'une déesse reconnue par leurs Dieux comme étant une entité importante pour le monde des humains. Cette déesse avait comme mission d'envelopper l'aura de la terre d'un voile de protection contre les esprits du mal. Tous les dragons disponibles de tous les espaces interdimensionnels devaient être présents. Ce devait être la course la plus importante jamais organisée par leurs Dieux.*

- *Taurarok et Drago étaient prêts. Ils avaient préparé leurs écailles, leurs cornes et leurs griffes pour l'occasion.*

- *Taurarok a toujours été le dragon le plus aimé, le plus admiré et le plus magnifique. Il est immense avec ses ailes noires reluisantes ouvertes à pleine grandeur. Ses cornes coiffant sa tête lui donnent un air de prince combattant. Sa prestance est digne et noble. On l'encense facilement, car il donne un spectacle grandiose. Son orgueil n'a d'égal que sa forme gigantesque. Comme on dit il a beaucoup de panache.*

- *Drago quant à lui, reste dans l'ombre de son compagnon. Il est un bon ailier dans les courses. Sa forme et sa grandeur lui permettent des prouesses que Taurarok ne peut pas se permettre dû à son immense déploiement. C'est un atout pour leur duo.*

- *Le signal de départ doit être donné par un des Dieux. La course à obstacles est prête à être activée. Tous les dragons quelle que soit leur taille sont installés dans un espace immense préparé à cet effet. On entend leur souffle bruyant qui émane de leurs museaux. Ils ont les yeux rivés sur le Dieu qui donne le signal du départ. Une onde de choc est déclenchée par le signaleur. Tous les dragons ouvrent leurs ailes, prennent leur envol vers la destination des obstacles imposés. Les battements d'ailes de tous les dragons vrombissent. C'est grandiose. C'est un arc-en-ciel géant. C'est un kaléidoscope mouvant. C'est une fééerie de couleurs à perte de vue.*

- *L'équipe doit capter en cours de vol une couronne d'or comme trophée du gagnant. Plusieurs étapes sont au programme. Dans cette course l'attitude compte autant sinon plus que les aptitudes. Les juges considèrent des critères comme l'ingéniosité, la débrouillardise, le « fairplay » entre les compétiteurs, le respect des lois en vigueur lors de telle course à obstacles.*

- *Tout se passe bien. Les dragons volent deux par deux en se stimulant l'un l'autre. Il y a des dépassements, des arabesques inimaginables, des chutes en piqué, quelques manques de courtoisie, des affrontements par les ailes et surtout des coups de tête assainis entre rivaux. Tout cela fait partie de la compétition et est accepté par les Dieux. Ils savent que ce n'est qu'un jeu.*

- *Seul Taurarok ne l'entend pas ainsi. Il a un agenda caché. Il ne doit pas perdre la course. C'est une question d'honneur et de fierté. Il se doit de démontrer à tous qu'il est toujours le maître incontesté de toutes ces courses. D'ailleurs, lui et Drago partent favoris.*

- *Imaginez ce genre d'échanges de Taurarok qui demande à Drago, son ailier :*

- *« Occupe-toi du dragon qui accompagne LYKA, pendant ce temps, je m'occupe de lui ». Ils se font signe de la tête et descendent en piqué. Ils coincent MARA entre eux d'eux. Ils la poussent d'un coup d'aile puissant. MARA perd l'équilibre et descend en perte de contrôle. MARA essaie de se reprendre et de revenir auprès de moi afin de continuer la course. Nous avons des obstacles à franchir et nous devons le faire en duo. C'est la consigne décrétée par les Dieux.*

- *MARA et moi nous nous demandons ce qu'ils font. On dirait qu'ils veulent nous foncer dessus pour nous disqualifier. À quel jeu jouent-ils ?*
- *MARA m'a alors suggéré, « Attends, je vais m'approcher d'eux par les flancs du plus gros, je veux savoir quelles sont leurs intentions à notre égard. Veulent-ils nous débarquer de la course, nous éliminer à tout prix ? Je vais m'approcher de plus en plus, tient toi prêt à intervenir s'ils essaient de nouveau de me frapper avec leurs ailes. »*
- *Pendant ce temps, Taurarok et Drago remontent en flèche tous les deux. Ils s'éloignent de nous. Nous pensons que le danger est écarté. Nous continuons de voler vers le premier obstacle : un nuage rempli d'éclairs mal odorants.*
- *MARA et moi on pense qu'ils ont cherché simplement à nous intimider. Sans plus tarder, nous accélérons notre vol pour reprendre le temps perdu.*
- *Soudain, une force énorme s'abat sur nous deux en même temps. Nous perdons notre élan et basculons tous les deux dans un vide total. Jamais je n'ai senti une force pareille. À peine nous avions retrouvé notre équilibre, nous nous faisons encore frapper avec grande force. C'est à ce moment que nous apercevons l'immense dragon noir qui déferle sur nous de nouveau. L'autre a disparu de la course.*
- *On se demande où est passé l'autre, nous ne voulions plus de mauvaise surprise. Ça ne faisait pas partie de la course. Je n'apprécie pas ce genre de bousculade. À ce moment Taurarok est seul et nous restons très prudents. Nous sommes sur nos gardes.*
- *Puis Taurarok attaque de nouveau en direction de MARA. Je crie Attention ! C'est évident maintenant que ce n'est pas de l'intimidation. Il est prêt à tenter n'importe quoi pour nous empêcher de gagner la course. C'est comme si un duel se dessinait entre nous. Je me sens visé par lui c'est pour cela qu'il veut me tasser. J'ai dit à MARA de me laisser, je m'en occupe. Nous serons peut-être disqualifiés, mais nous ne serons pas les seuls. On aura des explications à lui demander plus tard pour le moment on ne se laissera pas détruire par cet immense dragon noir qui semble avoir perdu ses esprits.*
- *C'est à ce moment que je passe à l'attaque. Je me retourne sur moi-même et m'accroche avec mes griffes à Taurarok qui arrivait à toute vitesse. J'ai glissé sur ses écailles noires ruisselantes. J'ai perdu l'équilibre. Taurarok en a profité pour me déstabiliser. Puis j'ai fait*

volte-face et l'affronte en face à face ou si l'on veut de museau à museau. Taurarok crache le feu tellement il semble en colère.

- *MARA m'a crié à ce moment-là « Mais il est complètement fou ce dragon ».*

- *C'est à ce moment que Drago rejoint MARA et lui fait signe qu'il ne comprend absolument pas le comportement de son compagnon.*

- *Il lui communique qu'il pense que Taurarok a perdu le but ultime de cette course. Il croit que Taurarok en fait une affaire personnelle.*

- *Taurarok n'a sûrement pas digéré sa défaite de la dernière course. Lorsque nous nous sommes présenté pour la première fois à la rencontre inter dimensionnel lui répond MARA.*

- *Drago confirme « Taurarok est un dragon adulé par ses pairs. Il ne tolère pas la défaite. Il se classe lui-même dans une catégorie à part comme il me l'a avoué un jour ». Drago a assuré à MARA qui écoute attentivement ce nouveau partenaire de fortune qu'il ne faisait pas partie des plans de Taurarok. Il ne comprenait pas ce qui se passait.*

- *Les coups portés par Taurarok ne sont pas ceux d'un dragon qui joue franc-jeu. Je me défends du mieux que je peux. Je tente de nouveau de m'accrocher à ses écailles. J'y parviens. Je résiste de toutes mes forces à ses secousses violentes. Je tiens le coup un moment. Sa colère est tellement grande qu'il me projette dans toutes les directions. Il finit par me faire décrocher, cependant en partant mes griffes déchirent la membrane de son aile gauche. Taurarok gronde de colère et en se retournant vivement mord et arrache une griffe importante de ma patte arrière gauche. C'est à ce moment que MARA et Drago poursuivent Taurarok toujours dans une colère incontrôlable.*

- *Les autres dragons ont été témoins de ce combat inexpliqué. Ils se joignent à nous afin d'encercler Taurarok et essayer de le raisonner, si non, de le contrôler. Les forces en présence sont démesurées. Taurarok se débat comme un immense dragon peut se débattre en pareille occasion. Il est considéré comme un faiseur de trouble, un être n'ayant pas sa place parmi toute la communauté de dragons s'étant déplacé pour l'occasion de cette course à obstacles. L'ensemble des participants est outragé par son comportement.*

- *Taurarok réalise finalement que quelque chose ne va pas. Il demande ce qui se passe, pourquoi est-il entouré des compétiteurs. C'est comme s'il se réveille d'un cauchemar. Il est étonné de son comportement. Il ne sait pas ce qui lui a pris de foncer comme ça tête baissée sur moi. Il est* questionné des yeux par les autres dragons qui continuent de le pousser et le ramener vers le point de départ de cette course à obstacles. Sa honte est visible. Il constate une perte d'énergie au niveau de ses ailes comme jamais il n'en avait connu auparavant.

- Que se passe-t-il ? s'interroge Taurarok. Je peux à peine voler et me diriger moi-même. Est-ce que les Dieux auraient osé intervenir en me réduisant à une inertie partielle ?

--- OOO ---

- La tension était énorme. Un grand souffle tourbillonne autour de l'armada des dragons. Des éclairs retentissent partout dans l'environnement des festivités. Tous les Dieux et les hiérarchies célestes présents à la course à obstacles sont estomaqués. Ils constatent, pour une première fois dans leur histoire millénaire, une insubordination de la part d'un de leurs dragons fidèles. Ces dragons sont à leur service depuis leur création. Une révolte parmi ces protecteurs terriens est une tache noire dans leur écriture céleste.

- Le responsable des festivités reçoit les premiers dragons revenus de ce champ de bataille improvisée par un des leurs. Un silence intimidant parcourt toute la cohue. Le souffle bruyant dégagé par le Dieu responsable des festivités alourdit l'atmosphère et intimide tous les dragons présents.

- Prior, le Dieu responsable de récupérer ce dragon insubordonné ordonne de le laisser passer. Il demande à Taurarok de le regarder dans les yeux. Il dit :

- Qu'as-tu tenté en bousculant le dragon jaune LYKA ? Que voulais-tu prouver en te dressant seul contre ces deux dragons venus participer à cette rencontre amicale ? Il n'y a rien de plus humiliant de constater qu'un des nôtres a manqué à son devoir de courtoisie, de chevalerie, de dragon envers son adversaire. De plus, la course venait seulement de commencer. Tu es mieux d'avoir une excellente raison pour expliquer ta conduite inacceptable.

- Taurarok regarde le Dieu Prior dans les yeux. Il ne baisse pas sa tête cornée. Il est très conscient de ses gestes à mon égard. Il n'a aucune explication à lui donner sinon qu'il s'est fait manger par la gloire tant obtenue par le passé, par la recherche du pouvoir sur les autres dragons, par sa soi-disant supériorité en force, en stratégie, en technique de vol et en technique de combat.

- *Je n'ai rien à dire pour ma défense confesse Taurarok vers le Dieu Prior. J'accepte votre décision et votre châtiment s'il y a lieu. Pour une première fois dans toute ma vie de dragon céleste. Dites-moi ce que vous attendez de moi. J'accepterai votre décision.*

- *Taurarok n'a jamais quêté de faveur envers qui que ce soit. Il est prêt à assumer la responsabilité de ses actes. Il est fautif, il le sait, sa vie parmi les siens ne tient qu'à un fil.*

- *Taurarok attend la tête haute sans broncher, sans bouger une écaille. Ses puissantes ailes quelque peu écorchées sont abaissées le long de son corps ruisselant. MARA et moi ainsi que tous les autres dragons sommes suspendus à la décision du Dieu Prior.*

- *Le Dieu Prior s'adressant à toute la cohue des dragons, mentionne haut et fort qu'il avait l'approbation de tous les autres Dieux présents. Il déclare avec autorité :*

- *Taurarok je t'annonce que face à tes gestes qualifiés d'intolérables, d'inacceptables, tu es banni à jamais de notre environnement, de notre énergie céleste. Tu seras un dragon errant à partir de ce jour.*

- *Le silence était assourdissant. Jamais au grand jamais, un coutelas n'était tombé aussi violemment sur la tête d'un dragon. Le plus grand, le plus aimé de tous, le plus adulé de ses pairs, le plus récompensé par les Dieux vient de tomber tellement bas qu'il ne pourra jamais se relever et se racheter. Il n'y a pas de retour possible. C'est la déchirure du voile de l'orgueil. Les Dieux ne toléreront jamais pareille conduite, pareille offense.*

- *Taurarok est ébranlé par le jugement des Dieux. Il se secoue les ailes, renifle et hume l'essence céleste autour de lui une dernière fois. Il jette un dernier regard à Drago, son compagnon de course à travers les immensités célestes. Il lance une flamme brulante de ses yeux rouge de colère et d'indignation vers toute l'assistance et surtout vers le Dieu Prior, MARA et moi. D'un ton insolent il ajoute :*

- *Je quitte, sans regret, cet espace céleste avec le peu de pouvoir qu'il me reste. Je retiens de mes longs séjours parmi vous que de l'ingratitude, de la non-reconnaissance et du manque de jugement de votre part Dieu Prior. Je saurai bien vendre mes services à qui saura les apprécier. Je suis encore qualifié pour le combat ne l'oubliez surtout pas.*

- *Avant de partir, Taurarok m'a regardé intensément et d'un grondement sourd m'a lancé ces paroles de menace :*

291

- *Je te retrouverai à un moment donné LYKA. Ce n'est que partie remise. Je t'en fais la promesse.*
- *Tous les dragons sont demeurés silencieux. La course fut annulée. Tous ceux présents se rappellent la promesse de Taurarok.*

--- OOO ---

- Voilà c'est la fin de cette saga historique. Vous avez été tellement attentif que je n'ai pas eu droit à un temps d'arrêt de votre part.
- C'est comme si on avait lu un roman en un éclair. Tout a passé en quelques minutes. Nous avons absolument tout compris se permet de dire William bouleversé par le récit de ce grand et beau dragon noir.
- Pourquoi les Dieux ne lui ont pas donné une autre chance demande Cédric rejetant la décision des Dieux à l'égard de Taurarok.
- C'est une loi implacable qui nous régit : nous n'avons pas le droit à aucun penchant de ce genre. Nous n'avons pas la chance de choisir entre le bien ou le mal comme vous les terriens. La loi c'est la loi. Un accroc dans une des lois auxquelles nous sommes régis et nous sommes bannis à jamais. Taurarok le savait. Il a joué avec le feu. Il s'est brulé les ailes. La vanité s'est jouée de lui.

--- OOO ---

Les émotions passées, les trois dragons quittent et laissent les enfants reprendre leur souffle en compagnie de papi et de mamie.

Louise cache son inquiétude. Elle sait que ces enfants connaîtront de nombreux combats échelonnés tout au long de leur existence terrestre et ils devront faire face aux difficultés qui se présenteront à eux.

--- OOO ---

L'antre de Brahima.

- *J'ai récupéré cet animal mythique pour mes besoins personnels et pour la cause de notre ordre Les Curretaras. Pour le moment il répond suffisamment bien aux ordres que je lui donne. Je garde toujours une certaine méfiance envers ce magnifique dragon.*

Brahima se promène de long en large dans son repère grandiose : une grotte gigantesque à flanc du volcan Piton de la Fournaise [18] de l'île de la Réunion. L'espace fut excavé et moulé au fil des siècles par la roche en fusion. Dissimulée, inaccessible au commun des mortels, cette grotte demeure l'antre du sorcier des sorciers depuis plusieurs siècles.

Des squelettes de tout genre ornent les murs. Des alcôves aux tablettes multiples abritent de nombreux pots de terre cuite ou de verre transparent de divers formats et d'époques variées. Des flacons ronds, d'autres carrés, entrecoupés de bols au contenu de poudres colorées ou d'herbage insolite décorent un mur de la pièce principale. Face à ce mur, une bibliothèque ancienne et moderne complète le décor ; ancienne de par ses manuscrits, grimoires et artefacts dont des pierres d'ardoise et moderne de par les livres de sciences et traités de tout genre. Des coffres rustiques et rectangulaires jalonnent les murs de corridors et de salles attenantes. Les différents contenants

---

[18] Le **Piton-de-la-Fournaise**, culmine à 2 632 mètres d'altitude et est le volcan actif de l'île de La Réunion. Il correspond au sommet et au flanc oriental du massif du Piton de la Fournaise, un volcan-bouclier qui constitue 40 % de l'île dans sa partie sud-est. Ce volcan compte parmi les plus actifs de la planète. Wikipédia

témoignent d'expériences et de recherches tout aussi lugubres que la clarté ambiante des corridors est nébuleuse.

Une forte odeur de soufre freine toute curiosité animale et humaine.

Au centre de la pièce principale, plusieurs tables en bloc de pierre forment un cercle autour d'une énorme pierre luminescente au pouvoir magique. Cette pierre réagit à l'humeur et aux pulsions énergétiques du sorcier. Non seulement elle diffuse sa sombre clarté, elle réagit aux questionnements du sorcier. Elle lui communique ses réponses dans un langage codifié que seul il peut traduire. Cette grotte ne ressemble en rien à tout ce qu'on peut imaginer. Elle revêt l'allure d'un vaisseau spatial issu d'un autre monde. Les murs sont des êtres vivants à la disposition de son seul maître, le sorcier Brahima.

Brahima ne marche pas, il glisse sur les roches humides et chaudes de son repaire. Le temps ne présente aucune valeur à son esprit. Il observe et manipule l'humain, les êtres vivants en fonction des objectifs du moment. Il exploite les penchants et les convoitises de l'homme. Nourrir les penchants et les convoitises lui permet d'asservir et d'asseoir son pouvoir et celle de son organisation sur tous les continents et notamment auprès des leaders politiques et religieux. L'organisation qu'il chapeaute remonte au temps de l'antiquité. La puissance de l'ombre réside dans la possession de la matière et à travers elle, Brahima connaît et manipule la cupidité.

Depuis très longtemps, sa confrérie de sorcier connaît la prophétie traitant de l'ouverture d'un portail sur d'autres dimensions, sur l'accès à une puissance incommensurable pour l'homme. Patiemment, des tentacules de l'ombre sont à l'affut de tout indice pertinent. Des livres, des grimoires, des manuscrits indiquent que l'avènement est proche. Les instabilités politiques et sociales, le chaos et les scandales publics crient la nécessité d'établir un ordre nouveau. Le réseau de la société secrète des Curretaras couvre tous les continents et œuvre au sein des différentes organisations d'influences mondiales. Présentement, il siège à la première loge quant à l'information du monde qui l'entoure. Il suit l'actualité à la lettre sans recourir à des moyens technologiques modernes. Il possède son propre visionnement des évènements. Sa capacité divinatoire et ses instruments magiques le soutiennent et l'alimentent.

--- OOO ---

Brahima sourit à la pensée de ces êtres cupides qui desservent les intérêts de son organisation. Il apprécie notamment l'apport d'être mythique qui œuvre et le sert sans relâche. Il se souvient entre autres comment l'orgueil et la vanité d'un grand dragon noir occasionnèrent sa déchéance et son bannissement. Comment il put transformer ce dragon errant en un de ses alliés les plus loyaux et efficace.

Ce dragon a souffert dans son corps et son esprit de combattant. Malgré cela, il n'en demeure pas moins magnifique dans sa stature et ses mouvements. Ses capacités de déplacements et ses caractéristiques inter dimensionnel sont définitivement un atout pour nos plans.

Subitement, une énergie sombre et violente pénètre dans une caverne attenante.

- *Tiens, voilà Taurarok qui revient. J'ai l'impression qu'il est frustré. C'est un magnifique animal, rebelle oui ! Pour le moment fidèle à mon service.*
- Maître je te suis reconnaissant de me permettre des escapades à travers le monde terrestre.
- Pourquoi me dis-tu cela Taurarok, aujourd'hui, interroge Brahima pour tester sa fidélité.

Il attend patiemment tout en se dirigeant vers sa pierre magique au centre de sa grotte.

- Lors de ma sortie aujourd'hui, j'ai repéré tout à fait par hasard, l'énergie des trois dragons jaunes Huanlong. Ce sont des messagers des Dieux. J'ai combattu avec deux d'entre eux à quelques reprises au fil du temps. Ce sont les seuls dragons existants qui m'ont vaincu lors de compétitions et lesquels sont à l'origine de mon bannissement, de mon errance jusqu'à ce que je vous rencontre.

- Lorsque je les ai aperçus, la rage de me battre à nouveau avec ce LYKA m'a porté à le confronter. Je n'ai pas résisté à ce désir.

Intrigué par l'évènement et sans aucune sympathie, Brahima questionne avec autorité :

- Où étais-tu lorsque cette rencontre s'est produite ?
- Je me trouvais peut-être au-dessus d'une campagne nord-américaine ou canadienne. Difficile à dire. Je pourrais y retourner, mais à quoi bon, ils sont repartis vers d'autres dimensions.

Brahima demeure songeur un instant et incite Taurarok à rester à l'affut de ces énergies de dragons célestes.

- Ils ne sont pas là par hasard Taurarok. Ils ont sûrement une raison, je dirais même une mission à remplir. Tu patrouilleras tous les jours terrestres, tous les environnements susceptibles de les retrouver de nouveau. Je veux connaître leur mission en cette dimension et en cette période.

Taurarok accepte la tâche et s'éclipse pendant que Brahima réfléchit :

- *Pourquoi des dragons célestes asiatiques seraient-ils de retour dans ce monde planétaire terrestre ? Et pourquoi ne suis-je pas au courant de cette venue ?*

Brahima se penche vers sa pierre magique et l'interroge.

- *Est-ce que la venue des dragons a un lien avec la prophétie ?*

Un souffle puissant se dégage du centre de la pièce, une flamme orangée, vacillante et puissante sort de la pierre incandescente. Une réponse vibratoire lui est transmise.

- *Que veux-tu savoir que tu ne sais pas déjà ? Fais tes propres recherches sur le sujet qui te préoccupe. La prophétie est là pour être découverte et éclaircie.*

Le son arrête aussi subitement qu'il est apparu. Brahima rappelle Taurarok et lui ordonne :

- Va ! Et reviens-moi avec des réponses. Tu connais le monde des dragons et de leur grande capacité de déplacement à travers le temps. Ne me déçois pas dit-il d'un calme à donner des frissons dans le dos.

Taurarok, impassible, s'envole prestement.

--- OOO ---

Pendant ce temps chez papi et mamie, les enfants et la chatte mimi profitent de la dernière semaine de septembre. Les nuits sont plus fraiches. Les couleurs des feuilles sont déjà magnifiques.

- *Ils sont déjà très occupés avec leur travail d'école. Et que le temps file.*

Mamie regarde les enfants jouer comme de jeunes enfants.

- *Un temps viendra où ils se prendront pour des adultes. Ils ne voudront plus jouer ainsi avec désinvolture et liberté. J'espère qu'ils retiendront l'attitude de Ming et de Patrick, pour eux rien n'est sérieux ; la vie est une grande pièce de théâtre comme ils le mentionnent si bien.*

Louise repense à l'avertissement du dragon LYKA.

- *Pourquoi LYKA a prévenu Jocelyn d'être vigilant et surtout par trois fois. Les dragons ressentent le danger et dans le cas de Jocelyn, pour le moment, c'est une énigme auquel je me frotte le nez !* Louise continue de réfléchir. *Nous devrons vivre cette vigilance au quotidien, nous tous. L'ombre ne peut pas rester sans réagir. Il a autant de ressources que Thomas, Ming, Patrick et moi.*

--- OOO ---

Depuis que l'école est commencée, Louise vit des moments très privilégiés avec Phéas, son guide. Il l'entretient vivement sur la continuité des enseignements auprès des triplés. Connaissant la suite des évènements, il incite Louise à préparer Cédric, William et Sofia au pouvoir sur les éléments. Ce sera la deuxième étape à franchir pour stimuler leur cristal.

- *Le moment venu vous les amènerez vers les peuples issus de l'Atlante. Je vous préviendrai et dicterai où et quand et avec qui. Je vous soutiens dans cette mission que l'on vous a confiée. Que l'année leur soit profitable.*

Mamie Louise transmet le message à Thomas qui est prêt, encore une fois, à relever le défi.

- C'est quand même intéressant que tu me dises ça, car mes réflexions matinales, depuis un certain temps, me pointent vers les régions de l'Amérique Centrale. Récemment, j'ai surpris William dans la bibliothèque furetant sur les rayons interdits. Je l'ai laissé faire. Il a ressorti un vieux livre usé par le temps, celui avec le soleil des Aztèques comme gravure. Il a osé l'ouvrir et est demeuré comme pétrifié en regardant la première page. Je l'ai laissé replacer le livre à sa place et je me suis retiré en douceur pour ne pas éveiller de soupçon. Tu te souviens de cette première page Louise ? demande Thomas en sirotant son café du matin.
- Oui chéri et je comprends pourquoi William est resté figé. Il va sûrement en parler avec les deux autres. Attendons leur réaction. La surprise sera énorme. Le prochain voyage est exactement à cet endroit.

--- OOO ---

Mention importante

Vous venez de lire un livre autoédité. Vous aurez compris à quel point vous avez un rôle à jouer dans sa promotion.

En effet, si vous l'avez aimé et vous souhaitez le faire connaître, merci de vous rendre sur le site d'Amazon ou sur les réseaux sociaux pour parler de lui. Cela sera pratiquement la seule publicité dont il pourra bénéficier.

N'hésitez pas à nous contacter via notre site internet. Merci encore de nous faire confiance

Marcelle Chapleau et Paul Corriveau

Marpa.productions@gmail.com

--- OOO ---

À paraître bientôt :

L'Odyssée des triplés

* Tome II : La Sacrifiée…
Le Mexique de Cortez et ses dangers latents sont un passage obligé…

www.ingramcontent.com/pod-product-compliance
Lightning Source LLC
Chambersburg PA
CBHW070307260626
47160CB00003B/753